L'ÉNIGME DE LA STUGA

Camilla Grebe a connu un immense succès en Suède dès la parution de son premier livre, *Un cri sous la glace*. Lauréate du prestigieux Glass Key Award récompensant le meilleur polar scandinave pour deux de ses titres, *L'Ombre de la baleine* et *L'Archipel des larmes*, elle a également remporté le Prix des lecteurs du Livre de Poche en 2019 avec son thriller *Le Journal de ma disparition*, et le Grand Prix des lectrices ELLE pour *L'Énigme de la stuga*. Ses ouvrages ont été traduits en plus de vingt-cinq langues et se sont écoulés à plus de 2,5 millions d'exemplaires partout dans le monde.

Paru au Livre de Poche :

L'Archipel des larmes
L'Horizon d'une nuit
Le Journal de ma disparition
L'Ombre de la baleine
Un cri sous la glace

CAMILLA GREBE

L'Énigme de la stuga

TRADUIT DU SUÉDOIS PAR ANNA POSTEL

CALMANN-LÉVY

Titre original :

VÄLKOMMEN TILL EVIGHETEN
Publié par Wahlström & Widstrand, 2022,
avec l'accord d'Ahlander Agency.

ISBN : 978-2-253-19595-5 – 1re publication LGF

Pour Pernilla

Le récit que vous allez lire est le fruit de mon imagination. Toute ressemblance des personnages avec des individus – vivants ou morts – est fortuite. Les descriptions de certaines pratiques policières ou judiciaires, en particulier touchant aux conditions de détention provisoire, ont été adaptées pour des raisons dramaturgiques.

Tout commence et tout s'achève avec les enfants, disais-tu. Ils nous sont arrivés comme un don, la promesse de quelque chose de plus grand que la vie elle-même.

Nous n'étions pas préparés, bien sûr – qui le serait ? Mais nous ne pouvions pas imaginer l'ampleur de l'amour, de la peine et de la peur qui suivraient.

Au départ nous avons fait confiance à notre instinct – nous avions nous-mêmes été enfants, nous savions évidemment ce dont les enfants avaient besoin, non ?

Nous avons consolé, soutenu, cajolé, réprimandé.

Les petites jambes potelées ont grandi, sont parties découvrir le monde. Nous les avons regardés s'éloigner, le cœur battant, les larmes brûlant sous nos paupières. Prêts à protéger la chair de notre chair du mal qui existe ici-bas et des déceptions, des échecs à venir.

C'est le lien le plus fort, disais-tu. Le plus beau et le plus éminent des tracas.

Un amour pur qui porte tout, croit tout, espère tout, supporte tout. Il est le sens d'une vie, le cœur même de l'existence mais aussi son point algique incandescent.

Le labeur et les innombrables inquiétudes en valent la peine, disais-tu. Je pensais que tu avais raison, que tu avais toujours raison.

Jusqu'au jour où nous avons été obligés de nous ausculter. Qu'avions-nous fait ? Quel avait été le résultat de tous nos tracas ?

Et c'est là, à cet instant, que je me suis posé la question : avions-nous engendré un monstre ?

LYKKE

Aujourd'hui

1

Je suis au service médico-légal de l'hôpital Karolinska, mais je pourrais me trouver dans n'importe quelle salle d'un établissement médical : façades blanches, sols en linoléum immaculé, une fenêtre qui donne sur un parking aux interminables rangées de voitures. À côté, contre un mur, un brancard au revêtement plastifié bleu qui vient d'être nettoyé et brille encore d'humidité. Une femme d'une trentaine d'années, corpulente, en tenue verte d'hôpital, installée à un bureau en contreplaqué bouleau, portable à l'oreille, parle à voix basse, à toute vitesse.

La policière qui m'a accompagnée me lâche le bras, la femme en vert jette un coup d'œil dans notre direction.

— Faut que j'y aille, marmonne-t-elle. J'ai quelqu'un de vivant, pour une fois. (Elle pose le téléphone à côté de son ordinateur.) Vous êtes Lykke Andersen ?

Je hoche la tête. Elle se tourne vers la policière.

— Vous pouvez lui retirer les menottes.

L'agente, qui doit avoir la mi-quarantaine comme moi, exhibe des clés. On entend un crissement lorsque les griffes de métal libèrent mes poignets. Je les frotte instinctivement.

La femme en vert me décoche un regard.

— S'il vous plaît, évitez de faire ça, dit-elle en attachant ses cheveux blonds, presque blancs. Essayez de ne rien toucher.

Elle se lève et me contemple. Je dois faire peur à voir : échevelée, les habits et les mains barbouillés de sang, mais si elle est choquée elle n'en laisse rien paraître.

— Je suis Ylva Berggren, médecin légiste, se présente-t-elle. Je vais vous examiner et recueillir d'éventuels prélèvements.

Elle n'est pas en surpoids comme je le pensais. Elle est enceinte. Sans doute impatiente de faire la rencontre du petit être qui grandit dans ses entrailles. Elle doit envisager l'avenir pleine d'espoirs et de rêves.

J'en aurais des choses à raconter sur les affres de la parentalité, mais je m'abstiens.

— Asseyez-vous ici.

Elle indique un tabouret en métal et je m'exécute.

Elle vérifie mes informations personnelles puis m'interroge sur mon état de santé : Maladies ? Blessures ? Prises de médicament ? Interventions chirurgicales passées ?

Je réponds à chaque question par la négative.

Elle poursuit : me suis-je douchée ou lavée au cours des deux dernières heures ? Suis-je allée aux toilettes ? Ai-je changé de vêtements ? Quelle est ma taille, mon poids ? Suis-je droitière ou gauchère ?

La liste semble interminable. Lorsqu'elle en vient à bout, elle se lève et enfile des gants en latex mauve d'un geste expert. Elle va chercher deux grandes feuilles de protection souples aux bords bleu clair qui font penser à des champs opératoires. Elle les étend par terre, l'une sur l'autre.

— Vous pouvez vous déshabiller, Lykke. Commencez par les chaussures, et placez-vous sur la feuille, vos pieds ne doivent pas toucher le sol.

Je lui obéis. Mes semelles collent au linoléum, on entend un petit bruit de succion quand la médecin légiste les soulève. Elles laissent deux traces sanglantes.

Elle inspecte les chaussures, les dépose délicatement dans un sac en kraft qu'elle marque d'une étiquette avant de le ranger dans un deuxième sac qu'elle pose par terre.

— Bien, maintenant vous pouvez retirer vos vêtements et les laisser tomber sur les feuilles de protection. Si possible pas les uns sur les autres.

— Tous les vêtements ?

Le regard qu'elle pose sur moi ne révèle aucun de ses sentiments.

— Oui, tous. On vous en donnera d'autres dans un deuxième temps.

Je dégrafe à la nuque la vieille robe en dentelle décorée de perles qui appartenait jadis à ma mère et me tourne vers la légiste.

— Vous pouvez m'aider ?

Elle s'avance vers moi, baisse la fermeture à glissière, puis recule.

Je me débarrasse de la robe qui s'écrase en tas à mes pieds. Le tissu est raide de sang à moitié séché. Quelques-unes des perles qui ornaient les manches roulent sur le sol. Je lâche le soutien-gorge à gauche, mais ma culotte tombe sur la robe.

— Désolée. Les habits ne devaient pas être les uns sur les autres ?

— Ce n'est pas grave.

Ylva s'agenouille avec peine et ramasse les vêtements. Elle les plie au fur et à mesure et les place dans des sachets qu'elle étiquette soigneusement. Ne restent que les feuilles de protection. Et moi, bien sûr, nue comme un ver, frigorifiée au milieu de la pièce à l'éclairage blafard.

— Pas de collants ? demande Ylva en recueillant les perles sous le bureau.

— Non.

Elle va chercher une longue blouse blanche d'hôpital.

— Enfilez ça et asseyez-vous sur la table d'examen.

Je m'exécute. Elle ramasse les feuilles de protection au sol, et les jette à la poubelle.

— Parfait. Maintenant je vais vous examiner. Je vais commencer par la tête et descendre progressivement jusqu'aux pieds. Je vais observer et palper d'éventuelles blessures. Je prendrai aussi des clichés et réaliserai quelques prélèvements.

Elle fouille dans mes cheveux, m'éclaire les yeux avec une petite lampe de poche puis scrute l'intérieur de ma bouche. Lorsqu'elle touche mon cou, ses gestes se font plus délicats, ce qui ne m'empêche pas de tressaillir de douleur.

Elle s'empare de l'appareil photo posé sur la table à côté d'elle, recule de quelques pas, le flash se déclenche et je ferme les yeux par réflexe.

— Un peu plus près.

Nouveau flash.

Elle me demande de m'allonger, applique une règle en plastique souple contre mon cou et prend un autre cliché. Puis elle replace l'appareil sur la table et commence à examiner mon corps méthodiquement. Elle prélève du sang sur mes mains et mes jambes, gratte mes ongles avec une sorte de cure-dent, coupe quelques mèches de mes cheveux. Tout ce qui jadis faisait partie de moi, ou du moins qui se trouvait sur ma peau, est transvasé dans des tubes à essai et sachets prêts à être expédiés au laboratoire.

J'ai l'impression d'être un chantier de fouille analysé et débattu par des archéologues. Mon corps est devenu un vestige où se cache peut-être la réponse à une énigme.

Une fois l'examen achevé, je m'assieds. La médecin légiste reste immobile un instant. Ses traits s'adoucissent, elle balaie mon corps du regard et s'arrête sur mon cou. Elle pose une main sur mon épaule et, de l'autre, elle effleure les marques rouges encore douloureuses. Elle se tient si près de moi que son ventre me frôle.

— Ça va bien cicatriser, dit-elle. Ne vous en faites pas pour ça.

Deux heures plus tard, je me trouve dans une salle d'interrogatoire.

À côté de moi, Fariba Johansson, l'avocate avec qui j'ai eu le temps d'échanger quelques mots. Âge moyen, cheveux bruns coupés au carré. Bijoux volumineux, maquillage soigné. Un regard qui ne dévie pas et des mains en mouvement qui accompagnent son discours. Elle m'inspire confiance.

Elle a l'air investie.

En face, deux policiers – un homme et une femme. L'homme qui mène l'interrogatoire s'appelle Lennart. Cheveux gris clairsemés, cuir chevelu couvert d'eczéma qu'il gratte sans discontinuer de ses doigts noueux.

Il allume l'enregistreur et récite des formalités. Mentionne mon droit à être défendue et à disposer d'informations sur l'enquête.

— Lykke Andersen. Vous êtes mise en examen pour homicide volontaire, avec ou sans préméditation. Vous comprenez le chef d'accusation ?

Je hoche la tête, passe la main sur mon hématome douloureux au cou.

La policière, vingt-cinq ans tout au plus, se penche légèrement en avant et indique le micro qui pend du plafond.

— Vous devez parler.

— Oui, je comprends les accusations.

Lennart acquiesce.

— Et qu'en pensez-vous ?

Je me tourne vers Fariba.

— Je suis obligée de répondre ?

Elle secoue la tête.

— Non, rien ne vous y oblige.

Je réfléchis, ferme les yeux et reprends :

— Je veux parler à Manfred Olsson. Je ne parlerai avec personne d'autre que lui.

Lennart se racle la gorge, s'enfonce dans la chaise, jette un coup d'œil à sa collègue.

— Désolée, je ne connais pas de Manfred Olsson.

— Il est enquêteur, spécialisé dans les homicides. À la brigade criminelle.

Les policiers échangent à nouveau des regards. Lennart se gratte la tête, détachant des pellicules qui se posent sur la table comme les premières neiges sur le pré devant chez moi, ou la noix de coco râpée sur les gâteaux que je préparais – à l'époque, avant que tout foute le camp.

— La brigade criminelle, répète-t-il en insistant sur les mots. Le nom a changé, c'est le Service opérationnel national de la police maintenant.

Il ajoute :

— Est-ce que cela a quelque chose à voir avec ce qui s'est passé il y a huit ans ?

LYKKE

Huit ans plus tôt

2

Tic, tac. Tic, tac.

Le compte à rebours avait commencé, l'heure tournait, nous précipitant tout droit vers la catastrophe, mais ni l'un ni l'autre n'entendions le tic-tac de l'horloge. Pour nous, cette matinée d'août douloureusement belle n'était autre qu'une de ces journées caniculaires que nous avions supportées cet été-là – soleil cuisant, couleurs étincelantes, air frémissant de chaleur.

À y regarder de plus près, la nature affichait d'infimes signes avant-coureurs de l'automne : les pommes étaient mûres depuis plusieurs semaines, leur chair croquante et sucrée au début de l'été avait laissé place à une pulpe farineuse à l'odeur douçâtre de levure. Les orpins reprise, les asters et les roses trémières fleurissaient dans les plates-bandes autour de la maison rouge. La vigne vierge de la pergola roussissait.

Je fermai les yeux, inspirai la senteur de l'herbe fraîchement tondue et des bûches chauffées par le soleil, posées à côté du billot, en attente d'être rentrées dans l'abri à bois.

— Tu comptes vider la bouteille avant l'arrivée des invités ?

J'ouvris les yeux et dévisageai Gabriel.

Il me pinça l'oreille, l'air moqueur, s'empara de mon verre et avala une goulée de rosé. Bien qu'il soit presque midi, il portait toujours son pyjama préféré, un ensemble rayé, cadeau de son ancienne éditrice. Il tenait à la main un exemplaire de la *Paris Review*. Ses lunettes de lecture pendaient autour de son cou, ses cheveux bruns parsemés de mèches grises étaient hirsutes. Il affichait cette élégance négligée que les journaux du soir aimaient lui attribuer.

— Tu peux parler, tu sirotes du vin en pyjama !

Il me tendit mon verre, avec un sourire qui creusait les rides déjà profondes au coin de ses yeux. Au soleil, cela ressemblait à des traces de coups de hache en forme d'éventail dans un rondin. Il se retourna et contempla le pré clôturé qui descendait jusqu'au lac. Des taches jaunes de millepertuis brillaient çà et là et le long du bas-côté se pressaient du cerfeuil sauvage aux fleurs fanées et du silène visqueux. De part et d'autre de la prairie, une forêt de sapins s'étendait sur plusieurs kilomètres.

Deux chevaux paissaient dans le pré. Le terrain nous appartenait, mais était utilisé comme pâturage par notre voisin, un arrangement qui convenait aux deux parties – les animaux mangeaient à leur faim et nous épargnaient le besoin de faucher.

Je balayai d'un geste de la main une guêpe alanguie par la chaleur, puis plaçai mon verre et le manuscrit côte à côte avant de me lever de mon transat.

— Qu'est-ce que tu lis ? demanda Gabriel.

— J'édite le nouveau recueil de poèmes d'Ali Hizami.

Il jeta un coup d'œil à la pile de papiers dans l'herbe.

— C'est bien ?

— Très.

— *Hum*, fit-il en se grattant le menton. Peu de gens le liront. Dommage.

— C'est vrai.

Ali... le poète maigre, têtu, aux yeux scintillants que j'avais connu cinq ans plus tôt quand Forss & Stierna, la maison d'édition pour laquelle je travaille, avait publié son premier recueil. Il était jeune – enfin, assez jeune –, prometteur et sans compromission. Ce qui n'était pas très surprenant pour un poète.

Avec les années, ses idiosyncrasies n'avaient fait que se renforcer – non que cela gêne quiconque chez Forss & Stierna. Dans l'édition, on acceptait sans broncher les écrivains extravagants.

— Tu sais qu'il vit dans une caravane maintenant ? Sur un parking, à côté d'une décharge.

— Sans blague ! Il n'a pas reçu une bourse de l'Académie suédoise ?

Le vent d'été souleva la première page du manuscrit, et la glissa sous le transat.

Je me penchai pour la ramasser et la replaçai sur la pile. Je posai mon verre par-dessus. Un cercle humide de condensation se forma sur le manuscrit, dissolvant une marque de correction tracée à l'encre en petite aquarelle scintillante.

— On lui a proposé une bourse, mais il l'a déclinée. Il ne veut pas avoir d'argent à gérer. Il souhaite vivre en dehors du système capitaliste.

— Mais pourquoi ?

— Je ne suis pas sûre, mais j'imagine que c'est lié à son écriture. Il fera de son projet de vie marginale un recueil de poésie. Ou d'essais. Il veut se lancer dans la rédaction d'essais. Ce qu'il fera brillamment. À en croire les critiques, tout ce qu'il entreprend devient un succès.

— Mais de quoi vit-il s'il rejette le fric ? Il faut bien manger ! Les diplômes et les articles dithyrambiques ça ne remplit pas l'estomac.

— Je crois que sa mère l'aide un peu. Elle lui apporte à manger…

— Bon sang ! (Gabriel fit une grimace de dégoût.) Sa *maman* ? Il n'a pas quarante ans passés ?

— Trente-sept.

Il secoua la tête en se grattant l'entrejambe, pensif.

— C'est un truc d'artiste, c'est ça ?

J'ai haussé les épaules.

— Tu devrais le savoir.

— *Pff*, je ne suis pas un artiste !

— Qu'est-ce que tu es alors ?

Je glissai un doigt sous l'élastique de son pyjama et l'attirai vers moi.

Gabriel avait beau jouer les modestes, nous avions tous les deux conscience de sa place à part dans la littérature suédoise. Ses romans, à la fois littéraires et accessibles, enchantaient les lecteurs et convainquaient les critiques. Gabriel vendait des livres et gagnait des prix à la pelle. On l'avait désigné « meilleur interprète suédois de l'insoutenable légèreté de l'être de la classe moyenne » et « vache à lait intarissable de Forss & Stierna ».

Ce type de phénomène était rare. Dans le monde littéraire, la frontière entre littérature commerciale d'une part et textes plus littéraires d'autre part était habituellement bien tracée. En d'autres termes, soit vous êtes bon, soit vous êtes riche, il n'y a pas d'entre-deux.

Hormis, bien sûr, Gabriel Andersen.

Il m'entoura de ses bras et je posai la joue contre son cou piquant, sa peau tiède.

— La journée s'annonce chaude, déclarai-je.

— Oui, comme hier et avant-hier. (Il me repoussa doucement et laissa glisser son doigt sur la peau cramoisie de mon décolleté.) N'oublie pas la crème solaire.

— Je serai surtout à l'intérieur pour préparer le repas.

— Mets de la crème, s'il te plaît. Autrement tu auras de la peau de lézard entre les seins et je ne sais pas si j'arriverai encore à t'aimer.

J'ai ri et balayé du regard son visage buriné.

— Je sais ce que tu vas dire, a-t-il poursuivi. Mais je n'ai pas la même peau. Et… je suis un homme.

— Gabriel, t'es chiant !

Une porte claqua, celle de la stuga où vivaient les jumeaux depuis un an. Une solution formidable. Ils se sentaient adultes et un calme divin régnait désormais sur notre ferme.

Des pas approchaient.

Harry apparut au coin de la maison, en caleçon rouge. Ses marques de bronzage étaient inégales, notamment au niveau du torse et des cuisses. Il repoussa une mèche de ses épais cheveux bruns qu'il avait sans nul doute hérités de son père.

David marchait deux pas derrière lui, serviette élimée autour de la taille et lecteur de CD à la main. À la différence de Harry, la peau de David était pâle, presque rose, et ses cheveux blonds. Il était maigre et avançait légèrement voûté comme s'il cherchait quelque chose dans l'herbe.

Jumeaux, et pourtant si différents. Je ne cessais de m'en étonner. Parfois nous plaisantions, Gabriel et moi, disant qu'ils ne devaient pas avoir le même père.

— On d… de… descend se baigner, bégaya Harry en continuant son chemin sans attendre de réponse.

— À quelle heure arrivent les invités ? s'enquit David en plissant les yeux et levant une main en visière pour se protéger du soleil.

— Vers dix-huit heures. Vous savez si Bonnie vient ?

— Oui, rétorquèrent-ils en chœur en se dirigeant vers le lac.

Arrivés à l'enclos, ils firent une halte, Harry ouvrit la clôture électrique, entra dans le pré, laissa passer son frère et referma derrière lui.

Je croisai le regard de Gabriel.

— C'est fou ce qu'ils ont grandi ! Comment est-ce possible ? Dix-sept ans déjà ! Les années ont filé.

— Ils ne sont pas aussi mûrs qu'ils le pensent. Hier, Harry m'a demandé ce que c'est qu'un code postal.

— Sans blague ! Comment s'en sortiraient-ils sans nous ?

— Ils ne s'en sortiraient pas. C'est pour ça que Dieu a créé les parents. Je vais me faire un café, tu en veux ?

— Merci, ça va aller, répondis-je sans préciser que j'en avais déjà bu deux tasses avant qu'il se réveille – non que je me sois levée particulièrement tôt, mais Gabriel s'était enfilé une bouteille de vin la veille et avait fait la grasse matinée.

Il se dirigea vers la maison, me laissant postée au milieu de la pelouse, le regard rivé sur mes fils qui slalomaient entre les trous, les pierres et les crottins de cheval en direction du ponton et du cabanon de pêche. Harry en tête, suivi de David, comme le jour où ils étaient venus au monde.

*

Le soir où j'ai rencontré Gabriel à la fête annuelle de Forss & Stierna, j'avais vingt ans et je ne cherchais qu'à m'amuser un peu.

J'étais une assistante d'édition immature, je manquais de discernement et je n'avais d'autres ambitions dans la vie que de m'amuser – pour compenser tout ce que j'avais raté pendant ma paisible scolarité – et trouver un boulot qui me permettrait de m'adonner à ma passion : les livres.

Gabriel Andersen était la star incontestée de la maison, l'auteur qui avait arraché tous les Suédois à la télévision, au sport et aux devoirs des enfants pour se lancer corps et âme dans la série de romans *Souvenirs*, narrant l'histoire d'Helene et Siv, deux femmes originaires d'une petite ville.

C'était plutôt cocasse que Gabriel soit parvenu à ensorceler les lecteurs avec l'histoire de femmes de la classe moyenne – lui qui n'était ni une femme, ni de la classe moyenne. Pour moi, cela ne faisait que confirmer ce que j'avais toujours su : un bon texte est un bon texte, une entité à part entière qui n'a pas besoin de s'appuyer sur la vie de l'auteur, son origine sociale, son apparence ou – terrible pensée – son sexe pour s'imposer.

Un homme issu de la haute société pouvait-il dépeindre de manière crédible la frustration des femmes dans l'enfer des cités ouvrières au début des années soixante ?

Bien sûr. En avait-il le *droit* ? À une époque où le discours ambiant fustigeait l'appropriation culturelle et se focalisait sur la représentativité ?

Ça, c'était une autre question.

Gabriel s'en était bien tiré – peut-être parce que ses livres avaient été publiés avant que la question ne devienne aussi sensible ; peut-être grâce à son image sympathique et un peu gauche. Et, il faut bien l'admettre, son physique avait joué en sa faveur.

Je me rappelle cette émission télé où il avait été interviewé après avoir reçu le prix August[1] pour *La vérité est rouge*.

— Helene est une femme de son temps, avait commencé le journaliste – un quadragénaire austère affublé

1. Équivalent du prix Goncourt en Suède. *(Toutes les notes sont de la traductrice.)*

de lunettes rectangulaires et d'une écharpe violette qui lui faisait marquer des points, devait-il penser, dans le monde de la culture.

Il avait poursuivi, après une pause rhétorique :

— Et son angoisse découle principalement de son petit monde. La maladie de son fils, l'infidélité de son mari. Bien sûr, le contexte que vous avez choisi est celui du déclin des villes ouvrières, du chômage et ses conséquences pour les femmes, notamment une plus grande vulnérabilité. Mais le cœur de votre récit reste le foyer et le couple. Comment êtes-vous parvenu à dépeindre cela ?

Gabriel s'était gratté les cheveux – en bataille, évidemment, indiquant clairement que son apparence sur le petit écran était le cadet de ses soucis –, s'était frotté le nez avec le pouce et l'index, s'autorisant un silence pensif juste assez long pour que le journaliste affiche un air inquiet.

Puis il avait répondu :

— Ce n'était pas difficile. J'ai grandi avec une mère célibataire qui cumulait deux emplois pour subvenir à mes besoins. Car même si je viens d'un milieu dit *favorisé*, nous étions toujours fauchés. Elle m'a tout appris. Et j'essaie de devenir au moins aussi fort qu'elle. J'ai beaucoup réfléchi à mon enfance et j'en ai conclu que les femmes sont meilleures que les hommes. À tout point de vue.

Succès garanti.

En Suède, les lecteurs de romans sont aux trois quarts des lectrices, et ces femmes qui aimaient déjà Helene et

Siv, qui avaient partagé leurs joies et leurs peines dans le lotissement Petit pré, aimaient maintenant Gabriel.

Je ne faisais pas exception.

En tant que passionnée de littérature et assistante éditoriale, j'avais évidemment dévoré tous ses livres et en avais débattu des heures avec mes amies. J'avais disséqué le mariage malheureux d'Helene et la liaison secrète de Siv avec Britta, une institutrice de dix ans son aînée. Analysé la narration, les différentes temporalités qui s'entremêlaient intelligemment et la capacité vertigineuse de Gabriel à créer du suspense – un *effet d'attente*, disaient mes collègues – sans jamais sacrifier la qualité.

Tout à coup il était là, devant moi, dans la cuisine de la maison d'édition, en costume chiffonné et chemise vert pomme plus froissée encore. Les cheveux en pétard, un livre à la main et un gobelet en plastique de vin rouge dans l'autre. Il était aussi beau que sur les photos et – surtout – c'était un homme avec du pouvoir dans le monde culturel suédois, un auteur invité dans les émissions les plus prestigieuses, à qui on décernait les plus grands prix.

Je ne voulais qu'une chose : qu'il me voie. Qu'il me voie vraiment et peut-être qu'il me comprenne à l'aide de cette sagacité dont témoignaient ses écrits.

— Hé, bonsoir, avait-il dit.

— Bonsoir, avais-je répondu. Où étais-tu ? Je te cherche depuis toujours.

J'étais loin d'être coincée et Gabriel n'avait pas repoussé mes avances.

Nous étions restés quelques heures à la maison d'édition, avions bu le mauvais vin et mangé les chips ramollies. Gabriel m'avait parlé de sa mère qui venait de passer l'arme à gauche et des livres qui avaient changé sa vie.

Je lui avais raconté des morceaux choisis de mon enfance, les saupoudrant de références littéraires, tandis que nous nous rapprochions inexorablement l'un de l'autre dans la pièce exiguë.

Au bout d'un moment, sa proximité était telle que je sentais la chaleur de son corps et quand il avait avancé la main vers mon visage pour retirer un cheveu pris au piège entre mes lèvres, une odeur de cigarette m'avait chatouillé les narines.

Après la fête, nous avions continué la soirée chez un de ses amis, un écrivain installé dans le centre historique de Stockholm. J'y rencontrai des visages connus du monde culturel suédois – surtout des hommes d'âge moyen, pour être honnête. Quant aux femmes, elles étaient jeunes, en tenue noire, étudiantes à l'École royale des arts ou en fac de littérature – ou y aspiraient.

La musique était assourdissante, l'alcool coulait à flots, l'air était enfumé. Je vis de la poudre blanche sur les tables, les assiettes en papier et même sur la trilogie new-yorkaise de Paul Auster.

J'ignore ce que je pensai de tout ça. Je savais bien sûr qu'il était illégal de consommer des stupéfiants, mais ça ne s'appliquait pas ici, n'est-ce pas ? J'étais de passage dans un autre monde, un monde plus important, plus réel, peuplé de gens situés au-dessus des conventions petites-bourgeoises. Ici, on partait en quête de la Vérité, mandatés par l'Art. Pas étonnant qu'il faille sniffer un rail ou deux pour la trouver !

La drogue était une des nombreuses choses auxquelles je n'avais pas réfléchi ce soir-là.

Il ne m'avait pas effleuré l'esprit qu'entamer une liaison avec l'auteur star de la maison d'édition pouvait être inconvenant. Je n'avais pas non plus réfléchi à la différence d'âge – Gabriel a près de quinze ans de plus que moi – mais c'est peut-être moins notable. Ce n'est pas comme si je prévoyais un avenir commun avec lui.

C'est pourtant ce qui s'est passé.

3

Bonnie Högberg est arrivée à dix-sept heures.

Je coupais la tarte au fromage dans la cuisine lorsque j'entendis les pétarades de sa mobylette. L'eau-de-vie était au congélateur et les écrevisses en train de dégeler dans des seaux d'eau tiède – je ne les avais pas sorties à temps, comme d'habitude.

La mobylette toussota et se tut, des pas approchèrent et sa voix me parvint par la porte ouverte.

— Coucou ! Il y a quelqu'un ?

— Je suis dans la cuisine !

Quelques secondes plus tard, elle était là, en pull-over, salopette en jean, baskets élimées et petit bonnet bleu sur la tête malgré la chaleur. Elle portait un sac en tissu qui semblait renfermer une bouteille de vin. Ses longs cheveux châtains tombaient sur ses épaules et ses nombreuses boucles d'oreilles scintillaient.

— Salut !

Elle affichait un grand sourire qui révélait son appareil dentaire. Je lui donnai une brève accolade.

— Salut, ma chérie !

Bonnie était la… la *quoi* ? de Harry et David. Elle était bien plus qu'une amie, ça, je le savais. Mais quand je leur avais demandé si elle était leur *bff*, ils avaient levé les yeux au ciel.

— Il n'y a que les gamines qui ont des *bff*, avait soupiré Harry.

— *Bff*, avait dit David en fronçant les sourcils, c'est un peu contradictoire d'utiliser un acronyme pour une personne aussi importante.

Chacun à sa manière, ils avaient esquivé la question.

Je restais dans le flou. Quelle était leur relation avec Bonnie ? Qu'était-elle pour eux ? Une amie fidèle ? Bien sûr. Leur amie la plus proche, qu'elle soit « la meilleure » ou non ? Un amour qu'ils partageaient ? Possible, car au cours des derniers mois j'avais remarqué leurs regards lorsqu'ils croyaient qu'on ne les voyait pas. Harry qui l'observait depuis le hamac lorsqu'elle traversait le pré, son maillot de bain mouillé à la main. Il l'observait jusqu'à la maison sans boire une seule gorgée du Coca qu'il venait d'ouvrir. Et David avec son sourire jusqu'aux oreilles lorsqu'il lui parlait au téléphone tout en faisant les cent pas sur la pelouse, les joues écarlates et une main plongée dans ses cheveux blonds.

Ils se connaissaient depuis la première année de primaire, et ils étaient inséparables – un drôle de trio qui avait traversé des moments de joie et de peine : le soir où le chien de Bonnie s'était fait écraser et avait succombé à ses blessures, la fameuse fête qui avait dégénéré, où ils avaient tous les trois fini ivres morts, si bien que j'avais dû aller les chercher à trois heures du matin en voiture. Sans oublier le vain combat contre le prof de sport sadique qui voulait absolument apprendre à nager à David alors qu'il avait peur de l'eau.

Ils partageaient évidemment des milliers d'autres expériences, plus ou moins marquantes, que j'ignorais – je n'étais pas naïve, j'avais bien conscience qu'ils avaient leurs secrets. C'était normal, aucun ado ne prend sa mère comme confidente.

— Je peux te donner un coup de main ? me demanda Bonnie en regardant la tarte.

Je jetai un coup d'œil circulaire dans la cuisine en réfléchissant.

— Pas pour le moment. C'est un peu tôt pour mettre le couvert. Va voir les garçons, je vous appellerai si besoin.

— D'accord.

Elle tourna les talons. Ses pas s'éloignèrent en direction de la stuga. Peu après, j'entendis des cris et des rires par la fenêtre ouverte.

J'aimais beaucoup Bonnie – non seulement mes fils l'adoraient, mais je la trouvais intègre. Elle n'hésitait pas à dire le fond de sa pensée – elle avait un avis sur tout, la politique, les relations humaines, la musique.

— Il faut introduire le revenu universel en Suède, avait-elle affirmé un soir que nous étions dans la cuisine à boire le thé.

Gabriel avait porté sa tasse à la bouche et m'avait lancé un regard amusé.

— C'est-à-dire ? avait demandé Harry.

— Bah, les gens travaillent selon leurs capacités. Et la société subvient à leurs besoins. Personne n'a besoin de dix voitures, si ?

Le sourire de Gabriel s'était élargi et il avait haussé un sourcil broussailleux.

— Alors, tu es communiste, avait constaté David.

Malgré son ton neutre, ses yeux révélaient un intérêt véritable, comme toujours quand les conversations quotidiennes devenaient sérieuses.

Le visage de Bonnie exprimait une sincère stupéfaction.

— Pas du tout !

Gabriel se racla la gorge et posa sa tasse.

— David n'a pas tort, déclara-t-il. On résume souvent la consommation et la production dans un système communiste avec la phrase suivante : « de chacun selon ses moyens, à chacun selon ses besoins ». Qui a dit ça d'ailleurs ?

Il se tourna instinctivement vers David et Harry regarda aussi instinctivement dans sa tasse.

J'en avais discuté plusieurs fois avec Gabriel – il blessait Harry en supposant toujours que David était le plus intelligent. Je ressentais la même douleur chaque fois que j'étais témoin de la capitulation muette de Harry devant la supériorité intellectuelle de son frère.

— Marx, répliqua David sans hésitation en grattant une piqûre de moustique sur son avant-bras fluet.

— Oui, fit Gabriel. Marx l'a dit, mais je crois que c'est Louis Blanc qui a inventé la phrase. Au reste, le principe même est mentionné quelque part dans le Nouveau Testament. Voyons voir, c'est peut-être dans…

— Mais, l'interrompit Bonnie d'un air renfrogné, communisme ou non, on s'en fout. C'est une question de justice sociale. Personne ne doit se tuer à la tâche pour que d'autres puissent s'acheter une villa avec dix-huit chambres. C'est mon avis. Ça vous dérange ?

Bonnie avait des principes. Et elle était à fleur de peau. Une fois je l'avais trouvée en larmes dans le canapé, les yeux rivés à la télévision.

— Bonnie, qu'est-ce qui ne va pas ?

— Ils dépouillent les bébés phoques vivants, était-elle parvenue à expliquer entre ses sanglots.

Je lui avais caressé l'épaule sans rien dire, étonnée qu'une fille qui avait grandi dans une ferme soit aussi sensible aux réalités de la vie. Qu'elle porte en elle cette fragilité en dépit de sa force et de sa maturité.

Par ailleurs, Bonnie n'était pas très « féminine » – elle n'était pas obsédée par son apparence comme les filles qui traînaient près du snack du village. Elle ne se maquillait pas, ne cherchait pas à faire plaisir et détestait qu'on ne la prenne pas au sérieux. « Détester » était trop faible d'ailleurs – elle le refusait. Elle haussait le ton, tapait du poing sur la table et se rebiffait si on la prenait de haut.

Elle avait aussi un grand cœur.

Quand David était souffrant – ce qui arrivait souvent, il faisait de l'asthme et enchaînait depuis sa prime jeunesse les infections pulmonaires –, elle venait lui déposer des bonbons et des cassettes vidéo. Une fois, je lui avais avoué que j'admirais sa gentillesse.

Elle avait froncé les sourcils et m'avait regardée comme s'il me manquait une case.

— Quel genre d'amie aurais-je été si je ne venais pas voir David quand il est malade ?

Oui, Bonnie était une perle rare.

C'était d'autant plus étrange qu'elle était la fille de Lena Högberg.

J'avais passé mon enfance non loin de là. Lena Högberg était une camarade de classe de mon âge et nous avions fréquenté la même école puis le même collège.

Cette période avait été particulièrement difficile pour moi. J'étais grande et maigre, affublée d'épaisses lunettes. Sans compter que mes parents étaient des universitaires excentriques qui s'étaient installés à la campagne pendant l'exode urbain. Les autres élèves trouvaient que tout cela était trop. Au cours de ma scolarité, je n'avais pas été invitée à une seule fête, je restais chez moi le nez dans les bouquins.

Lena, elle, faisait partie des filles populaires ; les cheveux permanentés, elle fumait derrière le gymnase et prenait la pilule à quinze ans déjà – ce qu'elle racontait à qui voulait bien l'entendre.

Elle n'était pas ouvertement malveillante, mais j'étais comme invisible pour elle. Si je lui posais une question, elle levait les yeux sous ses cils bleu Klein et détournait le regard.

Si Gabriel n'avait pas acheté la ferme, je n'aurais sans doute plus jamais croisé la route de Lena. À présent, nous vivions à quelques kilomètres l'une de l'autre et nos enfants étaient scolarisés ensemble depuis le primaire.

Nous nous saluions de la tête au supermarché, échangions quelques mots à propos des petits, rien de plus. La famille Högberg restait dans son coin, et pour être honnête nous aussi.

Pourtant, chaque fois que je la voyais, je songeais à Bonnie et je m'étonnais que cette femme ait pu donner naissance et éduqué une fille comme ça.

C'était un des grands mystères de l'univers. Gabriel avait même dit pour plaisanter que c'était peut-être une preuve de l'existence de Dieu.

4

À dix-huit heures pétantes, j'entendis un bruit de moteur.

Torse nu devant le miroir de la chambre, Gabriel déballait sa nouvelle chemise.

Je m'approchai de la fenêtre et vis la voiture d'Olof Forss entrer dans l'allée – une vieille Renault rouge aux passages de roues rouillées avec un autocollant « bébé à bord » sur le pare-brise arrière.

Le véhicule ne révélait rien de son propriétaire ; pis, il induisait en erreur. Loin d'être un jeune papa fauché, Olof Forss était un éditeur plein aux as, célibataire et sans enfant. J'ignorais son âge exact et son orientation sexuelle – je n'avais vu ni femme ni homme à son bras depuis que nous nous connaissions. Ça faisait un bail. C'est lui qui m'avait embauchée chez Forss & Stierna.

Olof était l'un des trois propriétaires de la maison, il avait participé à son lancement dix ans avant mon arrivée. C'était l'éditeur star, connu de tous dans le milieu, qui s'occupait exclusivement d'auteurs littéraires – dont Gabriel faisait partie. Mais, contrairement à la plupart de ses auteurs, Gabriel était une poule aux œufs d'or, ce qui redoublait sa valeur aux yeux de la maison d'édition.

Après *Souvenirs*, sa consécration, Gabriel avait publié sept romans. Même si les ventes avaient quelque peu ralenti, les livres suivants restaient des succès commerciaux et avaient été encensés par la presse.

Gabriel et moi allâmes à la rencontre d'Olof. Tout en accélérant le pas, je jetai un coup d'œil à la nouvelle chemise de mon mari. Une grande écrevisse rouge en couvrait le dos et les boutons dorés étaient rehaussés du même crustacé. Je ne pus m'empêcher de pouffer.

— Bon sang, mais où as-tu dégoté cette horreur ?

Il sourit.

— Dans une petite boutique de prêt-à-porter masculin à Södermalm.

Les températures caniculaires avaient baissé, mais on suffoquait toujours.

Je chassai une mouche et glissai ma main dans celle de Gabriel en arrivant près de la voiture.

Olof descendit, vêtu de sa traditionnelle veste en velours côtelé vert mousse à l'étoffe râpée aux coudes. Sa chemise était trop serrée, ses lunettes à épaisse monture rafistolées avec du Scotch et posées de travers sur son nez.

Il y avait dans le monde de l'édition une certaine forme de snobisme inversé – à l'âge d'Olof, on pouvait se permettre de porter des vêtements déchirés ou vieux jeu, et à mon âge ou plus jeune, des tenues extravagantes et tellement ringardes qu'elles étaient revenues à la mode.

Olof nous salua d'une main qu'il passa ensuite dans ses cheveux – il cumulait des tempes dégarnies et une toison drue sur le reste du crâne, lui donnant l'impression d'avoir constamment le vent en pleine figure.

La portière côté passager s'ouvrit et une femme d'une trentaine d'années, petite et menue, aux cheveux courts et bruns avec une frange, en descendit. Son rouge à lèvres était carmin.

Ils se hâtèrent jusqu'à nous, des sacs à la main. Olof me fit une bise puis me serra dans ses bras.

— Tu es rayonnante ! s'écria-t-il – il semblait sincère.

— Toi aussi, dis-je en acceptant le panier de cadeaux qu'il me tendait.

Soulevant l'étoffe de lin gris, j'aperçus des chocolats dans un emballage luxueux.

Il avait fait des cadeaux sa spécialité – jamais il ne vous donnerait une boîte de chocolats de supermarché ou un bouquet de tulipes défraîchies enveloppées dans du plastique. Rien n'était laissé au hasard, ses présents étaient à la pointe du bon goût et s'accompagnaient souvent d'une anecdote.

— Je connais le chocolatier, je l'ai rencontré en Algérie il y a trois ans lorsque j'ai rendu visite à ce poète, vous savez, celui qui s'est ensuite jeté dans la Seine et qui s'est noyé, expliqua Olof, le regard tourné vers Gabriel. Le confiseur en question était le frère du poète. Il vivait en Belgique, mais était de passage en Algérie. Il nous a offert des pralinés exquis. Jamais je n'avais goûté pareil délice ! Depuis je commande des chocolats directement à sa boutique à Bruxelles.

La femme lissa le tissu de brocart de sa robe années cinquante et tendit la main.

— Teresa, se présenta-t-elle avec un grand sourire, mais tout le monde m'appelle Tuss. Je suis la nouvelle éditrice de Gabriel.

— Bienvenue, dis-je avec un geste vers la maison rouge derrière moi. Bienvenue à l'Éternité.

LYKKE

Aujourd'hui

Longtemps, j'ai pensé que c'est ainsi que cela devait être. Que nous méritions cette vie que nous nous étions construite. Que le bonheur était une récompense, une médaille pour nos bons et loyaux services. Je la montrais avec fierté à qui voulait bien la voir, car qui n'a pas envie d'exhiber une médaille ? J'invitais le monde entier à regarder ma cuisine, ma famille, ma vie amoureuse.

Plus tard, les gens me taxeraient de naïveté.

Mais je n'étais pas naïve. En tout cas pas plus que les autres. La catastrophe est toujours tapie en périphérie de notre champ de vision, à une distance rassurante de celui qui la cherche du regard. La catastrophe est un oiseau rare, un visiteur inconcevable sous nos latitudes. Une nouvelle espèce dont personne ne connaît l'existence.

L'impensable ne l'est que jusqu'à ce qu'il advienne, jusqu'à ce que cet étrange petit oiseau se pose devant votre fenêtre – le vent dans les plumes, les griffes plantées sur le rebord, le vide dans ses petits yeux noirs.

5

Dans la petite pièce sans fenêtre m'attendent un homme grand et baraqué et une femme d'une trentaine d'années aux cheveux blond vénitien et aux joues roses. Ils portent des uniformes bleu marine, avec l'insigne de l'administration pénitentiaire sur le haut de la manche, des talkies-walkies et des matraques à la ceinture.

La femme me salue, se présente comme étant Sara et m'informe qu'elle sera mon contact ici, à la maison d'arrêt de Kronoberg. La policière qui m'a accompagnée pour l'inscription lui donne le sachet contenant mon portable, mon portefeuille et mon baume à lèvres avant de quitter la pièce.

Sara pose mes affaires, me tend une liasse de papiers et un stylo.

— Vous commencerez par remplir cette fiche sanitaire.

Je jette un coup d'œil aux questions : *Êtes-vous malade ? Suivez-vous un traitement ? Avez-vous subi récemment une opération chirurgicale ? Consommez-vous des drogues ?*

Je coche plusieurs fois la case « non », mais ça devient de plus en plus difficile et je reste irrésolue, le stylo levé, rongée par l'angoisse.

Vous sentez-vous déprimé ?

Je réfléchis et finis par cocher le « non ».

Avez-vous déjà souhaité mourir ou vous endormir pour ne plus jamais vous réveiller ?

Tous les jours, j'y songe, mais cette option n'est pas proposée alors je réponds « non ». Je n'ai pas la force d'être une emmerdeuse qui se complaît dans son anxiété. Je me dois de garder la tête froide au milieu de cet enfer.

Avez-vous déjà songé à vous suicider ?

Je me dis que tout le monde, sans exception, envisagerait le suicide dans ma situation. Même la mort ne peut pas être aussi cruelle que les épreuves que j'ai traversées.

Je coche la case « non » et pose le stylo.

— Terminé ? s'enquiert Sara, en repoussant une mèche de cheveux de son front luisant de sueur.

J'acquiesce.

— Bien.

Elle contemple le survêtement vert-de-gris et les chaussures en plastique qu'on m'a remis après l'examen de la médecin légiste enceinte.

— On vous a déjà procuré des habits, à ce que je vois. Nous avons besoin d'un échantillon d'urine.

— Encore ? J'en ai déjà donné un flacon à la légiste.

— Encore, confirme-t-elle en m'indiquant de la suivre.

L'inscription finalisée, Sara me conduit dans une cellule. Ses pas s'accompagnent d'un cliquetis – les clés qu'elle tient à la main et les menottes accrochées à sa taille s'entrechoquent.

Elle se racle la gorge.

— Vous êtes en isolement carcéral, c'est-à-dire que vous ne pourrez pas voir d'autres détenus. Vous ne recevrez ni visites, ni lettres, vous ne pourrez pas téléphoner hormis à votre avocat. Vous n'avez pas le droit de lire les journaux, regarder la télé, ni écouter la radio. Mais vous pouvez déposer une demande de…

— Un livre ? Je peux avoir un livre ?

Elle opine du chef.

— Le chariot de livres passe demain. Ou après-demain, je peux vérifier.

Nous traversons un long couloir aux murs blancs entrecoupés, à gauche, de portes métalliques numérotées équipées de lucarnes vitrées à hauteur de visage.

Sara indique les portes.

— Vous aurez la cellule sept.

Je tourne la tête vers les portes du côté droit et elle suit mon regard.

— Ce sont des parloirs.

— Des parloirs ?

— Pour discuter avec votre avocat ou les enquêteurs. De l'autre côté du poste de surveillance, il y a une cour de promenade.

— Aussi haut ?

Nous nous trouvons au dernier étage de l'un des commissariats du quartier du parc Kronoberg. Je tente de me représenter une cour sur un toit. Y a-t-il des plantes ? Des bancs pour s'asseoir au soleil ?

Sara s'arrête devant le numéro sept et ouvre. J'entre dans une pièce tout en longueur de dix mètres carrés tout au plus. Les murs sont blancs. Ça me fait penser à une cabine de ferry en classe éco.

Au fond de la pièce, une fenêtre à barreaux ; à sa gauche un lit arrimé au mur et au sol un lino gris, sur lequel sont posés une couverture jaune et des draps pliés.

Sous la fenêtre, une étagère en bois clair fixée au mur qui doit servir de bureau et un banc du même matériau également scellé. La cellule est pourvue d'un petit lavabo surmonté d'un morceau de tôle polie, un ersatz de miroir sans danger, mais moyennement fonctionnel.

— Où sont les toilettes ?

— Les toilettes et les douches sont à l'extérieur. Appuyez sur ce bouton, on viendra vous chercher.

Elle indique un poussoir sur le mur.

— Il n'y a pas de toilettes dans la cellule ?

Elle me dévisage longuement.

— Ce n'est pas l'hôtel ici, hein. Sonnez si vous avez besoin de quelque chose. Nous vous apporterons votre dîner d'ici à une heure. Vous pourrez aller en promenade demain si vous voulez. Vous nous le ferez savoir quand on vous déposera votre petit déjeuner. On vous inscrira.

Elle sort dans le couloir, la porte se referme.

Je m'assieds sur le lit, reste un instant immobile à observer le néant du mur blanc. J'ignore combien de temps – dix minutes, une demi-heure peut-être – puis je m'allonge et fixe le plafond, perdue dans mes pensées.

Sara n'est pas désagréable. En réalité, aucune des personnes que j'ai croisées jusqu'à maintenant ne m'a maltraitée – ni les policiers, ni la médecin légiste ni le personnel de la maison d'arrêt.

Il me faut un moment pour comprendre pourquoi leur comportement me dérange – je ne les intéresse pas, tout simplement. Cette prise de conscience me conduit à m'interroger sur moi-même.

Pourquoi en serait-il autrement ?

Je ne suis qu'une des incalculables anonymes qui transitent par le système judiciaire chaque année.

Mais je ne suis pas habituée à être insignifiante et inconnue.

Je suis habituée à être la femme de Gabriel Andersen, quelqu'un qu'il faut avoir dans ses petits papiers. Je suis habituée à être la mère de David et Harry, le centre névralgique de leur vie. Je suis habituée à être l'éditrice que les auteurs écoutent. Celle qui enrichit les récits, les descriptions et le style.

À présent je ne suis personne : c'est une expérience nouvelle et plutôt désagréable.

Au bout d'un moment – une heure, deux ? –, on frappe à la porte. Le guichet s'ouvre et le visage aux joues roses de Sara apparaît.

— Votre dîner !

La porte s'entrebâille. Je m'avance vers le chariot à roulettes pour m'emparer du plateau qu'elle me tend.

— Et maintenant, qu'est-ce qui se passe ?

Elle fronce les sourcils.

— C'est-à-dire ? Vous mangez. Après, on ferme à clé.

— Mon avocate va venir ? Ou la police ? J'ai demandé à voir Manfred Olsson, un enquêteur.

— Ça, je n'en sais rien, hein. On viendra vous chercher si vous avez de la visite, mais sans doute demain au plus tôt.

Elle tire la porte qui claque sourdement et ses pas s'éloignent dans le couloir.

Vers vingt-deux heures, la porte est verrouillée, la lumière éteinte ; dans le noir, l'angoisse m'étreint. Allongée sur la couchette rigide, je sens un froid se diffuser dans mon corps, il me paralyse – ça commence dans la poitrine, dans la région du cœur, pour gagner mes bras et mes jambes. Je tremble. La couverture qui m'enveloppe ne suffit pas à me réchauffer.

Ma famille me manque, l'Éternité me manque. Tout ce que j'avais auparavant et ce qui a été perdu à jamais me manque. Mais ce qui me manque plus que tout, c'est celle que j'étais autrefois, car je sais que je ne serai plus jamais la même.

Et je pense à mes enfants, bien sûr. Tout commence et finit avec eux.

6

Je suis tombée enceinte quelques mois seulement après avoir rencontré Gabriel. Ce n'était pas prévu au programme, mais je ne faisais pas non plus spécialement attention. Je savais que c'était l'homme de ma vie, du moins j'en étais convaincue – comment peut-on savoir ce genre de chose à vingt ans ?

Nous nous étions vus presque tous les jours depuis la fête de la maison d'édition. Nous cachions notre liaison et jouissions de notre passion presque autant que du secret.

Au début, j'hésitais – fallait-il vraiment continuer à le fréquenter ? Je ne doutais pas de mes sentiments pour lui, mais je craignais qu'il se joue de moi. Je n'étais qu'une simple fille de la campagne qui préparait le café et corrigeait des textes dans une maison d'édition le jour et faisait la fête la nuit. Mais au fil des semaines, la certitude avait grandi – il était l'homme avec qui je voulais vivre.

Je lui ai annoncé ma grossesse dans un petit troquet enfumé par une étouffante journée d'été. Je le sentais stressé, même avant la conversation. Il avait ensuite rendez-vous avec Olof pour discuter de la publication de son nouveau roman.

— Je crois qu'il faut que je…, fit-il en consultant sa montre.

Je pris ses mains dans les miennes et plantai mon regard dans le sien. J'attendais le bon moment, comme s'il existait.

— Quoi ?

Il avait l'air désorienté.

— Je suis enceinte.

Son visage devint livide. Sa respiration se fit difficile, presque asthmatique. Il retira ses mains, s'agrippa à la table.

— Bon sang, Lykke, souffla-t-il en regardant autour de lui comme s'il redoutait qu'on nous entende. Tu ne t'es pas protégée ? Comment peux-tu être aussi idiote ?

— On dirait ma mère.

Il semblait encore plus pâle, j'eus peur qu'il s'évanouisse.

— Je pourrais presque être ton père, marmonna-t-il, comme s'il venait de percuter.

— Justement. À ton âge tu dois bien savoir comment on fait les bébés.

Il ne répondit pas, mais j'étais étonnamment confiante, peut-être parce que j'avais pressenti sa réaction. J'étais sûre qu'il se calmerait et qu'avec le temps il se ferait à l'idée de devenir papa.

Après tout, c'est la chose la plus naturelle au monde.

Il faut dire que Gabriel avait déjà été marié, avec une actrice relativement connue. Ils avaient essayé pendant plusieurs années d'avoir des enfants, sans succès. Gabriel m'avait avoué que ça avait fragilisé leur couple. Elle avait fini par le quitter pour un acteur et peu après ils avaient adopté une fillette en Chine.

À présent, j'étais là, prête à lui donner non seulement mon amour éternel, mais aussi les enfants qu'il m'avait dit désirer – car Gabriel avait grandi avec une mère célibataire et nourrissait le rêve de fonder la famille qu'il n'avait jamais eue.

Voilà, j'étais sûre qu'avec le temps, il s'habituerait à l'idée de devenir père, qu'il serait même impatient.

C'est ce qui arriva. Les jours passèrent, puis les semaines, et lorsque l'été devint automne, nous nous préparâmes à accueillir les enfants que je portais – nous avions déjà fait l'échographie révélant que j'attendais des jumeaux.

Il fallait maintenant nous trouver un logement.

Gabriel louait un appartement dans une demeure spacieuse à Djurgården, laquelle appartenait à une femme riche au goût douteux. Pour on ne sait quelle raison, elle s'était proclamée mécène de Gabriel et refusait qu'il me loge chez lui. Il arrivait que j'y passe la nuit – assez souvent, d'ailleurs –, mais Gabriel mettait un point d'honneur à me chasser au petit matin pour éviter que je la croise.

J'avais horreur de ça, je me sentais sale. Gabriel me promit que nous nous installerions ensemble dès la naissance des enfants.

La vente de ses livres lui avait rapporté une coquette somme, sans compter ce qu'il avait hérité de son oncle. Tout cela suffirait sans doute à acheter un appartement à Stockholm. Nous avons visité une vingtaine de biens, couru d'appartement en appartement, mais rien n'était assez bien pour Gabriel.

— Je ne pourrai jamais écrire là-dedans, gémissait-il.

Les excuses ne manquaient pas : les logements étaient trop laids ou trop clinquants. Trop miteux ou trop tristes.

Je n'osais contester. Nous vivions de son écriture. Que savais-je moi, des besoins des écrivains ?

Peu à peu, nous nous sommes rapprochés.

Gabriel était exactement comme je me l'étais imaginé – cultivé, empathique – et partageait ma passion pour la littérature.

J'étais folle amoureuse, et pas seulement du célèbre auteur qui m'avait charmée pendant cette fameuse fête, mais aussi de l'homme que j'avais appris à connaître. Un homme étonnamment sensible, doux, presque féminin, irrésistible en somme, et qui en plus semblait m'admirer – moi, une modeste assistante d'édition.

— Tu es mon roc, me disait-il parfois, et il ne faisait sans doute pas seulement référence à tous les services que je lui rendais, mais aussi à ma stabilité et à mon dynamisme.

Sans compter mon côté sociable – je relançais la conversation quand il s'ennuyait ou sombrait dans le mutisme pendant les dîners et soirées où nous allions avant les enfants.

Lorsqu'il était confronté à l'angoisse de la page blanche, je faisais de mon mieux pour le soutenir.

Un jour en arrivant chez lui, je l'avais trouvé dans sa baignoire. Il avait de l'eau jusqu'aux cuisses. Elle était glacée. Le visage de Gabriel était crispé par la panique, il tremblait de tous ses membres.

— Qu'est-ce que tu fais ? lui avais-je demandé en posant une serviette sur ses épaules.

Il s'était caché le visage dans les paumes.

— Je ne peux pas.

Je m'étais figée, redressée, et j'avais instinctivement posé la main sur mon ventre arrondi.

— Tu aurais pu y penser plus tôt.

— Je ne parle pas de ça, mais de mon livre. Je suis incapable de l'écrire.

Péché, le premier roman indépendant après *Souvenirs*, racontait l'histoire d'un professeur qui entamait une liaison avec une étudiante. Nous avions échangé des idées, mais Gabriel m'avait clairement fait comprendre que je ne pourrais pas lire le manuscrit avant qu'il soit achevé.

— Bien sûr que si !

Il avait secoué la tête, les larmes coulaient sur ses joues.

— Allez ! Tu as des centaines de milliers de lecteurs, tu as gagné le prix August.

— Justement… Si je me plante, ça fera plaisir à tout le monde. Surtout à cette vieille bique du journal de Borås. Elle a une dent contre moi.

Je l'avais serré contre moi, j'avais embrassé ses joues humides en songeant à ses mots. J'étais partagée : c'était assez touchant qu'un homme comme lui doute de ses compétences, mais son égocentrisme au moment où nous allions accueillir deux nouveaux êtres me gênait.

À mes yeux, nos enfants importaient plus que tous les livres au monde.

Je savais que Gabriel s'était battu pour réussir. Il avait essuyé des années de refus avant de percer, avait multiplié les jobs alimentaires et s'était endetté auprès de sa famille et de ses amis.

Pas étonnant qu'il ne considère pas la réussite et la créativité comme des évidences. J'essayais donc d'être constructive.

— Qu'est-ce qui te fait penser que tu n'arrives pas à écrire ?

— Je n'ai plus ça en moi… Je ne sais plus comment faire.

Plus tard il s'avéra qu'il le savait très bien et avec le temps j'avais appris à reconnaître les différentes phases de sa création : l'effervescence lorsqu'il avait une idée qui n'attendait que d'être mise en forme ; la phase obsessionnelle d'écriture – qui pouvait prendre entre trois mois et un an, interrompus parfois par des hésitations et un mépris de lui-même abyssal débouchant dans le meilleur des cas sur une période d'accalmie mâtinée d'espoir.

Enfin… jusqu'à la publication des critiques, moment de nervosité telle qu'on pouvait à peine lui parler. Il refusait de parcourir lui-même les articles, nous laissant le soin, à Olof et moi, de nous en charger. Si nous en dénichions un de laudatif – ce qui n'était pas rare –, nous le lui lisions à haute voix.

Mes amies – d'incorrigibles rats de bibliothèque comme moi – étaient jalouses de notre liaison. J'avais tiré le gros lot, disaient-elles : non seulement j'avais rencontré un homme qui m'adulait, mais en plus c'était l'un des écrivains les plus renommés du pays.

Mes collègues étaient moins enthousiastes. Dès l'officialisation de notre relation, les ragots avaient commencé. Les conversations autour de la machine à café s'arrêtaient net à mon passage, les éditrices avec qui j'avais l'habitude de déjeuner me dévisageaient. Et quand, quelques mois plus tard, j'avais annoncé ma grossesse, ma cheffe – une suédophone austère de Finlande – m'avait prise à part et avait déclaré dans son suédois chantant qu'il ne fallait pas s'attendre à des privilèges parce que Gabriel m'avait mise en cloque.

Je prenais tout ça avec flegme. J'étais si jeune, si naïve et si amoureuse que les réactions de mes collègues me passaient au-dessus. C'est presque comme si j'en jouissais, même. Je bombais le torse, choisissais des vêtements moulants pour mettre en valeur mon ventre et parlais à la cantonade des maux de la grossesse.

— Oula, un des bébés donne encore des coups de pied dans ma vessie. Je file aux toilettes !

Mes collègues me regardaient m'éloigner – mais je faisais de grands sourires, satisfaite de les avoir provoquées.

C'était plus compliqué avec ma mère. Comme toujours.

7

Une semaine environ après l'annonce de ma grossesse à ma mère, elle était venue me rendre visite à Stockholm. Elle avait à peine eu le temps de poser sa valise et le sac de pommes de terre bio cultivées dans son jardin qu'elle m'avait lancé un regard sévère, fait asseoir dans le canapé et m'avait demandé :

— Qu'est-ce que tu lui trouves, Lykke ? Un homme divorcé de quinze ans de plus que toi !

J'avais secoué la tête, sans comprendre sa réaction.

— La mort de ton père, avait-elle poursuivi en tirant sur sa robe en lin cousue main et teinte à la teinture végétale. Tu ne crois pas que tu es à la recherche d'une figure paternelle ?

Je n'avais pu m'empêcher de sourire.

— J'avais dix-sept ans quand il est décédé. Ce n'est pas comme si j'avais grandi orpheline. J'aime Gabriel, c'est aussi simple que ça.

C'est ce que je lui avais dit, car je ne pouvais pas lui parler de la passion, des heures passées dans le lit étroit de Gabriel dès lors que nous en avions la possibilité. Je ne pouvais pas non plus lui expliquer à quel point c'était enivrant d'entendre pour la première fois un homme me dire que j'étais belle – moi qui m'étais sentie exclue jusqu'à l'âge adulte, qui n'étais jamais invitée aux soirées lycéennes, qui n'avais jamais été en couple. Quant à mentionner à quel point j'avais gagné en reconnaissance et en visibilité dans le monde de l'édition, c'était impossible, elle m'aurait traitée de fille naïve et superficielle – et elle aurait eu raison.

— Tu l'aimes, soupira ma mère en se cachant le visage dans ses mains ridées.

— Il me traite avec beaucoup d'amour et de respect. Et il me soutient vraiment.

Tout cela était vrai. Mais l'inverse aussi – je le soutenais, j'étais ce roc dont il parlait souvent. Avec lui, je me sentais utile, comme si l'univers m'avait enfin donné, pour une obscure raison, une mission importante.

— On partage les mêmes centres d'intérêt. On adore la littérature, on peut discuter de livres et de films pendant des heures.

— Je ne veux pas que tu sois malheureuse, c'est tout.

Je n'avais pas répondu, mais ses mots étaient restés longtemps gravés en moi.

À mesure que mon ventre s'arrondissait, notre mode de vie changeait. Nous n'allions plus à toutes ces soirées chez ses amis écrivains et les rares fois où nous y participions, nous ne faisions plus la fête jusqu'au bout de la nuit – je ne buvais pas, bien sûr, ne me déhanchais plus sur les tables, je ne criais ni ne chantais plus comme avant.

Quand j'avais le malheur de me laisser aller, comme à la fête de l'éditeur Bonnier dans la villa Nedre Manilla, Gabriel s'emportait. Au moment où je m'étais dirigée vers la mer, accompagnée de la journaliste culturelle de l'un des grands quotidiens suédois, bien éméchée, il avait sifflé :

— Qu'est-ce que tu fabriques ?

— Je vais me baigner avec Maja.

Cigarette au coin des lèvres, Maja avait ôté sa robe portefeuille Marimekko et s'était retrouvée au milieu de la foule en soutien-gorge beige et culotte en coton rayé.

— Et pas qu'un peu ! avait-elle insisté.

— Tu te donnes en spectacle, Lykke !

Gabriel fulminait, regardait autour de lui, mais aucun des convives n'avait réagi, égocentriques qu'ils étaient. C'était typique du monde de l'édition : on était là pour être vu, pas pour s'intéresser aux autres.

— Du calme, Gabriel. Qu'est-ce que ça peut bien faire ?

— Tu es enceinte. Tu portes *mes* enfants.

— Et alors ?

Je m'étais déchaussée, avais attrapé mes sandales par les lanières.

Gabriel se balançait d'un pied à l'autre et avait renversé la moitié de son verre sur sa chemise. Il avait fixé la tache, l'air désemparé.

— Merde !

J'en avais profité pour attraper Maja par la main et l'attirer vers l'eau.

Ce genre de scène s'était répétée à maintes reprises au cours des années suivantes – plus j'assumais le rôle maternel, plus Gabriel se montrait tendre et protecteur avec moi, tout en développant un tas d'idées sur l'attitude que se devait d'adopter la mère de ses enfants.

Ça me dérangeait – moi qui adorais faire la fête. Ce n'est pas qu'il me contrôlait, ce n'était pas aussi inquiétant que ce que décrivent les femmes maltraitées, c'est juste qu'il avait une vision dépassée, voire réactionnaire, de la manière dont une mère doit se conduire.

Qu'est-ce que ça pouvait bien faire que je boive quelques verres quand les enfants étaient à la maison avec une baby-sitter ? Que je montre mes jambes à quelques poètes défoncés ou que je danse un slow avec un professeur de littérature de quatre-vingts ans à moitié aveugle qui avait consacré sa vie au naturalisme et écrit deux biographies sur August Strindberg ?

Pour Gabriel, c'était un problème.

Peut-être pouvais-je supporter ses petites particularités ? me dis-je. Globalement nous étions très bien ensemble. Gabriel était un père exceptionnel, il adorait pouponner les garçons et pouvait jouer avec eux pendant des heures. Sans compter qu'il m'adulait, nous menions une vie excitante, privilégiée, dans l'éclat de sa célébrité.

Cet éclat qui rejaillissait sur tous les domaines de mon existence.

Même ma mère, longtemps sceptique, s'était laissé amadouer. Elle trouvait Gabriel merveilleux – cultivé et intellectuel sans être snob, et c'était un père plein d'amour pour ses enfants. Elle se laissait inviter aux fêtes et aux dîners organisés pour la sortie de ses livres et s'était même entichée d'un dramaturge, ami de Gabriel. Depuis la mort de mon père, je n'avais jamais vu ma mère regarder un homme de cette façon. J'ignore s'ils avaient finalement eu une liaison – elle a emporté ce secret dans sa tombe.

Olof, qui à ma grande surprise n'avait pas critiqué notre relation, m'avait proposé un poste d'éditrice et de revaloriser mon salaire dès mon retour de congé maternité. Tout à coup, j'étais invitée à toutes les réunions de publication, je participais aux grandes foires du livre, à Londres, à Francfort, et je dînais dans les beaux salons.

Nos vacances nous étaient offertes, mais j'ignorais souvent par qui. À une occasion, Gabriel et moi avions passé une semaine dans un vignoble en Toscane, une autre fois on nous avait prêté un petit domaine à Österlen aussi longtemps que nous le souhaitions.

Les journalistes se pressaient pour nous interviewer – ils voulaient savoir si j'aidais Gabriel à écrire, comment nous nous étions rencontrés, ce que je préparais pour le dîner –, ils supposaient évidemment que j'étais en charge du foyer, mais c'était en réalité Gabriel qui passait le plus de temps en cuisine.

Et bien sûr, ils voulaient tout savoir de la nuit où les jumeaux étaient nés.

L'accouchement avait commencé par une froide après-midi d'hiver – la douleur qui se diffusait dans mes lombaires n'avait au départ rien d'insurmontable, je me rappelle avoir pensé que je souffrais d'indigestion. Mais les heures passaient et, la douleur ne s'apaisant pas, j'avais fini par comprendre.

J'avais appelé Gabriel – pouvait-il venir au plus vite ?

Bien sûr. Il était venu me chercher dans sa vieille Coccinelle pour aller à la maternité.

Les heures qui avaient suivi disparaissent dans un brouillard. La douleur était telle qu'on pouvait à peine me parler. Le gaz hilarant dont on m'avait vanté les mérites me donnait des vertiges et la nausée. Je repoussais le masque quand la sage-femme me le tendait.

— Non ! Je ne veux pas de cette saleté !

Harry arriva le premier. Potelé, puissant, il vint au monde avec un hurlement. David naquit une demi-heure plus tard, pâle, sans tonus.

L'atmosphère changea du tout au tout dans la salle d'accouchement : l'activité devint frénétique, la pièce s'emplit de soignants. Le petit corps de David fut relié à des câbles, placé dans une couveuse et emporté. La sage-femme avait beau me répéter qu'il ne s'agissait que d'une mesure de précaution, j'étais dévastée.

Gabriel garda son calme. Dans le couloir devant la salle d'accouchement, il parlait à voix basse avec un médecin. Je les voyais à travers la porte entrebâillée, sans distinguer les mots.

Lorsqu'il rentra, il souriait.

— Ça va aller, ma chérie. Ça va aller.

Il avait raison, bien sûr. David avait survécu, et dès le lendemain matin il était sorti du service néonatal et avait pu rester dans ma chambre.

Le lendemain matin j'admirais les deux nourrissons endormis qui reposaient dans mes bras. Ils étaient si différents ! Je ne cessais de m'en étonner. Comme tous les jeunes parents, je me demandais ce que l'avenir leur réserverait. À qui ressembleraient-ils ? Comment se passerait leur vie ?

Vers midi, Gabriel était venu nous rendre visite.

Il avait apporté des fleurs, un grand bouquet de roses rouges. Mais pas seulement. Sous le bras il portait une liasse de papiers.

Il sourit, s'assit sur le bord du lit, m'embrassa, puis les petits qui n'avaient pas encore de prénoms, le futur David, et celui qui s'appellerait Harry. David poussa quelques vagissements.

— Il est si petit, dit Gabriel en caressant du bout de l'index la tête glabre de David. Et lui si grand…

Il indiqua Harry, qui avait déjà d'épais cheveux noirs. Puis il cligna des yeux pour chasser une larme.

— Comme David et Goliath.

Gabriel effleura la joue de David.

— David, c'est joli, déclara-t-il. Et j'aime bien David Lynch.

— Oui, David, c'est bien.

— Et l'autre petit monstre ? On ne peut pas vraiment l'appeler Goliath. (Il marqua une pause.) Harry. Qu'est-ce que tu en penses ?

Cela faisait des mois que Gabriel insistait pour que l'un des garçons s'appelle Harry, d'après Harry Martinson, à son sens le plus grand écrivain prolétarien de Suède. Quelques années plus tôt, Gabriel avait reçu une bourse de l'Académie suédoise à la mémoire du grand auteur.

— Pourquoi pas ? Il ressemble à un Harry, répondis-je en songeant qu'après tout j'aimais bien Moa Martinson, elle aussi écrivaine, et qui fut son épouse.

Mon regard s'arrêta sur la liasse que Gabriel avait apportée.

— Qu'est-ce que c'est ?

Je voulais me redresser dans le lit pour voir, mais le poids des bébés m'en empêchait.

— Je nous ai acheté une maison. Une petite ferme entre Mölnbo et Vagnhärad.

Il sortit des documents – c'était l'acte de vente – et me tendit des photos.

Je ne savais pas quoi penser : il avait acheté une maison sans m'en parler ? À deux pas de là où j'avais grandi, qui plus est.

C'était aberrant. Un total manque de respect.

Pourtant, je ne pouvais m'empêcher d'être séduite par les magnifiques images – deux maisons rouges aux coins blancs. Un jardin regorgeant d'arbres fruitiers, anciens et noueux, qui donnait sur un pré au bout duquel s'étendait un lac, lisse comme un miroir.

Et le nom !

Ah ! Vivre dans un endroit qui s'appelle *l'Éternité.*

Un claquement étouffé provenant du couloir m'arrache à mes souvenirs. Des pas approchent. J'entends des voix furieuses, une porte se ferme et le silence se fait.

La maison d'arrêt ne dort jamais, songé-je. *Tant que je serai ici, je ne serai jamais tranquille.*

Je ferme les yeux, m'enroule dans la couverture. Je pense à l'Éternité, car tout a commencé là-bas.

Les événements qui s'y sont déroulés voilà huit ans ont effacé d'un coup d'un seul celle que j'étais, ils ont volé la gaieté et la confiance qui me portaient à travers la vie. Ils m'ont obligée à m'agenouiller pour la première fois, humble devant l'idée qu'on ne peut pas toujours guider son destin.

LYKKE

Huit ans plus tôt

8

Tic, tac. Tic, tac.

Quelques heures seulement avant l'incompréhensible. Encore quelques heures de notre existence joyeuse, choyée, dans le paradis que nous appelions l'Éternité.

Nous avions dressé la table sur la pelouse, devant la maison principale. Depuis la table – trois tréteaux et une planche couverte d'une nappe –, nous avions vue sur la prairie et le lac d'un côté, les maisons et la forêt de l'autre. À quelques mètres de la table poussait une grande haie de lilas qui dissimulait la serre et le vieux puits.

Olof et Tuss discutaient avec Gabriel lorsque je sortis avec du rosé pour l'apéro. Derrière eux, sur le ponton, j'apercevais Harry, Bonnie et David assis côte à côte, balançant nonchalamment les pieds dans l'eau calme, plongés dans une discussion inaudible.

Je servais des verres à Tuss et Olof lorsque le bruit d'une voiture brisa le silence fragile de cette soirée d'été.

— Jujje, constata Gabriel en se dirigeant vers le portail.

— Je reviens tout de suite, dis-je à mes deux convives, et je lui emboîtai le pas.

Jujje Holm était l'agent de Gabriel depuis dix ans et détenait des parts de Stenström Agency. En tant qu'agent littéraire, sa mission principale était de négocier et vendre les droits de ses romans à des éditeurs étrangers, ce qu'il faisait avec ardeur. Les livres de Gabriel étaient désormais publiés dans trente langues et plusieurs producteurs de séries télévisées avaient même montré un intérêt pour *Souvenirs*.

Gabriel avait pourtant été sceptique quant à l'adaptation de son œuvre à l'écran, il ne voulait pas perdre le contrôle sur l'histoire de ces deux femmes – qui sait quels dommages un producteur télé assoiffé de profits peut causer au récit, comment les personnalités de Helene et Siv pouvaient être démantelées puis reconstruites pour créer tout à fait autre chose, uniquement pour plaire aux téléspectateurs et aux producteurs ? Sans compter que nous n'avions pas besoin d'argent, les revenus de ses livres et mon salaire nous suffisaient.

Arrivés au portail, nous avons ouvert et sommes sortis.

Si la voiture d'Olof était une démonstration de fausse modestie, le cabriolet BMW de Jujje était tout l'inverse : il signalait une réussite financière quelque peu exagérée. Certes, Jujje avait une belle carrière et il aurait été capable de vendre du sable à des Arabes et de la glace à des Inuits, mais l'opulence qu'il exhibait ne reflétait pas la réalité du monde littéraire. Soit on acceptait cet état de fait et on apprenait à aimer le capital culturel, soit on changeait de secteur.

Ou, dernière option, choisie par Jujje, on pouvait vivre dans le déni et se convaincre d'avoir le beurre et l'argent du beurre.

Ce dernier bondit hors de la voiture.

— Gabriel !

— Jujje !

La voix de Gabriel monta dans les aigus. Il semblait tout à coup rajeuni de vingt ans.

Il tomba dans les bras de son ami, leur accolade intense dura plusieurs secondes et s'acheva par des tapes frénétiques dans le dos.

J'ignore ce qui chez Jujje provoquait une telle excitation puérile chez Gabriel – il était habituellement très sensé, digne, disait-on souvent –, mais dès que Jujje faisait irruption avec ses costumes trop brillants et ses grands tatouages, Gabriel semblait régresser pour devenir l'adolescent que je doutais qu'il ait été un jour.

Après les tapes dans le dos de rigueur, Jujje aperçut la grande écrevisse qui ornait le dos de la chemise de Gabriel.

— Bon sang ! lâcha-t-il.

Il se pencha en avant en soufflant, s'appuya sur ses genoux comme s'il craignait de tomber à la renverse.

— Moi, je la trouve élégante, se défendit Gabriel, jouant l'offusqué.

— Je n'ai jamais vu une chemise aussi affreuse. Tu as déniché ça où ?

— Dans une petite boutique de prêt-à…

— J'adore ! le coupa Jujje en indiquant un bouton orné d'écrevisses rouges. Franchement, j'adore !

Puis il s'avança vers moi et me donna une brève accolade. Il sentait l'after-shave à plein nez. Il fit un grand sourire révélant des dents d'une blancheur éclatante, et recoiffa ses cheveux qui frisaient légèrement sur la nuque.

— On s'est permis de commencer, dis-je.

— Désolé pour le retard ! répondit Jujje. C'est ma faute. C'était complètement bouché entre Södertälje et la sortie à Gnesta. Un accident ou un truc dans le genre.

Il se dirigea vers le coffre de sa voiture, le tapota, décocha un clin d'œil éloquent à Gabriel et l'ouvrit.

Gabriel me regarda en souriant. Nous savions tous les deux ce qui nous attendait.

Jujje poussa un grognement en soulevant la caisse de champagne.

— Tu veux que j'aille chercher un diable ?

— Tu rigoles, Lykke ! Il faut bien que ce soit utile de dépenser une fortune pour se faire du mal à la salle de sport !

Vers dix-neuf heures, nous sommes passés à table.

Le soleil était bas dans le ciel, semblable à une grosse orange à la surface du lac. Les arbres jetaient leurs ombres fines comme des crayons sur l'herbe touffue du pré. Les chevaux se serraient dans un coin, leur queue chassant lentement les mouches.

Sur la table, les bouteilles d'eau-de-vie embuées et les bières coudoyaient les tartes au fromage et surtout des montagnes d'écrevisses. Entre les bouteilles et les plats de service étaient disposées des bougies et des fleurs fraîchement cueillies et sur chaque assiette se trouvait le chapeau en forme d'écrevisse de rigueur, la serviette ornée d'écrevisse et le petit carnet de chansons à boire.

L'ambiance se réchauffait à mesure que le soir tombait et que les plats se vidaient. Gabriel servait de l'eau-de-vie qui était bue cul sec à peine servie, et même les adolescents furent autorisés à goûter – après tout, nous étions des intellectuels ouverts d'esprit.

Jujje se leva, une queue d'écrevisse à la main et son ridicule chapeau de travers.

— Mes frères et sœurs, lança-t-il. Chanson n° 3 !

Tout le monde s'empara du livret, l'ouvrit à la page trois et entonna :

J'ai de la bonne gnôle,
Dans mon godet,
J'ai de la bonne gnôle,
Tu n'en auras pas,
J'ai de la bonne gnôle,
Dans mon godet,
J'ai de la bonne gnôle,
Et je la boirai !

Il y eut un moment de silence, les convives vidaient leur shooter, puis ils s'ébrouèrent à l'unisson.

— Mes aïeux ! s'exclama Olof. (Il s'essuya la bouche de sa serviette.) Ça fait du bien par où ça passe !

Le brouhaha autour de la table monta, on entendit de nouveau les cliquetis des couverts et des verres. Les conversations s'animaient – je n'entendais pas ce que disaient les jeunes, mais Olof et Jujje se lançaient dans des conjectures au sujet du lauréat du prix August de l'année.

— Lena Andersson, dit Jujje avec l'assurance qui le caractérisait.

— Je n'en suis pas si sûr, rétorqua Olof. Je pense plutôt à Kjell Westö.

— Lena Andersson, répéta Jujje en glissant du tabac sous sa lèvre. Rappelle-toi que je l'ai dit le premier.

Tuss et Gabriel, assis côte à côte, étaient plongés dans une conversation à propos du livre qu'il écrivait, un roman émaillé d'éléments autobiographiques.

— C'est pour ça que je préfère la forme romanesque, affirmait Gabriel. Je m'approche plus près de la vérité.

Tuss acquiesça d'un hochement de tête.

— Il y a un énorme attrait pour l'autofiction en ce moment.

Gabriel grimaça.

— Ça, je m'en fous comme de ma première chemise !

— Bien sûr, fit Tuss en rougissant.

Ils abordèrent la liste des meilleures ventes. La jeune femme semblait retrouver sa confiance à mesure qu'ils commentaient les titres l'un après l'autre. Elle se redressa, ses joues perdirent leur ton écarlate.

Je saisis la bouteille d'alcool, me levai et fis le tour de la table pour remplir les petits verres.

— Je ne comprends pas comment les gens peuvent lire ce bouquin minable, constata Gabriel une fois que je me fus rassise.

— Lequel ? demandai-je en reposant la bouteille à côté d'un bouquet de fleurs des champs.

Gabriel remplit le verre de vin de Tuss et je remarquai qu'elle avait déjà avalé le shot que je venais de lui servir.

— *Cinquante Nuances de...*, commença Gabriel.

— *Merde*, termina Tuss.

Olof, qui s'était tourné vers Gabriel, hocha la tête et repoussa de l'index ses lunettes sur son nez.

— Autrefois, les lecteurs appréciaient la littérature de qualité, maugréa-t-il. (Il marqua une pause.) On trouvait la littérature de gare chez les marchands de journaux, pas dans les librairies. Les gens prenaient le temps de s'asseoir sur leur cul et de lire au lieu de se balader avec un casque sur les oreilles pour écouter ce qu'on appelle des *livres audio*. (Il cracha les mots comme quelque chose d'amer et poursuivit.) C'est une mode. Croyez-moi, dans dix ans les livres audio seront tombés aux oubliettes. De même que *Cinquante Nuances*.

— De quoi vous parlez ? demanda Bonnie depuis sa place en bout de table.

Gabriel se retourna, afficha l'expression sérieuse qu'il avait toujours quand il voulait expliquer quelque chose qui était évident pour lui tout en s'efforçant de ne pas sembler méprisant.

— On parle de la saga *Cinquante Nuances*.

— Et vous trouvez que c'est de la merde ? demanda Bonnie en baissant son bonnet bleu sur ses oreilles.

Tuss éclata d'un petit rire et posa son verre de vin d'un geste si gauche qu'il se renversa.

— Oups, dit-elle en épongeant avec sa serviette.

Olof se tourna vers Bonnie.

— Si l'on prend la littérature au sérieux, et il me semble qu'on doit le faire, on doit reconnaître que certains livres sont moins bons que d'autres. *Cinquante Nuances*, ce n'est pas de la littérature, c'est une version porno de *Cendrillon* pour la classe moyenne illettrée, sexuellement frustrée et complètement détournée de la culture.

— Tu l'as lu, alors ?

Bonnie, qui semblait sincèrement intéressée, triturait son anneau dans le nez et fixait Olof.

— Jamais de la vie ! Je ne vais pas perdre mon temps à lire une connerie pareille !

— Ah bon, fit Bonnie en jouant l'étonnée. Comment peux-tu savoir que c'est mauvais ?

— Au bout de trente ans dans le métier, je n'ai pas besoin de lire un livre pour le savoir.

David avala une gorgée de bière et vola au secours de Bonnie :

— Il y a de la place pour des romans érotiques, voire pornographiques, dans la littérature, non ? La littérature en est pleine : Marguerite Duras, Henry Miller, Anaïs Nin, Nabokov.

Je souris. Je ne pouvais m'empêcher d'être fière de mon fils si cultivé. David avait toujours beaucoup lu et s'était intéressé à mon travail. Je lui avais mis des classiques entre les mains dès le primaire, il les avait tous dévorés, à l'exception de quelques pavés russes que nous utilisions comme poids pour presser des feuilles ou mariner du saumon.

Une seconde plus tard, je sentis la boule habituelle dans le ventre. Je jetai un coup d'œil à Harry. Il gardait le silence, le regard rivé sur ses genoux, comme toujours dans l'ombre de son frère.

Olof leva les yeux au ciel.

— Tu ne peux pas comparer *Lolita* et *Cinquante Nuances*.

— Je suis d'accord avec David, dit Jujje. Il y a de la place pour tout le monde.

Je hochai la tête, pas spécialement surprise que Jujje prenne le parti de David. Ils s'étaient toujours appréciés, malgré leurs différences. Olof fit un signe de la main et se retourna avec un mouvement éloquent.

— Le dernier de Toni Morrison en revanche, ajouta-t-il d'une voix plus basse. La vache, quel chef-d'œuvre ! Tant de noirceur dans chaque paragraphe, c'est merveilleux ! Je suis en contact depuis plusieurs années avec son agent. Nous dînons souvent ensemble pendant la foire de Londres, mais Bonnier ne veut pas la laisser partir, évidemment. C'est compréhensible puisque…

— Excusez-moi, l'interrompit Bonnie. Mais est-ce que quelqu'un ici a lu *Cinquante Nuances* ?

Le silence se fit. Un oiseau croassa au loin – un cri solitaire, plaintif dont l'écho fut transporté sur l'eau du lac.

— Moi oui, reconnut Tuss en gloussant de nouveau.

— Tu plaisantes ? lança Olof en la regardant avec dégoût.

— Qu'est-ce que tu en as pensé ? demanda Bonnie.

Tuss haussa les épaules et esquissa un sourire de disculpation.

— Bof, c'est une histoire assez banale. La narration est plutôt rythmée, mais… (Elle marqua une pause, s'enveloppa dans son gilet et leva les yeux vers le ciel bleu marine d'août comme si elle cherchait la bonne formulation.) … il y a beaucoup trop de descriptions sexuelles explicites à mon goût.

Elle se retint de pouffer de rire.

— Je ne suis pas prude, poursuivit-elle. Ce n'est pas ça. C'est juste qu'on se lasse au bout d'un moment. Ça devient un peu mécanique. Mais je peux comprendre que ça se vende. Le récit est prévisible et ses problématiques intemporelles. Homme riche, jeune fille pauvre, etc. etc. Je suppose que c'est excitant pour le lecteur. Et le niveau de langue est accessible à tous, même à une adolescente.

— Comme le magazine *Vingt Ans*, constata Olof, avant d'avaler un morceau de tarte.

Tout le monde sauf Bonnie éclata de rire.

— Et toi, tu l'as lu ? demandai-je à cette dernière.

Elle secoua la tête et entortilla une longue mèche de cheveux aux reflets roux entre ses doigts.

— Non. Mais je trouve ça étrange qu'on ait un avis aussi tranché sur un livre qu'on n'a pas ouvert. Surtout quand il s'est vendu comme des petits pains et que l'édition s'est fait un fric monstre dessus. Ce n'est pas une bonne chose, peut-être ?

Olof secoua violemment la tête.

— Forss & Stierna n'a pas gagné un centime. On ne publierait jamais un bouquin pareil !

— Mais vous avez bien publié le livre de Luncinda Lee, la mannequin qui a écrit un journal intime sur toutes les stars avec lesquelles elle a couché ? Il a été comparé avec *Cinquante Nuances de Grey*, justement.

Le visage d'Olof se figea, il pinça les lèvres.

— J'étais à cent pour cent contre cette publication, maugréa-t-il.

Je me tournai vers Jujje.

— Tu accueillerais Luncinda Lee chez Stenström Agency si elle frappait à la porte ?

— À ton avis ? rétorqua Jujje en se frottant les mains avec humour. *Beggars can't be choosers !*

J'avais beau rire de bon cœur avec les autres, la propension de Jujje à s'attribuer le rôle de capitaliste sans scrupule avait quelque chose de percutant. Comme un chien servile, il semblait savoir clairement quelle était sa place.

Je regardai Olof qui reposait ses bras croisés sur son ventre proéminent. On voyait bien que la discussion le mettait mal à l'aise, et je comprenais pourquoi. Il avait beau être l'éditeur littéraire de Forss & Stierna, il était bien obligé de faire des bénéfices. Un exercice bien périlleux lorsqu'on travaille exclusivement avec des auteurs de nouvelles et de textes exigeants. Il avait constamment le couteau sous la gorge et se trouvait contraint d'accepter des auteurs commerciaux, ce qui le contrariait. L'évolution générale du monde de l'édition le chagrinait aussi – le marché de plus en plus réduit des grands formats et l'engouement croissant des lecteurs pour les récits des stars dont les noms émaillaient les colonnes des magazines people.

Sans compter que selon Olof, des maisons d'édition rivales avaient fleuri au cours des dernières années, dont le business model n'était pas de dénicher de jeunes talents, mais bien de dérober des auteurs établis à la concurrence. Néanmoins, ce sujet était trop sensible pour être abordé ce soir – d'autant plus qu'en tant qu'agent, Jujje était l'un des acteurs de ce nouvel écosystème.

— Chanson n° 4, s'égosilla Jujje, qui s'efforçait d'égayer l'atmosphère.

Tous les convives se joignirent au chœur à l'exception d'Olof :

Une jolie écrevisse coiffée d'aneth,
accompagnée d'un petit cul sec,
Pain, beurre, fromage, hareng
et de l'eau-de-vie évidemment !

9

Quelques heures plus tard, il faisait nuit noire, l'air s'était rafraîchi et chargé d'humidité. En jetant un coup d'œil autour de moi, je constatai que le dîner se muait en soirée dansante, comme d'habitude.

Harry et David avaient sorti la chaîne hi-fi et le rap à plein volume faisait vibrer les arbres fruitiers et les rosiers secs.

Jujje et Tuss dansaient sur la pelouse, un verre de vin à la main. Ou plutôt, Jujje dansait, mais Tuss se balançait sur place, les yeux fermés. Son gilet avait glissé, dénudant une épaule. Sa manche traînait par terre. De temps à autre, elle s'accrochait au bras de Jujje pour ne pas perdre l'équilibre et riait à gorge déployée.

Olof leur lançait des regards agacés.

Je dus m'appuyer sur la table pour débarrasser sans tituber. Ça m'étonna un peu, bien sûr que j'avais pas mal bu, mais je pensais mieux tenir l'alcool.

Gabriel s'approcha, me prit les assiettes des mains, les posa sur la table et écrasa sa cigarette dans une tête d'écrevisse. Puis il me saisit par la taille et m'attira vers lui.

— Je peux ?

Je lui souris, plaçai les mains autour de son cou, surprise comme souvent par l'attirance si forte que je ressentais encore pour lui, que ni les enfants ni les années n'avaient émoussée.

— Je t'aime, dit-il.

Il m'embrassa dans le cou, laissa glisser une main vers mes fesses.

— Je sais, répondis-je en me pressant contre lui.

Un instant plus tard, Harry et Bonnie passèrent devant nous en courant.

— On de… descend au sauna, haleta Harry et ils disparurent, avalés par la nuit d'été.

— Un sauna ! Bonne idée ! jubila Tuss.

Elle emboîta le pas des adolescents en direction du lac. Elle titubait, ses escarpins s'enfonçaient dans le sol poreux et elle laissa tomber son gilet dans l'herbe.

Jujje se précipita à sa poursuite.

— Tu ne devrais peut-être pas, commença-t-il, mais la fin de sa phrase fut noyée dans la musique.

Tuss était arrivée à l'enclos. Elle tendit la main vers la poignée pour ouvrir le portillon, mais perdit l'équilibre et se rattrapa à la clôture électrique.

— Aïïïee ! Ça pique ! hurla-t-elle en tombant à genoux.

Jujje l'avait rattrapée. Il se pencha vers elle, mais chancela, s'écroula également par terre, et les cris de Tuss se changèrent en éclats de rire nerveux.

C'était une soirée entre amis ordinaire à l'Éternité.

Vers trois heures du matin, Harry et Bonnie revinrent tranquillement du lac. Bonnie était trempée jusqu'aux os, ses vêtements lui collaient à la peau et ses cheveux ruisselaient sous son bonnet.

— Qu'est-ce qui s'est passé ? demandai-je.

— Je me suis entraînée à nager tout habillée, expliqua-t-elle, comme si ça justifiait quoi que ce soit.

— Où est David ?

Harry décocha un coup d'œil à Bonnie.

— Près du lac, dit-il en grattant son bras tanné par le soleil. Il va bientôt remonter. (Silence.) On va se coucher.

— D'accord. Je pense qu'on ne va pas tarder non plus.

Harry s'empara de la chaîne hi-fi et se dirigea vers la stuga. Je jetai un coup d'œil à Olof qui dormait à table, le menton baissé contre la poitrine. Son petit chapeau rouge lui faisait comme une corne au front. Ses lunettes avaient glissé sur le bout de son nez et il tenait toujours sa pipe à la main. Un peu plus loin, Jujje urinait sur les seringas que nous avions plantés quelques mois plus tôt. Il tanguait lentement, comme un navire sur une mer agitée. Gabriel et Tuss étaient assis sur la balancelle près de la maison, il avait posé sa main sur le genou de la jeune femme, et ils discutaient à voix basse.

Je terminai de débarrasser la table, apportai le tout dans la cuisine puis me dirigeai vers la balancelle.

Gabriel me sourit, me prit la main et m'attira vers lui. Je me laissai tomber lourdement sur ses genoux. La balancelle tangua et émit un crissement.

— Embrasse-moi ! bafouilla-t-il, et je m'exécutai.

Au coin de l'œil, j'aperçus David, mais il franchit le portillon de l'enclos et continua vers la stuga sans nous souhaiter bonne nuit.

— De quoi parlez-vous ? m'enquis-je.

Gabriel sourit.

— De la famille.

— De notre famille ou de la famille en général ?

— Gabriel disait justement que sa famille est tout pour lui, dit Tuss qui semblait dégrisée.

Je souris. Ce n'étaient pas des paroles en l'air. Gabriel prenait son rôle de père très au sérieux, il l'avait toujours fait. Il avait décliné un nombre incalculable de voyages et d'interviews pour ne pas manquer un anniversaire ou une fête de fin d'année scolaire des garçons. Il les accompagnait à l'entraînement de foot, aux tournois d'échecs, faisait de longues promenades avec eux dans la forêt, leur parlait des plantes et des arbres. Et si quelqu'un, un professeur ou un autre parent, par exemple, les critiquait, cela le mettait dans tous ses états.

— On devrait peut-être…, commença Gabriel en jetant un coup d'œil vers Olof dont on entendait les ronflements depuis que Harry était parti avec la chaîne hi-fi.

— Tu as raison, approuvai-je. Allons nous coucher.

Une demi-heure plus tard, nous étions au lit.

Tuss, Olof et Jujje s'étaient installés dans le cabanon au bord du lac, transformé en chambre d'amis, et Gabriel s'était endormi tout habillé dans le lit à côté de moi.

J'entendais encore de la musique provenant de la stuga. Je savais que je devais aller dire aux garçons d'éteindre, mais je n'en avais pas la force – ma tête allait exploser et mon corps était lourd.

Peu importe, songé-je, même si je savais que Gabriel deviendrait fou s'il se réveillait à cause du bruit.

Peu importe, car cette nuit nous allions tous dormir comme des morts.

10

Tic, tac. Tic, tac.

La musique me tira prudemment de mon rêve et me ramena à l'Éternité – la lourde basse se frayait un chemin depuis la stuga dans le jardin jusqu'à ma chambre.

Ma tête palpitait, ma bouche était sèche, les draps trempés de sueur.

Je m'emparai du verre d'eau que j'avais toujours sur ma table de chevet. J'avalai quelques gorgées et regardai l'heure.

Sept heures et demie.

Gabriel était allongé sur le ventre, la tête tournée vers l'autre côté du lit. Il avait repoussé sa couverture et la grosse écrevisse rouge dans son dos semblait briller dans la lumière grise qui filtrait sous le store. J'entendis un roulement de tonnerre assourdi.

Je me levai, enfilai mon peignoir et descendis dans la cuisine chercher un antalgique. L'odeur des écrevisses de la veille me retourna l'estomac et la vue de la montagne de vaisselle dans l'évier me donna l'envie de retourner *illico* sous ma couette, mais c'était bien sûr impossible.

Dans quelques heures, je devais servir le petit déjeuner – café, pain frais, œufs brouillés et petites saucisses. Je devais jouer l'hôtesse parfaite-mais-pas-trop, celle qui veille au bien-être de ses invités avec un naturel déconcertant, et qui ne s'abaisse jamais à plaire à tout prix.

Au moment où j'avalais deux comprimés d'ibuprofène avec un grand verre d'eau, les premières gouttes de pluie s'écrasèrent contre la vitre. Désireuse d'arriver à la stuga avant l'averse, je me précipitai dans l'entrée, enfilai l'imperméable de Gabriel et glissai les pieds dans mes vieux sabots.

La musique était de plus en plus assourdissante à mesure que j'approchais.

Je ne comprenais pas – je n'avais d'ailleurs jamais compris – comment ils pouvaient dormir avec ce vacarme. Mais ils dormaient, et comment ! Ça ne dérangeait que Gabriel et moi, surtout Gabriel.

Je frappai à la porte en rabattant ma capuche pour me protéger de la pluie qui tombait de plus en plus fort.

— David ! Harry ! Ouvrez !

Pas de réponse.

La stuga était une maisonnette de plain-pied composée d'une petite cuisine, de deux chambres et d'une minuscule salle d'eau avec douche et toilettes. Lorsque Gabriel avait acheté l'Éternité près de dix-huit ans plus tôt, le bâtiment était utilisé comme lieu de stockage, mais quand les garçons étaient devenus adolescents nous avions décidé de le réaménager pour en faire un espace à eux, à une distance rassurante de chez nous.

C'était une des meilleures décisions que nous ayons prises – ils adoraient leur petit nid douillet et l'indépendance qu'il leur procurait. Ils se sentaient adultes, et ils avaient été obligés d'apprendre à entretenir leur maison.

Au début du printemps, ils nous avaient demandé notre double de leurs clés car ils ne voulaient pas que nous fourrions notre nez chez eux sans leur permission. Amusés, Gabriel et moi avions accédé à leur demande – après tout, nous n'avions pas grand-chose à leur reprocher, à l'exception des quelques assiettes pleines de moisissure trouvées sous les lits et les toilettes d'une saleté indescriptible que j'insistais pour récurer en dépit de leurs protestations.

Je fis quelques pas de côté, dans l'herbe, pour voir dans la cuisine par la fenêtre. Quelques gouttes de pluie glissèrent de mon front dans mon cou.

David dormait sur le ventre sur l'étroite banquette. Son bras maigre pendait vers le sol. Sa bouche était ouverte, son dos s'élevait et s'abaissait à chaque respiration et ses omoplates ressortaient sous sa peau pâle.

— David ! (J'abattis la paume sur la fenêtre. Il bougea un peu puis s'immobilisa de nouveau.) Laisse-moi entrer !

Il ouvrit un œil, puis l'autre, esquissa une grimace et se réveilla.

Je lui fis de grands gestes et il hocha la tête. Quelques instants plus tard, j'entendis le cliquetis des clés et il déverrouilla la porte de l'intérieur.

— Quoi ? aboya-t-il en clignant des yeux.

— Éteins-moi cette foutue musique !

— Oh, relax maman…, maugréa-t-il en trottinant vers la chaîne posée sur la petite table décapée.

À mi-chemin, il s'arrêta et débrancha d'un coup sec la prise, sans doute n'avait-il pas la force de marcher jusqu'à l'interrupteur.

On n'entendait plus que la pluie contre le toit, le ronronnement du frigo et le grondement lointain du tonnerre.

— Elle est restée allumée toute la nuit ?

Il se frotta les yeux, me décocha un regard, mais ne répondit pas. Il retourna vers la banquette, s'allongea, tira la couverture en crochet sur lui et se tourna vers le mur. Je ne voyais plus que sa tignasse blonde et sa nuque couverte de duvet.

— Va-t'en ! dit-il.

Sans lui prêter attention, je me dirigeai vers la chambre de Harry, entrouvris la porte et jetai un coup d'œil à l'intérieur.

La couette lui couvrait les jambes jusqu'à la taille. Son torse nu, musclé, reposait directement sur le matelas. Le drap était en boule par terre à côté de l'oreiller. Une vague odeur de transpiration, de vieilles chaussettes et de bière saturait l'air.

Les respirations lourdes et régulières de Harry révélaient un sommeil profond, alors je refermai la porte et allai ouvrir celle de la chambre de David.

Bonnie était étendue sur le lit, nue, sur le dos, les bras étirés. Ses jambes dépassaient du bord et ses pieds reposaient au sol. Sa peau était blanche, cireuse presque, et ses yeux ouverts. Sa bouche semblait former le « o » d'un cri silencieux.

En un clin d'œil, la catastrophe s'était abattue sur nous.

Après cela, mes souvenirs sont flous et déformés, comme un événement que l'on observe à travers une vitre sale. Je me rappelle m'être précipitée vers Bonnie, c'est ce que j'ai fait, non ? Je me rappelle avoir secoué son corps froid, avoir essayé de soulever une de ses mains pour sentir son pouls, mais son bras était raide comme celui d'un mannequin de vitrine.

Je crois aussi que j'ai crié, mais le bruit qui sortait de ma bouche n'était pas humain. C'était un hurlement prolongé, qui montait et descendait, montait et descendait.

J'entendis des pas derrière moi, puis Harry était dans la pièce.

— Qu'est-ce..., commença-t-il, mais il se tut en apercevant Bonnie.

Il écarquilla les yeux, haussa les épaules et plaça ses mains devant lui comme s'il voulait se protéger d'un assaillant invisible. David fit irruption dans la pièce, nous bouscula pour passer, courut jusqu'à Bonnie et posa les mains sur ses joues.

— Bonnie, chuchota-t-il en balayant son corps du regard. Réveille-toi ! Hé ! Bonnie !

Il gifla sa joue.

— Réveille-toi ! répéta-t-il, la voix désespérée.

Lorsqu'il lui donna une nouvelle claque, je lui saisis le bras et essayai de l'éloigner d'elle.

— Ne la touche pas, elle est...

Mais j'étais incapable de le dire, car prononcer le mot était comme en reconnaître la véracité. Avouer que Bonnie, la fille que je connaissais depuis qu'elle avait sept ans, était morte, étendue nue, dans ma stuga.

Que Bonnie – si pleine de vie et d'imagination, qui adorait les animaux et était intègre au point de remonter les bretelles à un homme comme Olof Forss – n'était plus là.

David, qui s'était arraché à mon étreinte, s'agenouilla auprès de son amie et lui caressa délicatement les cheveux.

— Je t'en prie, gémissait-il. Réveille-toi ! Bonnie, par pitié.

Je regardai Harry – il avait les poings serrés. Toute couleur avait disparu de son visage hâlé.

— Va chercher papa, lui ordonnai-je.

Il tourna les talons et disparut au moment où un éclair illuminait la chambre, immédiatement suivi d'un grondement qui fit trembler les fenêtres.

Je guidai David hors de la pièce et dans la cuisine, le fis s'asseoir sur la banquette et plaçai la couverture sur ses épaules. Il pleurait sans relâche, les larmes dégoulinaient de ses joues, son nez coulait.

— Il faut appeler une ambulance, sanglota-t-il. Il faut. Appeler. (Il marqua une pause, se moucha dans la couverture.) Fais quelque chose ! On doit l'aider ! On ne peut pas juste… Elle ne peut pas juste…

— *Chhhh*. Calme-toi, murmurai-je – qu'y avait-il à dire ?

Des pas s'approchèrent dehors sous la pluie, la porte s'ouvrit et Harry entra suivi de Gabriel qui ne portait plus ses vêtements de la veille, mais un peignoir. Ses cheveux étaient mouillés, je ne savais pas s'il sortait de la douche ou si c'était à cause de la pluie.

— Reste là, lança Gabriel à Harry avant de disparaître dans la chambre où se trouvait Bonnie.

Harry se laissa tomber à côté de son frère, le visage totalement dénué d'émotions. Ses poings toujours serrés reposaient sur ses genoux.

Gabriel sortit au bout de quelques minutes, s'arrêta dans l'embrasure de la porte et s'appuya contre l'encadrement, les yeux rivés au sol, la respiration haletante, comme après une marche rapide.

— Elle est morte, constata-t-il, disant ainsi tout haut ce que nous savions tous. Je vais appeler une ambulance.

MANFRED

Aujourd'hui

11

Nadja repousse le sandwich entamé avec une grimace.

— Je veux faire de la balançoire, déclare-t-elle en bondissant sur ses pieds de la couverture que nous avons étalée à l'ombre des grands arbres dans le parc Humlegården.

Elle se balance rapidement d'une jambe à l'autre, faisant voleter sa petite jupe.

Afsaneh me lance un regard amusé, ramène sa longue chevelure noire d'un côté de la tête, ses lèvres miment « je te l'avais bien dit ».

— Mange ton sandwich d'abord.

— Mais toi, tu n'as pas mangé ton sandwich, me tacle Nadja, les yeux écarquillés.

— C'est parce que moi, je…

Je me tais et baisse les yeux sur les bâtonnets de carotte dans mon assiette en carton.

Peut-on dire à un enfant de quatre ans qu'on est au régime ?

Comment expliquer que la nourriture indispensable à son corps en pleine croissance est nuisible au mien ? C'est en tout cas ce qu'en pense ma médecin traitante, une femme sévère d'une soixantaine d'années qui m'a fait tout un discours sur l'hypertension, le diabète de type 2 et les problèmes de genoux la dernière fois que je l'ai vue.

L'hypertension et le diabète, c'est une chose, mais c'est le passage sur les genoux qui a fait céder ma résistance – j'ai un mal de chien depuis plusieurs années.

— Allez, va jouer ! lancé-je.

Afsaneh éclate de rire et Nadja sautille vers les balançoires une cinquantaine de mètres plus loin.

— Je sais, rétorqué-je.

— Bah, elle mangera tout à l'heure.

— Mais elle n'a que la peau sur les os.

— Elle mange à sa faim, ne t'en fais pas.

C'est toujours la même rengaine – je suis celui qui se fait le plus de souci pour Nadja.

Depuis ce jour, il y a environ un an, alors que j'étais seul à la maison et qu'elle avait réussi à grimper sur le rebord de la fenêtre et à l'ouvrir, la panique est toujours dans un coin de mon esprit. Le souvenir de la scène – j'ai couru vers elle, j'ai saisi sa petite main qui m'a échappé aussitôt – me hantera à jamais. Et après : les mois à l'hôpital sans savoir si elle allait survivre, cette incertitude…

Bien qu'elle soit totalement rétablie, j'ai la sensation qu'il peut se passer – ou plutôt qu'il *va* se passer – n'importe quoi, si je ne suis pas là pour l'empêcher. Comme si j'étais la seule personne entre elle et la catastrophe définitive, un bouclier humain contre les innombrables dangers de l'existence.

Par conséquent, je dois toujours m'assurer qu'elle est en sécurité – je me lève la nuit pour m'assurer qu'elle respire, au moindre rhume l'angoisse prend ma poitrine en tenailles et une égratignure peut conduire à une visite au centre de santé.

Afsaneh est bien plus calme – elle était au trente-sixième dessous lorsque Nadja était à l'hôpital, mais elle s'est rapidement remise. Sa confiance en la vie, en la capacité de Nadja à prendre soin d'elle-même semble aussi profondément ancrée que ma paranoïa.

C'est parce que Afsaneh est beaucoup plus jeune que moi, me dis-je. Et parce qu'elle n'a pas vu toutes les horreurs dont j'ai été témoin.

Être policier, c'est être confronté aux côtés les plus sombres de l'existence et de la société – des morts tragiques, des adolescents à la dérive, des enfants maltraités et exploités. Des gens qui sont des monstres sous leurs airs d'enfants de chœur. Des victimes lentement brisées qui finissent par se changer en bourreaux et ainsi conclure le cercle vicieux.

C'est sans fin.

Afsaneh s'allonge sur le dos sur la couverture, cligne des yeux et enfile ses lunettes de soleil. Elle retire ses sandales et remue les orteils.

— Ça ne serait pas trop mignon un petit bébé ? lance-t-elle.

Je ne réponds pas.

J'aime Nadja, ça oui, mais les nourrissons, ce n'est pas ma tasse de thé. Me réveiller la nuit, changer les couches, très peu pour moi. J'ai plus de cinquante ans et déjà quatre enfants. Alba, Alexander et Stella sont certes déjà grands, mais côté procréation, j'ai l'impression d'avoir donné…

— Chéri ?

— Quoi ?

— Un tout petit bébé. Avec des pieds si minuscules qu'on peut les mettre tout entiers dans sa bouche.

— *Hum*. On peut s'entraîner.

Mon téléphone sonne et en voyant le nom qui s'affiche j'envisage un instant de rejeter l'appel.

Bodil.

C'est ma cheffe, mais je suis en vacances. Quatre semaines de congés ininterrompus, pour la première fois depuis des années. Nous avons loué une maison sur l'archipel, nous allons nous baigner, manger des glaces. Faire la vaisselle à la main et des barbecues. Débattre de cet enfant qui pourrait voir le jour, dont Afsaneh parle de plus en plus souvent tandis que je me force à avaler des bâtonnets de carotte et des tranches de concombre – mais surtout, je ne vais pas travailler.

Malgré tout, la loyauté triomphe de mon envie d'ignorer ma supérieure – comme toujours.

Je réponds en songeant que Bodil a une sacrée chance d'avoir de petits soldats aussi dévoués que moi.

Elle ne perd pas de temps en bavardages inutiles.

— Manfred, dit-elle. Je sais que tu es en vacances, mais j'ai besoin de ton aide.

Mon cœur s'effondre dans ma poitrine.

— Il s'est passé quelque chose ?

Elle marque une pause avant de répondre.

— Tu te rappelles le meurtre de la jeune fille de dix-sept ans il y a huit ans ? Chez l'écrivain, celui qui vivait dans une ferme qui s'appelait l'Éternité ?

Je m'en souviens, bien sûr que je m'en souviens. C'était un été aussi beau et chaud que celui-ci. Je venais de divorcer et je broyais du noir. La pauvre victime – Connie ? Bonnie ? – avait le même âge que ma fille, Alba.

— Oui. L'écrivain. Gabriel Andersen.

— Exact. Et maintenant c'est sa femme, Lykke Andersen…

On entend un bruit de fond. Quelqu'un parle à Bodil, peut-être un collègue qui est entré dans son bureau pour lui poser une question.

— Désolée, s'excuse Bodil, qui pose une main sur le combiné, ce qui ne m'empêche pas d'entendre ses remontrances. Les invectives assourdies pleuvent comme des gifles.

— Et frappe avant d'entrer la prochaine fois, bordel ! aboie-t-elle en guise de conclusion.

Je regarde Afsaneh. Elle a levé ses lunettes de soleil et me contemple avec une expression énigmatique.

— Où en étais-je ? reprend Bodil, manifestement indifférente à l'altercation. Ah oui. Lykke Andersen est mise en examen pour homicide volontaire, potentiellement prémédité.

— Merde !

— Elle refuse de parler à quelqu'un d'autre que toi. Tu peux passer à la maison d'arrêt de Kronoberg pour l'interroger ?

Je jette un regard circulaire sur le parc, le long des pelouses assoiffées et des buissons verdoyants. Je contemple les familles qui pique-niquent, les enfants qui jouent au foot, mais mes pensées sont ailleurs.

En mon for intérieur, je revois le visage de Lykke Andersen, ravagé par les larmes, et les bâtiments rouges près du lac lisse du Sörmland.

MANFRED

Huit ans plus tôt

12

Ce jour-là, nous sommes arrivés à l'Éternité vers onze heures du matin, une heure seulement après l'appel de la police locale – ils avaient besoin de renforts, c'était au beau milieu de l'été et ils manquaient de personnel. C'était notre cas à nous aussi à la Crim, mais l'affaire était prioritaire. Sans compter que l'Éternité se trouvait à distance raisonnable de Stockholm, à moins d'une heure de voiture.

Nous ne savions pas grand-chose de ce qui nous attendait, simplement qu'une adolescente était décédée dans des circonstances suspectes et qu'une enquête préliminaire pour homicide volontaire avec préméditation avait été ouverte.

À côté de moi dans la voiture, Pirjo, l'une des nouvelles recrues du service, mais elle avait de la bouteille, elle avait enquêté sur une dizaine d'assassinats. Pirjo était taciturne et réfléchie, ce qui pouvait passer, à tort, pour de la nonchalance, voire de la paresse. C'était tout le contraire – derrière ses épaisses lunettes et sa chevelure de caniche se cachait une intelligence affûtée. Et rien n'échappait à ses mélancoliques yeux gris.

— Ça doit être ici, fit-elle remarquer avec son accent chantant du nord de la Suède.

Elle posa la carte sur ses genoux et plissa les yeux dans la direction des bâtisses rouges que l'on devinait entre les arbres.

La voiture cahotait violemment sur le chemin de terre. Je ralentis, roulai au pas entre les gigantesques sapins et les rochers couverts de mousse, m'efforçant d'éviter les nids-de-poule qui criblaient la route.

En nous approchant, nous vîmes les voitures de police et la fourgonnette blanche des techniciens garées à côté d'une BMW noire et d'une vieille Renault rouillée. Une Volvo rouge était garée un peu plus loin.

— Nous y voilà, constatai-je en freinant près d'une souche.

Le soleil s'était frayé un chemin à travers les lourds nuages et l'humidité montait de l'herbe mouillée de pluie. Une odeur de végétaux et de terre humide flottait dans l'air lorsque nous ouvrîmes le portail pour nous diriger vers les bâtiments.

La ferme comportait deux maisons de couleur rouge de Falun – une grande et une plus petite – qui semblaient dater de la fin du XIXe siècle. Les fenêtres à croisées et les pignons étaient peints en blanc et une grande terrasse donnait sur le lac qui s'étendait à quelques centaines de mètres de là. La plus petite bâtisse était entourée de Rubalise bleu et blanc.

Une grande pelouse entourée de bosquets d'arbres fruitiers et de plantes opulentes s'étendait devant la maison. Un cercle de gazon coupé ras formait une surface plane au milieu de l'herbe sur laquelle était posée une table provisoire formée de tréteaux et d'une planche de bois. Au-dessous, un sac-poubelle à moitié rempli de bouteilles vides luisait dans le soleil.

Pirjo s'arrêta et contempla la scène, recula de quelques pas, leva les yeux vers le bâtiment principal et flaira l'air comme un chien de chasse.

— Qu'est-ce qu'il y a ?

— Ils ont fait un festin d'écrevisses.

Un peu plus loin, un petit chapeau rouge brillant dépassait de l'herbe telle une fleur exotique venant d'éclore. Une fois n'est pas coutume, Pirjo avait raison.

Une collègue en uniforme sortit de la maison principale, elle s'approcha de nous à pas décidés.

— Je peux vous aider ? s'enquit-elle, les mains calées sur ses larges hanches.

— Manfred Olsson et Pirjo Lundquist de la Crim, dis-je en montrant ma carte.

Son visage se détendit, elle hocha la tête.

— Merci de vous être déplacés.

Elle nous serra la main et se présenta. Nathalie Skog, cheffe de groupe.

Elle repoussa une mèche de ses courts cheveux poivre et sel d'une main bronzée et indiqua les maisons de la tête.

— La victime se trouve dans la stuga. La légiste et les techniciens aussi. Vous voulez peut-être leur parler.

— Oui, répondit Pirjo.

— Après vous pourrez vous entretenir avec les autres, ils sont dans la maison principale.

— Qui y a-t-il ? demandai-je.

— La famille qui vit ici, les époux Andersen. Et trois invités qui ont dormi dans le cabanon au bord du lac cette nuit. Ils ont célébré la fête des écrevisses hier soir.

Pirjo ne dit rien, elle ne me lança même pas ce regard éloquent signifiant qu'elle avait tiré la bonne conclusion. Ce n'était pas son genre et ça me plaisait.

D'ailleurs, pas mal de choses me plaisaient chez Pirjo. Le fait qu'elle réfléchisse avant de prendre la parole, par exemple. Qu'elle traite tout le monde, même le criminel le plus endurci, avec le même respect. Elle possédait également un tas de qualités que je lui enviais : elle semblait capable de garder un calme olympien jusque dans les situations les plus stressantes, et les tâches répétitives, chronophages et monotones qu'impliquait le travail de policier – passage au crible des relevés téléphoniques et bancaires, comparaison des auditions des témoins – ne la dérangeaient pas.

Je ne pouvais néanmoins pas prétendre la connaître vraiment. Elle était discrète sur sa vie privée. J'imagine qu'elle avait depuis longtemps décidé que je n'étais pas assez intéressant pour que nous devenions plus que des collègues.

Nous nous dirigeâmes vers la stuga, accompagnés de notre collègue qui se nommait Nathalie, mais n'avait pas l'apparence d'une Nathalie – ce nom évoquait à mes yeux une Française en robe d'été, un cocktail à la main, mais va savoir ! Cette femme ressemblait davantage à une Berit ou une Ulla avec ses cheveux courts, ses joues rosées et sa présence calme, rassurante.

— La victime s'appelle Bonnie Högberg, expliqua-t-elle. Dix-sept ans. Elle vit à quelques kilomètres d'ici. Ses proches ont été informés, mais pas encore entendus.

Elle enjamba la Rubalise avec une agilité surprenante et nous tendit des surchaussures en plastique bleu.

— C'était l'une des invités hier soir ? s'enquit Pirjo.

Nathalie acquiesça.

— Une amie des jumeaux David et Harry Andersen.

— Des jumeaux ? répétai-je.

— Oui, fit Nathalie. Pourquoi ?

— Non, rien. Qui a trouvé la fille ?

— La mère des jumeaux, Lykke Andersen. Elle est allée voir ses fils un peu avant huit heures ce matin pour leur demander d'éteindre la musique. Apparemment elle était restée allumée toute la nuit.

Pirjo enfila ses surchaussures, attacha ses cheveux brun clair frisés et se tourna vers Nathalie.

— Un suspect ?

Nathalie sembla hésiter.

— Les garçons ont été visiblement seuls dans la stuga avec Bonnie Högberg toute la nuit. La porte était verrouillée de l'intérieur et toutes les fenêtres étaient fermées quand la mère est arrivée.

Pirjo se contenta d'acquiescer.

— Ça va aller pour vous ? demanda Nathalie. Je suis dans la maison principale si besoin.

13

Dans la stuga, deux techniciens en combinaison blanche, masque chirurgical et gants étaient penchés en avant, en train d'examiner un grand sac posé au sol.

Après les salutations de rigueur, un dénommé Göran avec qui j'avais déjà travaillé plusieurs fois nous indiqua les plaques de cheminement en plastique transparent disposées au sol.

— Pouvez-vous marcher là-dessus, je vous prie ?

Nous nous exécutâmes.

Les murs de la petite pièce, à la fois l'entrée et la cuisine, étaient bleu gris, décorés d'affiches encadrées de tableaux du musée d'Art moderne de Stockholm. Une banquette à barreaux était adossée au mur d'un côté. Une petite table ronde et deux chaises se trouvaient près de l'autre façade. Sur la table, une gigantesque chaîne hi-fi portative avec lecteur de CD. Sur le rebord intérieur de la fenêtre, quelques piles de livres. La partie cuisine était composée d'un frigo, une cuisinière avec deux plaques de cuisson, un évier et quelques placards.

C'était étonnamment bien rangé pour un logement d'adolescents – j'avais moi-même trois adolescents et c'était plutôt la règle que l'exception que leur chambre ressemble à des dépotoirs. Ce n'était pas non plus une scène de crime typique – pas de chaises renversées, pas de fenêtres brisées ni de meubles fracassés. Et les bouteilles d'alcool, les tas de mégots et le matériel de consommation de drogue brillaient par leur absence.

— Commencez par parler avec la médecin légiste, dit Göran en rangeant un sachet dans le grand sac. Je crois qu'elle a bientôt fini.

Il esquissa un geste de sa main gantée.

— La porte à droite.

Nous nous dirigeâmes vers la porte en posant les pieds sur les plaques de cheminement comme sur des pierres dans un cours d'eau. Elles ployaient dangereusement sous mon poids, crissaient à chacun de mes pas.

La porte était entrouverte, je frappai légèrement et la poussai.

Et je l'aperçus.

J'avais beau avoir vu un nombre incalculable de corps sans vie – victimes d'accidents, de meurtres ou de suicides –, mon cœur se serra.

Alba, songeai-je. *Elle ressemble comme deux gouttes d'eau à Alba.*

Peut-être était-ce la peau marmoréenne ou les longs cheveux bruns qui me firent penser à ma fille et suscitèrent une envie quasi irrésistible de sortir mon portable et vérifier qu'elle allait bien.

La médecin légiste venait de refermer son sac. Elle fit volte-face.

— Manfred, déclara-t-elle avec un sourire.

— Bonjour Samira. (Je lâchai des yeux l'adolescente inerte.) Tu connais Pirjo ?

Samira Khan hocha la tête et plaça sa longue tresse noire sur son épaule.

— Oui, nous nous sommes déjà rencontrées, déclara Pirjo.

Je m'approchai du lit.

— Bonnie Högberg, fit Samira avec gravité. Dix-sept ans.

— Punaise !

— Que peux-tu nous dire de la cause du décès ? s'enquit Pirjo en regardant autour d'elle dans la pièce.

Samira enfila des gants de latex et hocha lentement la tête.

— Difficile de se prononcer avant l'autopsie. Mais regardez. (Elle se pencha sur le corps, remonta délicatement une paupière pour dévoiler un œil injecté de sang.) Des pétéchies. Ce sont des petites taches de sang sur la conjonctive.

— Mort par asphyxie, marmonna Pirjo en détournant le visage.

Samira acquiesça.

— C'est très possible, mais je ne peux pas vous en dire plus pour le moment. J'ai trouvé des fibres dans sa bouche, également. Accrochées à son appareil dentaire.

— Des fibres ? répétai-je.

— Des fibres textiles, je pense. Cela pourrait signifier qu'on lui a enfoncé un objet en tissu dans la bouche.

— Des signes d'agression sexuelle ?

— Non, mais encore une fois, l'autopsie confirmera.

Pirjo se redressa.

— Autre chose ?

— Pas de plaies visibles hormis une entaille récente à la paume de la main droite.

Je jetai un coup d'œil au bras droit étendu au-dessus de la tête. Le poing était serré.

— La *rigor mortis* la rend difficile à voir maintenant, expliqua Samira. Je me pencherai dessus tout à l'heure.

— Ça pourrait être une blessure défensive ?

— Possible. Ou une autre blessure en lien avec la cause du décès. Je n'ai pas vu d'autres lésions.

— Qu'est-ce que c'est ? demanda Pirjo en montrant des boutons rouges sur la poitrine de Bonnie.

— Des piqûres de moustique. Plutôt récentes, semble-t-il. Elle en a un certain nombre. (Samira indiqua la poitrine et les bras.) On dirait qu'elle en a gratté plusieurs.

— Je vois, fit Pirjo. Et l'heure du décès ?

Samira haussa légèrement les épaules.

— Sur la base de la température corporelle, la rigidité et la lividité cadavériques – les taches sont symétriques et se rejoignent, mais si on appuie dessus elles pâlissent, alors je dirais… entre trois et cinq heures ce matin.

Les techniciens s'étaient installés au soleil sur le perron et buvaient du café dans des gobelets en plastique blanc. Un Thermos en aluminium orné de l'emblème de la police était posé à côté d'eux.

— Vous avez terminé ? demandai-je.

Göran secoua la tête et pouffa de rire.

— On a besoin de la journée entière, au minimum.

— Qu'est-ce que vous avez trouvé ? s'enquit Pirjo en se détachant les cheveux. Ses boucles déferlèrent sur ses épaules.

— Eh bien… une multitude d'empreintes digitales et de fibres. L'analyse montrera si elles ont une importance pour l'enquête.

— Nous avons mis sous scellés les vêtements que les garçons portaient hier soir, renchérit le deuxième technicien, un jeune homme au visage couvert d'acné.

— À l'exception de la chemise que portait David Andersen, qui n'a pas été retrouvée, compléta Göran en avalant les dernières gouttes de son café.

— Comment ça, « pas trouvé » ? m'étonnai-je.

— David nous a affirmé qu'il l'avait suspendue à un crochet dans la salle de bains, mais elle ne s'y trouvait pas.

— Ah bon. Et où est-elle ?

Göran haussa les épaules.

— On ne le sait pas encore, mais nous allons procéder à l'examen de la chambre où se situe la victime, elle est peut-être là.

— Et ses vêtements ? questionna Pirjo.

— Dans la salle de bains, rétorqua le jeune technicien en se grattant une croûte au menton. Ils étaient trempés.

— Hm, fit Pirjo.

Je me tournai vers Göran.

— La cheffe de groupe, Nathalie, a indiqué que les garçons étaient seuls avec la victime dans la maison toute la nuit. Pensez-vous également que personne d'autre n'est entré ?

Göran se racla la gorge. Je voyais comme il s'efforçait de formuler sa réponse de la manière la plus précise possible. Comme tous les techniciens de scène de crime, il s'assurait de transmettre l'information la plus exacte possible. Parfois, cela me rendait fou – cette réticence à faire des conjectures et sa façon de s'exprimer méticuleusement, ce qui bien sûr ne nous était d'aucun secours.

— Impossible à dire, répliqua-t-il d'un air grave, comme je le craignais.

Il marqua une pause rhétorique avant de poursuivre.

— Mais les clés étaient toujours dans la serrure à l'intérieur de la porte qui, d'après les informations, avait été verrouillée toute la nuit. Et toutes les fenêtres étaient fermées de l'intérieur avec un loquet. Nous n'avons pas constaté de dégradations ni sur les fenêtres ni sur les portes. Par conséquent…

Il laissa la phrase en suspens.

Pirjo me jeta un coup d'œil. Ses yeux gris semblaient encore plus mélancoliques que d'ordinaire.

Je devinais ses pensées, bien sûr.

Une jeune de dix-sept ans qui meurt, c'est une tragédie, mais une jeune de dix-sept ans tuée par un autre jeune de dix-sept ans, c'est un putain de cauchemar.

14

— Vers trois heures du matin, déclara Lykke Andersen. Harry et Bonnie sont allés se coucher vers trois heures.

Elle se moucha et but un peu de l'eau que Pirjo lui avait apportée.

— David les a suivis peu après, ajouta-t-elle.

— Peu après, répéta Pirjo. C'est-à-dire ?

— Cinq à dix minutes plus tard. Je ne sais pas exactement.

Nous nous étions installés à l'étage de la maison principale, dans le bureau de Gabriel Andersen. La pièce était petite, l'air étouffant malgré la fenêtre entrouverte. Sa table de travail était placée juste devant la fenêtre, avec vue sur le jardin et le lac. Dessus se trouvaient un ordinateur, des livres et des piles de papiers au sommet desquelles étaient éparpillés quelques stylos. Sur le rebord de la fenêtre, deux tasses vides au fond maculé jouxtaient un pélargonium.

Lykke était recroquevillée dans un vieux fauteuil à oreilles, les bras entourant ses jambes minces. Pirjo et moi étions assis sur des chaises à barreaux que nous avions remontées de la cuisine.

— Comment semblaient-ils ? demanda Pirjo.

— Comment ça ?

Lykke fit une grimace et se gratta le mollet.

— Ils semblaient comme d'habitude.

Pirjo écrivit dans son bloc-notes.

— Ils n'avaient pas l'air en froid ?

Lykke secoua la tête.

— Ces trois-là ne sont jamais en froid. Ils sont… – elle s'arrêta, sanglota bruyamment – meilleurs amis, murmura-t-elle. Depuis le CP.

Je regardai la femme – trente-huit ans, grande, maigre, les yeux bleus, les cheveux blonds, une coupe courte audacieuse. La peau de son décolleté était rouge vif. Des taches de rousseur constellaient son nez et ses joues.

Elle portait un peignoir en éponge par-dessus une chemise de nuit et un short de jogging, révélant que les événements avaient interrompu sa routine matinale.

— D'accord, fit Pirjo avec son flegme habituel. Ils sont allés se coucher vers trois heures. Et les autres ?

— Nous sommes allés au lit peu après.

Pirjo acquiesça.

— À quelle heure ?

— Je ne sais pas, je n'ai pas regardé. Trois heures et demie peut-être.

Pirjo prit note et continua :

— Votre mari et vous avez dormi ici, dans cette maison.

— Oui, dans le même lit. Comme le font généralement les couples.

— L'un d'entre vous est-il sorti pendant la nuit ?

Lykke secoua la tête.

— Non, je l'ai déjà dit. Nous avons dormi jusqu'à ce que la musique me réveille.

— La musique qui était déjà allumée quand vous êtes allés vous coucher ? demandai-je.

Lykke soupira, pencha la tête en arrière et fixa le plafond.

— Sincèrement je n'avais pas la force d'aller voir les garçons à ce moment-là. C'était une longue soirée, j'avais juste envie d'aller me coucher.

— Avez-vous beaucoup bu ? demanda Pirjo avec légèreté.

— Ça dépend ce que vous entendez par « beaucoup ». Mais tout le monde a bu de l'eau-de-vie. Et du vin. Et de la bière. Oui, nous avons bu pas mal.

— Même les adolescents.

Lykke haussa les épaules.

— J'imagine que oui, dit-elle en tirant un fil qui pendait de la manche bien trop longue du peignoir qui appartenait peut-être à son mari. Je n'arrive pas à croire qu'elle ne soit plus là, poursuivit-elle, en regardant par la fenêtre, vers le ciel d'été de nouveau bleu.

Pirjo croisa mon regard puis se tourna vers la femme.

— Avez-vous, Gabriel et vous, les clés de la stuga ?

— Non, seulement les garçons. Et la porte était fermée de l'intérieur quand David a ouvert. J'étais juste devant la porte, j'ai entendu la serrure.

— D'accord, dit Pirjo. Bien. Quand vous êtes entrée dans la chambre où se trouvait la fille, toutes les fenêtres étaient-elles fermées ?

— Oui, je l'ai déjà dit. J'ai tout raconté à… cette…

— Nathalie ? suggérai-je.

Lykke opina du chef.

— Vos amis qui ont dormi dans le cabanon au bord du lac, commençai-je. Sont-ils sortis pendant la nuit ?

— Comment pourrais-je le savoir ? Demandez-leur.

— Nous allons interroger tout le monde. Y compris David et Harry.

Lykke fronça les sourcils, se redressa et posa les pieds par terre.

— Ils n'ont rien à voir avec ça, trancha-t-elle sèchement. Ils n'auraient jamais fait de mal à Bonnie.

Non, bien sûr, pour Lykke Andersen, aucun de ses fils n'avait pu assassiner sa meilleure amie, leur meilleure copine depuis le CP.

Aucun parent ne pense que son enfant est capable d'une chose pareille.

Pourtant cela arrive – tous les tueurs sont les enfants de quelqu'un, et la plupart ont également un lien avec la victime. Pirjo et moi le savions très bien, nous l'avions vu un nombre incalculable de fois. Mais il était rare que des enfants ou adolescents ôtent la vie à un autre jeune.

Évidemment, si nous n'étions pas sûrs que l'un des jumeaux soit impliqué dans la mort de Bonnie, beaucoup d'éléments portaient à le croire. Ce qui rendait l'affaire encore plus sensible et exigeante. Sans compter que légalement, les suspects mineurs doivent être traités avec une attention particulière.

Oui, je savais tout cela et, lorsque nous avons interrogé le reste de la famille et les convives, j'ai fait de mon mieux pour rester impartial et ouvert à des scénarios alternatifs. Car si j'avais pu choisir, si par un pouvoir magique j'avais la capacité d'influencer la tragédie qui s'était jouée à l'Éternité, j'aurais préféré voir quelqu'un d'autre qu'un adolescent de dix-sept ans avec la vie devant soi tuer sa meilleure amie.

Après Lykke, nous avons entendu son mari, l'écrivain Gabriel Andersen. Je n'étais pas un grand lecteur, mais son visage m'était familier – la tignasse brune, les traits marqués. Je l'avais vu dans les journaux ou à la télé. Ma femme Beatrice – bientôt ex-femme d'ailleurs – avait dévoré en un été les trois livres retraçant la vie de Helene et Siv. À peine terminés, elle avait commandé d'autres romans de cet auteur et avait glané des informations sur lui sur Internet. J'avais du mal à en saisir l'intérêt. C'est une chose d'aimer les livres, c'en est une autre de se passionner pour la vie de l'auteur.

— Tu es complètement obsédée, lui avais-je fait remarquer.

— Tu ne comprends pas. Il est brillant… (Son regard s'était fait rêveur.) Et il est plutôt bel homme…

Peut-être avait-elle raison, mais l'individu assis en face de moi dans le fauteuil à oreilles semblait tellement dévasté qu'il ne me vint pas à l'idée de jauger son apparence. Il tremblait de tous ses membres, répondait aux questions d'une voix monocorde, le regard vide.

Les réponses étaient attendues : non, il n'avait rien vu de suspect pendant la nuit. Oui, il était allé se coucher en même temps que Lykke et avait dormi toute la nuit. Bien sûr, les jumeaux étaient gentils et soigneux, ils ne feraient jamais de mal à Bonnie, personne d'autre non plus, d'ailleurs. Au reste, pourquoi posions-nous tant de questions à propos de David et Harry ? N'était-il pas évident qu'un inconnu était entré dans la maisonnette pendant la nuit pour arracher Bonnie à la vie ?

Nous avons passé les heures suivantes dans le petit bureau étouffant de l'étage. Nous avons interrogé Olof Forss, un homme d'une soixantaine d'années qui s'avérait être l'éditeur de Gabriel. Il n'était pas ouvertement désagréable, mais affichait une certaine arrogance – il était évident qu'il ne se sentait pas dans l'obligation de répondre à nos questions. Il semblait pressé d'en finir.

— C'est évident qu'aucun d'entre nous n'a levé la main sur la fille, dit-il.

Il attrapa ses lunettes par la branche rafistolée et les balança comme un pendule dans l'air.

— Pourquoi, évident ? s'enquit Pirjo.

Il était bien sûr incapable de répondre, mais il confirma les dires de Lykke et Gabriel. Il était descendu dans la maisonnette du lac vers trois heures et demie, en même temps que les deux autres invités. Et, à ce qu'il sache, personne n'était sorti pendant la nuit. Il avait été réveillé par le tonnerre et s'était rendormi. Il ne s'était levé qu'au moment où Gabriel était venu lui raconter ce qui était arrivé.

— Merci, dit Pirjo à la fin de l'entretien. Pouvez-vous demander à votre collègue de monter ? Jujje, c'est bien ça ?

— Ce n'est pas mon collègue, contesta Olof avec une virulence qui me surprit.

Il descendit l'escalier d'un pas lent.

Ce fut le tour de Jujje Holm. Il avait quarante ans et expliqua qu'il travaillait comme agent littéraire. Il était bien plus coopératif qu'Olof et semblait plutôt calme. Il avait eu le temps de prendre une douche, l'odeur de l'after-shave me piquait le nez. Ses longs cheveux humides étaient attachés en catogan, une boucle en or brillait à son oreille et un tatouage en forme de dragon remontait sur son cou.

— Agent littéraire, commença Pirjo en tournant une page de son bloc-notes. Juste pour que je comprenne : vous ne travaillez pas pour la maison d'édition ?

Jujje haussa un sourcil, épousseta sa manche de veste brillante et esquissa un sourire crispé.

— Euh… non. (Pause.) L'inverse, même. Je travaille chez Stenström Agency, nous sommes totalement indépendants.

Puis vint une longue présentation du monde de l'édition et pourquoi les agents littéraires, en tout cas les indépendants, sont toujours du côté de l'écrivain, à la différence des maisons d'édition qui défendent toujours leur propre intérêt. Lorsque nous entrâmes dans le vif du sujet, Jujje confirma les propos de Lykke, Gabriel et Olof, ce qui renforça les soupçons qui pesaient sur les jumeaux. Il ajouta un détail qui m'interpella.

— Tuss a eu envie de se baigner au milieu de la nuit. Elle était assez ivre, alors j'ai essayé de l'arrêter. Quand nous étions près de l'enclos, nous avons vu Bonnie, David et Harry. Je ne sais pas, j'ai peut-être mal interprété la situation, mais on aurait dit qu'ils se chamaillaient.

— Où étaient-ils ? demanda Pirjo.

— Sur le ponton.

— À quelle distance vous trouviez-vous, à peu près ? demandai-je.

Il haussa les épaules.

— J'étais… Regardez par vous-même.

Il se leva et s'avança vers le bureau devant la fenêtre. Pirjo et moi le suivîmes.

— Là, dit-il en montrant l'enclos où paissaient deux chevaux. Vous voyez le portillon dans la clôture ?

Pirjo acquiesça.

— J'étais à ce niveau-là, debout, enfin… Tuss a chuté et en l'aidant à se relever je suis tombé moi aussi.

Je regardai l'endroit qu'il désignait, à soixante-dix mètres du lac environ. De là, il pouvait voir le ponton.

— Que s'est-il passé ensuite entre les jeunes ?

Jujje haussa les épaules.

— Je n'ai pas regardé, mais vous pouvez demander à Tuss, elle sait peut-être.

Tuss, qui s'appelait en réalité Teresa Schwarz, ne semblait pas à sa place dans sa robe en brocart. Et surtout, elle avait l'air au plus mal – ses courts cheveux noirs étaient hirsutes, sa peau livide, ses yeux brillants, son rouge à lèvres incrusté dans les ridules autour de sa bouche, formant comme des filaments écarlates.

Je devinais que ce qui l'avait rendu malade était aussi responsable de ses évidents trous de mémoire.

— Je ne sais pas, gémissait-elle en réponse à la plupart de nos questions. Je ne me rappelle plus. Je ne sais plus.

Et quand Pirjo lui demanda si elle avait vu Harry, David et Bonnie sur le ponton, elle secoua tristement la tête.

— Non, je ne les ai pas vus.

Nous comprîmes au moins la nature de son travail et de sa relation avec les autres invités.

— Je suis l'éditrice de Gabriel, je travaille avec lui sur ses textes. On discute de la narration, je vérifie la langue. Ce genre de choses.

Elle laissa échapper une éructation et plaqua une main tremblante sur sa bouche.

— Oups, désolée ! Vraiment !

— Pas de problème, la rassura Pirjo en me lançant un bref coup d'œil.

— Forss & Stierna est votre employeur alors ? demandai-je. (Elle opina du chef.) Olof est votre collègue, mais pas…

Je lorgnai mes notes.

— Jujje, compléta Pirjo.

— *Mm*, fit Teresa en tanguant un peu sur le fauteuil. Puis elle posa de nouveau une main sur sa bouche.

— Désolée, fit-elle en se levant du fauteuil. Vraiment.

Elle se dirigea vers la porte, accéléra le pas et sortit. L'instant suivant, on entendit des vomissements depuis les toilettes. Pirjo ôta ses lunettes et se tourna vers moi.

— Ça donnerait presque envie d'arrêter l'alcool.

15

Assis dans le cercle d'herbe rase, à quelques mètres de la table et des chaises, nous mangions les sandwichs que Pirjo avait apportés. J'avais suggéré que nous nous installions à table, mais elle avait froncé les sourcils en disant que les techniciens souhaitaient peut-être examiner les meubles de jardin.

Dans quelques instants, nous allions interroger David et Harry Andersen – en temps normal nous aurions commencé par les questionner, mais ils étaient visiblement en état de choc. Nous avions donc décidé de leur laisser un peu de répit. David était le plus affecté, il avait fait une sorte de crise alternant pleurs et hurlements. Les collègues avaient même hésité à le conduire à l'hôpital.

Les garçons nous attendaient à présent dans la grande maison où Nathalie et les autres policiers avaient eu la présence d'esprit de les placer chacun dans une pièce pour qu'ils ne puissent communiquer entre eux.

Je réfléchissais aux jumeaux Andersen – dix-sept ans, la vie entière devant eux.

Puis je pensai inévitablement à Aron. Lorsque sa silhouette fut devenue plus nette, que ses traits apparurent plus distinctement – ce garçon qui était moi, mais pas tout à fait –, la mélancolie et la peine familière envahirent mon plexus.

— À quoi réfléchis-tu ? demanda Pirjo, puis elle mordit dans son sandwich à l'œuf. Tu as l'air ailleurs.

— Non. Je…

Je me raclai la gorge et décidai de jouer cartes sur table.

— J'avais un frère jumeau.

Les yeux gris de Pirjo me dévisageaient, elle s'immobilisa et baissa la main qui tenait son repas.

— Avait ?

— Il est mort d'un cancer. À douze ans.

Elle ne répondit pas.

— C'est particulier, continuai-je. Avoir un jumeau, c'est vraiment particulier. Ce qu'ils montrent dans les films, quand les jumeaux terminent les phrases l'un de l'autre, c'est bien sûr un cliché. Pourtant… j'avais parfois l'impression de pouvoir lire dans ses pensées. Et vice versa. Mais c'est peut-être une construction *a posteriori*.

Pirjo restait muette. Elle rompit le reste de son sandwich en deux et en mangea une moitié.

— Ça fait si longtemps, ajoutai-je.

— Ça a dû être terrible. On n'imagine pas un enfant mourir.

Je la regardai à la dérobée. Elle avait remonté sur son front ses hideuses lunettes et tourné son visage pâle vers le soleil. Sa mâchoire était serrée.

Je n'y avais jamais pensé, mais en fait elle était très jolie. Je trouvais cela séduisant qu'elle se soucie aussi peu de son apparence.

Je songeai à Beatrice – le physique avait toujours joué un rôle primordial pour elle. Et tout le superficiel qui allait avec : la maison, les vêtements des enfants, leur comportement, ce que l'on faisait de son temps libre, où l'on partait en vacances.

Heureusement qu'elle avait enfin rencontré un homme qui accordait autant d'importance qu'elle à ces choses-là.

Pirjo se leva.

— Tu veux qu'on aille faire un tour près du lac pour regarder la maison où dormaient les invités ?

Elle avala la dernière bouchée de son sandwich et remit ses lunettes.

— Oui.

Je me levai péniblement et me dirigeai vers le lac, à la fois soulagé et déçu que ce moment de confidences touche à sa fin.

Pirjo marchait quelques pas derrière moi dans l'herbe haute.

Arrivé à l'enclos, je m'arrêtai, les yeux rivés à la poignée en plastique du portillon.

— C'est la première fois que tu viens dans une ferme ? s'enquit Pirjo en m'écartant d'un geste doux, mais décidé.

Ce n'était pas une pique, mais une question sincère. Pirjo n'était pas le genre à vous taquiner.

— À vrai dire, oui.

— Il faut tenir la poignée en plastique. Comme ça. (Elle saisit ma main et la guida vers les poignées.) Ensuite, tu attaches les crochets de cette façon, poursuivit-elle.

La chaleur de son corps contre le mien, l'odeur enivrante de ses cheveux.

— Autrement, on s'électrocute ?

Son visage se fendit d'un grand sourire et quelque chose qui sommeillait en moi depuis longtemps, depuis des années peut-être, s'éveilla dans ma poitrine – une attente mêlée d'excitation que je me croyais incapable de ressentir de nouveau.

Cette sensation fut éphémère. À peine eussé-je pénétré dans l'enclos qu'elle avait disparu.

La maisonnette, construite juste à côté du ponton, se divisait en deux parties : un sauna avec une douche qui donnait sur le lac et une sorte d'entrepôt avec une entrée de l'autre côté. Nous examinâmes le sauna tout à fait ordinaire avant de faire le tour du bâtiment pour pénétrer dans l'autre partie.

Un couloir étroit reliait deux chambres pourvues de lits superposés entourés de divers objets : cartons, vieux vélos, support de sapin de Noël et outils de jardin.

— La chambre de Tuss, constata Pirjo en indiquant le soutien-gorge rouge et le sac posés sur la couchette inférieure du lit d'une des pièces.

Je jetai un coup d'œil dans l'autre chambre, quasi identique. Je vis un sac de sport et un verre d'eau par terre, à côté du lit. Un paquet de tabac à pipe et un portefeuille se trouvaient sur un carton de déménagement sous la fenêtre.

— Qu'est-ce que tu en penses ? commençai-je. Tu crois que l'un d'entre eux aurait pu sortir pendant la nuit et aller dans la stuga sans être repéré ?

Pirjo essaya d'ouvrir les portes qui donnaient sur l'entrée. On entendit un grincement, de la poussière dansa dans le rayon de soleil qui filtrait par la fenêtre.

— Sortir, oui. La question est plutôt comment ils auraient pu *entrer* dans la stuga.

Nous fermâmes la porte derrière nous et nous dirigeâmes vers le bâtiment principal.

— Quelqu'un aurait pu entrer par une fenêtre ? (Je regardai vers la petite maison rouge des garçons.) Elles sont basses. On a à peine besoin de se hisser.

— J'imagine. Mais toutes les fenêtres étaient verrouillées de l'intérieur quand Bonnie a été découverte.

— Les jumeaux auraient pu laisser entrer quelqu'un ?

Pirjo soupira.

— Je sais ce que tu essaies de faire, murmura-t-elle. Moi aussi j'espère que quelqu'un d'autre qu'un adolescent boutonneux a ôté la vie de Bonnie Högberg.

Je ne répondis pas. Peut-être avais-je un peu honte, car ce que Pirjo pensait de moi prenait subitement une grande importance.

— De toute façon, dit Pirjo en s'arrêtant devant la terrasse de la grande maison – elle tira sur une boucle de cheveux cendrés et regarda vers le toit –, on va avoir l'occasion de leur poser la question.

— Rien, affirma David Andersen. Nous ne faisions rien de spécial sur le ponton.

Il n'avait absolument pas l'air d'un tueur : maigre et livide, les cheveux blond terne, les yeux rougis de larmes. Il grattait sans discontinuer les boutons de moustique sur ses bras, labourait sa peau jusqu'à ce qu'elle se colore de sang, qui perlait entre ses doigts fins. Néanmoins, en dépit de sa nervosité et de son chagrin, j'eus l'impression qu'il possédait une grande confiance en lui – il répondait du tac au tac à nos questions, s'exprimait avec aisance et semblait sûr de sa version des faits.

— Un témoin affirme que vous vous êtes disputés, déclara Pirjo.

David se redressa légèrement.

— Un témoin ? Vous voulez dire l'un des invités.

Le visage de Pirjo ne laissait rien transparaître de ses émotions.

— Quelqu'un qui vous a vu nous a affirmé que vous aviez l'air de vous disputer.

— C'est faux.

— Qu'est-ce que vous avez fait, alors ?

David haussa les épaules.

— On a discuté. Et on voulait faire un sauna, mais Harry avait oublié de l'allumer alors on a laissé tomber.

— Bonnie s'est apparemment baignée tout habillée, déclara Pirjo en feuilletant son calepin.

Lorsqu'elle prononça le nom de Bonnie, David sursauta comme si on l'avait frappé.

Pirjo poursuivit :

— Ses vêtements mouillés ont été découverts dans la stuga.

David se ratatina, contempla ses mains.

— Comment s'est-elle retrouvée dans l'eau, David ? demanda Pirjo d'une voix douce comme une pluie d'été.

Je ne connaissais personne d'autre capable de parler de sujets aussi graves, poser des questions aussi sensibles, avancer des postulats aussi osés d'une voix aussi tendre. C'était contradictoire.

Et séduisant.

David haussa les épaules et nous regarda d'un air affligé.

— Aucune idée. Elle a dû sauter.

— Tout habillée, insistai-je.

— Vous ne connaissez pas Bonnie. (David secoua lentement la tête.) Elle était déjantée.

— D'accord, répondis-je. Je voudrais revenir à ce que nous disions auparavant, au sujet de votre maison. Tu es sûr que personne d'autre que Harry, Bonnie et toi y êtes entrés pendant la nuit ?

Je l'étudiai minutieusement. Une partie de moi espérait qu'il allait dire « mais n'importe qui aurait pu entrer dans la maison » et ainsi ouvrir la possibilité que quelqu'un d'autre, un inconnu, ait pu tuer Bonnie.

Il ne le fit pas.

— Comment pourrais-je le savoir ? Je pionçais. Mais j'ai fermé la porte à clé de l'intérieur quand nous sommes allés nous coucher. Et je n'ai ouvert à personne.

— Et la clé ? s'enquit Pirjo.

— Dans la porte. Je l'ai dit tout à l'heure.

David avait l'air exténué. Il se massa les tempes.

— La chemise que tu portais hier…

— Je l'ai accrochée dans la salle de bains avant d'aller dormir. Comme toujours. Demandez à Harry.

— Pourquoi n'était-elle pas là ce matin, alors ?

David haussa les épaules.

— Aucune idée, c'est vraiment déroutant.

Harry et David Andersen étaient jumeaux, mais ils ne pouvaient pas être plus différents, tant physiquement que du point de vue du comportement.

Contrairement à David, Harry semblait peu sûr de lui – pendant notre entretien son regard restait rivé au sol et il bégayait des réponses brèves. Les rares mots qu'il prononça confirmèrent pourtant à la virgule près la version de son frère – ils étaient allés se coucher peu après trois heures, avaient fermé la porte de l'intérieur et avaient dormi jusqu'à ce que Lykke frappe au matin.

— Harry, dis-je. Vous vous êtes disputés, David et toi, sur le ponton ?

Il secoua la tête.

— Pourquoi on se serait disputés ?

— Comment se fait-il que Bonnie se soit baignée tout habillée ? demanda Pirjo.

— Elle a peut-être glissé sur le p… ponton, répondit-il sans lever les yeux du sol en pin.

Pirjo me décocha un regard. Je devinais dans son visage un certain désespoir – peut-être commencions-nous déjà à comprendre, dans le petit bureau ensoleillé, que cette enquête ne serait pas aussi facile que nous l'avions imaginée.

16

Je suis arrivé chez moi vers dix-neuf heures ce soir-là.

Dans l'entrée se trouvaient des cartons de déménagement pliés, appuyés contre le mur. À côté de la porte, la chaise de cuisine, substitut du tabouret que Beatrice avait emporté. Il ne restait dans la penderie qu'un manteau en cachemire, quelques vestes en lin suspendues à des cintres au revêtement de cuir. Dans cet espace étriqué, je devinais encore la senteur sucrée du parfum de Beatrice.

J'entrai dans le séjour, j'entendis l'écho de mes pas dans la grande pièce vide. Le soleil de fin de journée filtrait par les fenêtres en verre au plomb et illuminait le parquet comme de l'or liquide.

Un mouvement au coin de l'œil me fit sursauter.

Alba était assise en tailleur dans le seul fauteuil restant, planté au milieu de la pièce.

— La vache, Alba ! Tu m'as fait une de ces peurs !

Je ne mentais pas. Ma bouche était sèche et mon cœur palpitait. Pas seulement parce qu'elle m'avait surpris, mais aussi parce qu'elle me rappela une fois de plus à quel point elle ressemblait à Bonnie Högberg. Je repensai à Bonnie – jusqu'à hier une fille de dix-sept ans tout à fait ordinaire, comme Alba, qui reposait à présent dans une chambre froide à la morgue de Solna.

Choses que je ne pouvais pas vraiment dire à ma fille.

— Désolée, je pensais que ça te ferait plaisir !

Je la serrai dans mes bras de toutes mes forces. Ses cheveux exhalaient une odeur florale, comme si elle venait de les laver ou de les parfumer.

— Aïe, marmonna-t-elle en se dégageant de mon étreinte. Tu es en manque de câlins ou quoi ?

Je ne pus m'empêcher de rire – elle avait dix-sept ans, mais ses réflexions étaient souvent d'une maturité surprenante. Elle pouvait être d'une grande clairvoyance tirant même parfois vers le cynisme. Ses commentaires cinglants comme un coup de fouet tombaient souvent en plein dans le mille. Et comme un coup de fouet, ils laissaient des traces – la sensation cuisante qu'elle avait perçu quelque chose dont je n'étais moi-même pas conscient. Quelque chose de honteux, peut-être.

Elle a sans doute hérité ça de sa mère, songeai-je.

Alba examina les rectangles plus clairs sur les murs, traces laissées lorsque Beatrice avait décroché ses tableaux. Elle fit quelques pas vers la fenêtre, observa le ficus aux feuilles tombantes et plongea un doigt dans la terre assoiffée.

— Si tu veux, je peux t'aider, papa.

— À quoi ?

— À rendre l'appart un peu plus douillet. Il a l'air inhabité.

— Volontiers ! Tu as mangé ?

Elle rassembla sa longue chevelure brune et entortilla une mèche entre ses doigts.

— Je ne peux pas rester. J'ai promis à maman de dîner à la maison. (Pause.) Je veux dire, chez elle. Je passais juste prendre mon casque d'équitation.

— Comment vont Alexander et Stella ?

— Bien, je crois.

— Et maman ? demandai-je d'un ton détaché, incapable de ne pas remuer le couteau dans la plaie.

Elle me dévisagea, sans doute bien consciente de mon petit jeu.

— Bien.

— Et Hasse, il est sympa ?

Son regard se posa vers la fenêtre.

— J'imagine… Mais ce n'est pas comme si je passais du temps avec lui. (Silence.) Il faut que j'y aille !

Alba ramassa son casque et se dirigea vers l'entrée.

Ma fille, pensai-je en suivant des yeux la silhouette fine en jean élimé. *Ma petite fille devenue si grande.*

Il y avait tant de choses que je voulais lui dire – sur Beatrice et moi, bien sûr. Notre couple était un désastre, notre divorce une scène de guerre, et je nourrissais parfois le désir de donner à mes enfants ma version des faits.

Mais aussi lui parler de la vie, la reconnaissance que j'éprouvais à la voir là : chaleureuse, forte et vivante dans la lumière du soir. J'aurais tellement aimé admettre qu'elle avait raison : j'étais en manque de contact physique, je ne me rappelais pas la dernière fois qu'on m'avait touché et je me languissais de caresser la peau de quelqu'un.

Mais ce n'est pas le genre de confidences que sa propre fille veut entendre.

— On se voit ce week-end, dis-je.

Ce soir-là, une angoisse poignante s'était insinuée en moi et installée dans mon cœur, comme une pierre posée sur ma poitrine, et rendait le sommeil impossible. Lorsque je fermais les paupières, je voyais de nouveau Aron – mais cette fois l'image était floue, les traits imprécis. J'eus honte d'être incapable de faire apparaître son visage par la seule force de ma volonté, honte de ne pas penser à lui plus souvent, de ne pas avoir de photo de nous deux au mur ou dans mon portefeuille.

J'avais un frère jumeau.

Les yeux tristes de Pirjo quand elle m'a entendue, la main tenant le sandwich qui s'est arrêtée en plein mouvement.

Pourquoi ne parlais-je jamais de lui – les souvenirs et les anecdotes étaient tout ce qui me restait. C'était mon devoir de faire vivre sa mémoire et j'avais lamentablement échoué.

Bien sûr, Beatrice savait que mon frère était mort. Les enfants aussi. Mais je ne me souviens pas que nous en ayons véritablement parlé, je ne pense pas avoir décrit l'ampleur de la catastrophe, ce que cela impliquait vraiment de perdre mon frère.

Aron et moi avons grandi ici, dans le quartier d'Östermalm, au cœur de la riche bourgeoisie. Je me rappelle notre enfance comme dénuée de problèmes, idyllique, même. Nous étions de vrais jumeaux, quasiment impossibles à distinguer, même pour nos parents et amis. Nous étions plus que proches, nous étions en symbiose – nous partagions la même classe, avions les mêmes amis, ne faisions presque jamais rien sans l'autre.

Mais vers douze ans, Aron avait cessé de s'alimenter, il n'arrivait pas à avaler, disait-il. D'après les multiples médecins consultés, il n'y avait pas de problème physique ; la cause devait être psychologique.

Suivirent des semaines de psychothérapie – je l'accompagnais, refusant de rester à la maison, et quand le thérapeute voulait parler avec Aron en tête à tête, j'attendais devant le cabinet, les yeux rivés à la porte blanche.

Les semaines passaient, Aron ne guérissait pas. Il maigrissait à vue d'œil tandis que je prenais du poids.

J'imagine que je mangeais pour deux.

À la fin, Aron était si maigre qu'on voyait ses côtes à travers la peau tendue de sa cage thoracique. Il n'avait plus de force, passait ses journées au lit. Buvait du soda à la paille jusqu'à ce qu'il n'en ait plus la force non plus.

Ce n'est qu'à ce moment-là que mes parents l'avaient conduit à l'hôpital d'où il n'était jamais ressorti. Il s'avéra qu'il avait une tumeur agressive à la thyroïde qui s'était propagée jusque dans son œsophage.

Il était mort deux mois plus tard.

Je repensai aux jumeaux Andersen – à David, faible et étrangement sûr de lui. Je pensai à Harry avec ses poings serrés, son bégaiement et son regard farouche.

La famille Andersen allait-elle aussi perdre un enfant ? Pas emporté par la maladie, mais par quelque chose de presque aussi terrible.

17

— Les deux garçons affirment que la porte et les fenêtres étaient fermées de l'intérieur, indiqua Pirjo. Les techniciens n'ont pas décelé de traces de dégradation.

Nous étions installés dans une salle de réunion du commissariat. De la petite fenêtre, j'apercevais les cimes des arbres du parc Kronoberg qui se balançaient au gré des bourrasques. On se sentait comme dans un bateau sur une mer déchaînée.

Pirjo était assise à côté de moi ; notre chef, Sture Grundin et la procureure, Susanne Bauer, en face. Au bout de la table se trouvait Nathalie Skog, la cheffe de groupe qui nous avait accueillis sur le lieu du crime et qui coordonnait à présent les tâches de la police de Gnesta dans l'enquête.

— Purée, pesta Sture. Ils sont à peine sortis de l'œuf et pourtant l'un d'entre eux a tué cette fille.

Il passa une main sur son crâne quasi lisse comme pour s'assurer que les quelques cheveux qui le garnissaient encore ne s'étaient pas fait la malle. Puis il fit une grimace de dégoût et prit un biscuit à la confiture de framboise dans le paquet sur la table.

Sture était un vétéran dans la maison. J'étais encore à la crèche qu'il était déjà flic. Seuls quelques mois le séparaient de la retraite et ça se sentait. L'énergie, l'engagement dont il faisait montre lorsque je l'avais connu dix ans plus tôt avaient été remplacés par une sorte d'indifférence, comme si ces derniers mois n'étaient qu'un trajet indispensable vers la cabane qu'il possédait dans la région de Bergslagen, ses copains chasseurs qui l'attendaient, son fils et ses petits-enfants à Ludvika. Mais il était expérimenté et consciencieux, dire le contraire serait mentir.

— Les journalistes commencent déjà à fourrer leur nez dans l'affaire, poursuivit-il en soupesant son biscuit dans une main. Ce matin je croulais sous les appels. Visiblement c'est une célébrité, ce Gabriel Andersen. Je n'ai jamais entendu parler de lui, mais…

Sture se tut et nous dévisagea à tour de rôle, en plissant les yeux.

— L'un de vous a lu ses livres ?

Je secouai la tête, tout comme Nathalie.

— Moi oui, déclara Pirjo.

— Moi aussi, ajouta Susanne avec un gloussement.

Je n'en croyais pas mes oreilles – la procureure Susanne Bauer, l'une des personnes les plus bienséantes que je connaisse, gloussait ! En l'observant plus attentivement, j'eus même l'impression qu'elle avait rougi comme une écolière.

— D'accord, marmonna Sture. Il est bon ?

Susanne posa une main sur sa poitrine avec un grand sourire aux lèvres.

— Oui, dit-elle d'un ton qui donnait l'impression qu'elle reconnaissait quelque chose de honteux.

— Il est génial, renchérit Pirjo. J'ai dévoré ses livres sur Helene et Siv. J'ai lu jour et nuit pendant deux semaines !

— Moi aussi ! *La vérité est rouge* est le meilleur livre que j'ai jamais lu. Je vous assure, j'avais l'impression que l'histoire de Siv était la mienne, alors qu'on est si différentes.

Le silence se fit.

Je me tournai vers Pirjo.

La peau au niveau de son décolleté plutôt couvrant était pâle, émaillée de quelques taches de rousseur. Elle avait l'air si douce, si chaude, si attirante. Sur son cou, près de la clavicule, on distinguait les palpitations de son pouls juste sous l'épiderme.

Elle fronça les sourcils et m'interrogea du regard.

— Qu'est-ce qu'il y a ? demanda-t-elle.

— Non. Je…

Je secouai la tête

— Bon, d'accord, répéta Sture en hochant la tête d'un air pensif, comme si un soupçon venait d'être confirmé. Revenons à l'homicide de Bonnie Högberg.

Susanne Bauer se tourna vers Pirjo. Un rapide sourire de connivence, puis un raclement de gorge, et la procureure bien sous tous rapports était de retour et la femme rougissante envolée.

Elle regarda Nathalie.

— Vous avez trouvé quelque chose d'intéressant, tes collègues et toi ?

Nathalie posa son café sur la table et passa la main dans ses courts cheveux gris semblables aux poils de mon balai-brosse. Elle consulta ses notes.

— Les parents de Bonnie ont été informés, mais n'ont pas encore été entendus. Ils étaient... anéantis.

— Pirjo et moi les rencontrerons demain, complétai-je.

— Nous avons parlé avec plusieurs des amis proches de Bonnie, ajouta Nathalie. Je vous ferai parvenir par e-mail les comptes rendus d'interrogatoire. Ça n'a pas donné grand-chose. Elle était appréciée, sportive, plutôt garçon manqué. Bonne élève. Mais personne ne la connaissait très bien, apparemment elle fréquentait surtout les jumeaux Andersen. Elle n'avait pas l'air déprimée. Elle n'avait pas d'ennemis. Ne consommait pas de stupéfiant. Pas qu'ils sachent en tout cas. Une adolescente tout à fait normale, en d'autres termes. Puis...

Nathalie tira légèrement sur sa chemise d'uniforme, un peu étriquée au niveau de la poitrine.

— Nous avons discuté avec les voisins de la famille Andersen, poursuivit-elle. Les plus proches sont un couple de personnes âgées. M. et Mme Nyström. Leur ferme se trouve à quelques centaines de mètres de l'Éternité. Ils sont propriétaires des chevaux qui paissent dans l'enclos de la famille de l'écrivain. Ils n'ont rien noté d'anormal ce soir-là, sinon que la musique était très forte et qu'il y avait beaucoup de bruit chez les Andersen.

Elle marqua une pause et inclina la tête.

— Ils trouvent leurs voisins un peu bizarres.

— Bizarres, dans quel sens ? s'enquit Pirjo.

Nathalie se tortilla.

— M. et Mme Nyström vivent dans la région depuis longtemps. À leurs yeux, les Andersen sont étranges : ils font tout le temps des fêtes chez eux, sont bruyants, fréquentent des individus louches, des « hippies », disent-ils. Apparemment, un jour, un des amis de la famille Andersen avait monté à cru, nu, l'un des chevaux des Nyström.

Sture grimaça à ces propos.

— Puis il y avait le problème de la neige.

— De la neige ?

Susanne Bauer eut l'air décontenancée.

— Oui, les Nyström se sont plaints que les Andersen n'aidaient pas à déblayer la neige de la route qu'ils partagent, en hiver, comme le faisaient les propriétaires précédents.

— Je rêve ! ricana Sture.

— Tu peux rire, répondit sèchement Nathalie. (Elle se pencha en arrière et croisa les bras.) Mais à la campagne, ces choses-là revêtent une grande importance. D'après eux, les Andersen ne comprennent pas comment se comporter parce qu'ils sont nouveaux dans la région.

— Ça fait près de dix-huit ans qu'ils habitent là-bas ! s'indigna Sture.

Pirjo sourit discrètement.

— Autre chose ? s'enquit Sture.

Nathalie secoua la tête.

— J'ai interrogé plusieurs amis de la famille Andersen, dit Pirjo. Surtout des employés de la maison d'édition et des écrivains qui les fréquentent. À les en croire ce sont tous des anges. Gabriel est visiblement…

Pirjo consulta ses notes, esquissa un sourire et poursuivit :

— … extrêmement perspicace, empathique et avec une sensibilité supérieure à la normale. Lykke est chaleureuse, travailleuse, une mère fantastique. Les jumeaux sont serviables, intelligents et sociables.

— Une famille totalement différente de la précédente, donc, constata Sture.

— C'est toujours comme ça, rétorquai-je.

— Moui, fit Pirjo lentement. Mais les avis sur la famille Andersen divergent encore plus que d'habitude.

— Autant d'individus, autant d'avis, soupira Sture. Les jumeaux Andersen semblent être les coupables les plus probables. Ou plutôt l'*un* des jumeaux.

— D'accord. En résumé, commença Susanne, vous pensez que l'un des jumeaux a tué Bonnie Högberg ?

— Pas sûr. Mais je, on, ne comprend pas comment quelqu'un d'autre aurait pu entrer dans la stuga.

Susanne jeta un coup d'œil à son bloc-notes.

— Où se trouvaient les autres invités ?

— Lykke et Gabriel Andersen dormaient dans la maison principale, expliquai-je. Ils sont allés se coucher à peu près en même temps et ont assuré ne pas être sortis de la nuit. Les trois invités ont passé la nuit dans la cabane au bord du lac, ils ne sont pas sortis non plus. C'est ce qu'ils affirment, en tout cas. Mais ils étaient tous assez ivres, on ne peut donc pas partir du principe qu'ils aient entendu ou qu'ils se souviennent si quelqu'un a quitté la maison pendant la nuit.

Susanne hocha la tête, fit une annotation dans son carnet et ajusta sa veste bleu marine. Le diamant de son alliance scintilla sur son doigt.

Elle se tourna de nouveau vers Pirjo.

— Mais si les garçons avaient laissé entrer quelqu'un pendant la nuit ? Peut-être quelqu'un qu'ils ne connaissaient pas, une personne qui n'était pas invitée à la fête ou…

— Ils affirment que non, l'interrompit Sture.

— Pouvons-nous vraiment croire qu'une autre personne est impliquée ? demandai-je. Un complice des garçons ou de l'un d'entre eux ?

— Ce serait vraiment tiré par les cheveux, maugréa Sture.

Il mordit dans son gâteau et regarda par la fenêtre d'un œil languissant.

Susanne ne lâchait pas le morceau.

— Je crois qu'on ne peut pas nécessairement faire confiance au témoignage des garçons. Ils sont soupçonnés d'avoir commis un crime grave. Comment pouvons-nous savoir qu'ils ne mentent pas ?

— On ne peut pas le savoir, bien sûr, déclara Pirjo. Mais s'ils avaient menti, s'ils avaient voulu détourner les soupçons, ils auraient dit que la porte n'était pas fermée à clé ou que l'une des fenêtres était restée ouverte. Le cas échéant, n'importe qui aurait pu entrer. Non, au lieu de cela ils ont assuré qu'ils étaient seuls et que la maison était fermée, ce qui ne fait qu'aggraver leur cas.

— Peut-être que Bonnie elle-même a laissé entrer quelqu'un, suggéra Susanne.

— Et fermé la porte après avoir été tuée ? fit Sture d'une voix monocorde.

— Le coupable a pu sortir par la fenêtre de sa chambre, répondit Susanne.

— La fenêtre était crochetée de l'intérieur quand le corps a été découvert, déclara Pirjo.

— Mais si le coupable a fermé la fenêtre de l'intérieur, poursuivit Susanne, avant de sortir par la porte ?

— Elle était fermée de l'intérieur, insistai-je.

— Imaginez qu'un des garçons se soit réveillé au milieu de la nuit, ait découvert que la porte était ouverte et l'ait fermée ? Ils avaient beaucoup bu, peut-être qu'ils ne s'en souviennent pas. Ou peut-être que l'un d'eux est somnambule.

— Mais enfin, Susanne !

— Ce n'est pas impossible, affirma Pirjo d'une voix calme. Mais ça semble très peu probable.

Susanne se pencha en arrière, croisa les bras sur sa poitrine.

— D'accord, dit-elle. Si les garçons étaient vraiment seuls avec la victime dans la maison toute la nuit, une question demeure : lequel est coupable ? Vous ne pensez tout de même pas qu'ils sont complices ?

— Pirjo repoussa les boucles qui lui tombaient sur le front et se pencha en avant.

— C'est là où les découvertes des techniciens entrent en jeu, annonça-t-elle lentement.

Sture esquissa un geste impatient de la main.

Pirjo baissa les yeux sur la liasse posée devant elle sur la table. Elle la feuilleta.

— Regardez, dit-elle. Voyons voir. (La ride entre ses sourcils se creusa lorsque ses yeux balayèrent la page.) David Andersen n'a pas retrouvé la chemise qu'il portait la nuit où Bonnie a été assassinée. Il affirme l'avoir accrochée dans la salle de bains de la stuga avant de se coucher. Mais elle n'était pas là quand les techniciens ont examiné le bâtiment.

— Viens-en au fait, la pressa Sture.

Pirjo ne semblait pas remarquer l'agacement de son collègue – ou bien elle n'en avait cure. Pirjo se laissait rarement déstabiliser. Elle était semblable à une île rocheuse en pleine mer – les grands ferries avaient beau se lancer dans un concert de klaxons, elle ne bougeait pas d'un pouce.

— Les techniciens ont découvert la chemise en boule au fond d'une armoire dans la chambre de David. C'est-à-dire dans la chambre où Bonnie est morte. Ils pensent que la chemise a pu être placée dans sa bouche pour la faire taire, ce qui a pu conduire à sa mort par asphyxie. On a retrouvé beaucoup de fibres textiles dans la bouche de la victime, ce qui semble aller dans ce sens. Mais comme les techniciens n'ont pas encore terminé leurs analyses, nous ne savons pas encore si elles proviennent de la chemise de David. En outre…

Pirjo leva un doigt en signe d'avertissement et poursuivit :

— L'autopsie n'est pas encore terminée. Nous ne sommes pas sûrs qu'elle soit morte asphyxiée.

Susanne posa le stylo sur son bloc.

— Bon, d'accord. Demandez les rapports de la légiste et des techniciens. Si nous pouvons prouver que la chemise que portait David Andersen a été utilisée pour étouffer Bonnie Högberg, nous avons une preuve accablante.

18

Pirjo se gara à l'ombre d'un grand arbre, devant le bâtiment en brique.

Je descendis de voiture, l'odeur de l'asphalte chaud et de la poubelle située quelques mètres plus loin me prit à la gorge. C'était l'une des dernières chaudes journées d'été, celles qui par leur simple existence rappelaient la venue de l'automne. *Un peu comme la vie elle-même*, me dis-je dans un accès de mélancolie. Les beaux moments – les fêtes de fin d'année scolaire, les mariages, les baptêmes – provoquent inévitablement une sensation de perte, car nous prenons conscience, avec le temps, que le bonheur est éphémère.

Je levai les yeux sur le bâtiment – les mots « Institut de médecine légale » étaient inscrits en lettres dorées sur la façade.

Pirjo soupira.

— J'ai horreur des autopsies, fit-elle remarquer en marchant malgré tout vers l'entrée d'un pas décidé.

— L'autopsie est déjà terminée, nous allons juste parler à Samira.

La médecin légiste Samira Khan se trouvait sur le lieu du crime lorsque nous étions arrivés à l'Éternité.

— Il n'empêche que je déteste ça. Il semble évident que tout est déjà trop tard.

Elle me tint la porte.

— Pour elle, oui. Mais d'autres crimes peuvent être évités.

Elle ne répondit pas.

À l'intérieur, l'air était frais et saturé d'une odeur de produit d'entretien. Une femme en combinaison bleue nettoyait le sol avec une lenteur de zombie sans nous gratifier d'un seul regard.

Au bout de quelques minutes, Samira nous rejoignit à l'accueil.

— Bonjour, dit-elle en souriant.

Elle nous tendit la main. Sa poigne était ferme en dépit de son corps menu. Était-ce à dessein ? Se sentait-elle obligée de compenser son apparence frêle ? Elle portait une blouse chirurgicale verte et un pantalon assorti, ses cheveux attachés en tresse serrée reposaient entre les omoplates. Ses yeux noirs étaient vifs et alertes sous ses épais sourcils.

— Entrons, je vais vous présenter mes conclusions, annonça-t-elle.

Nous lui emboîtâmes le pas dans un couloir et entrâmes dans une grande pièce tout en carrelage et Inox. La lumière éblouissante se reflétait sur les surfaces lisses.

Bonnie était allongée sur le dos sur l'une des tables d'autopsie en acier au milieu de la salle. Le long du flanc, on apercevait une tache bleutée sur la peau blanche. L'entaille en Y qui barrait la poitrine et l'abdomen avait été soigneusement recousue.

Le regard de Pirjo se perdait vers la fenêtre. Elle était encore plus pâle que d'ordinaire. Samira, qui ne semblait pas remarquer sa réaction, nous fit signe d'approcher.

— Bien, lança-t-elle en enfilant des gants en latex. (Elle attrapa son bloc-notes.) Commençons par l'heure du décès. Je crois vous avoir dit entre trois et cinq heures du matin lorsque nous nous sommes vus la dernière fois, et je confirme mes dires. Quant à la cause…

Elle marqua une pause, contempla Bonnie et continua :

— On ne peut pas être sûr à cent pour cent, mais tout porte à croire qu'elle est morte par asphyxie. Vous vous souvenez sans doute que je vous ai montré de petits saignements au niveau de la conjonctive. On a les mêmes au niveau du cœur. J'ai aussi trouvé ce qu'on appelle les « taches de Tardieu », à savoir de petits saignements au niveau des poumons. Ainsi que des ecchymoses sur le cou. En revanche, je n'ai pas détecté de fracture de la corne du cartilage thyroïde ou de l'os hyoïde, mais ce sont surtout les personnes de plus de quarante ans qui présentent ce type de blessures.

— Alors, si on l'a étouffée, comment ça s'est passé exactement ? demandai-je.

— Impossible à déterminer. On lui a sans doute mis du tissu dans la bouche, peut-être pour la faire taire. Cela a pu causer l'asphyxie. Comme j'ai aussi trouvé des ecchymoses au niveau de son cou, je pense qu'on a également essayé de l'étrangler.

Je contemplai le corps sans vie.

Les traits de Bonnie Högberg se déformèrent et le visage d'Alba apparut sur la table en Inox. Mon cœur s'emballa, je clignai des yeux à plusieurs reprises pour me sortir de mes songes.

Bonnie était de retour. Alba était ailleurs, peut-être prenait-elle le soleil avec ses amis, peut-être était-elle à l'écurie en train de préparer son cheval favori pour une promenade.

Je pus souffler.

— Pas de trace d'agression sexuelle, poursuivit Samira. Pas d'autres lésions hormis un tas de piqûres de moustique qu'elle a grattées et…

Elle tendit le bras, souleva la main droite de Bonnie et indiqua une plaie dans la paume.

— Ça. Une incision superficielle d'environ deux centimètres de long. Il y avait un peu de sang sur le pourtour quand on l'a trouvée, mais j'ai nettoyé. Si vous regardez attentivement, vous pouvez voir au niveau des bords de la plaie que l'incision est nette et que la peau autour n'est pas lésée. Je pense que c'est une coupure, mais pas réalisée avec un couteau, la surface de la plaie est trop irrégulière. On ne peut pas dire s'il s'agit d'une blessure défensive, mais c'est possible, si l'agresseur brandissait un objet.

Samira reposa délicatement la main. Puis elle resta immobile, les sourcils froncés, les yeux rivés sur Bonnie.

— Ça me bouleverse quand ils sont si jeunes, dit-elle.

19

Une heure plus tard, nous roulions vers la ferme des parents de Bonnie Högberg.

Le paysage verdoyant défilait devant la fenêtre : des champs ondoyants alternaient avec de hautes forêts et des prés où paissaient des vaches. Çà et là, nous dépassions des maisons et des granges rouges qui semblaient avoir été disposées au hasard.

Je contemplai Pirjo. Son visage dénué d'expression sous ses grandes lunettes. Ses mains reposaient délicatement sur le volant.

— Je préfère encore l'institut médico-légal, dis-je.

— Moi, je ne sais pas…

Elle montra un panneau qui indiquait Vagnhärad 14.

— Oui, c'est là, confirmai-je.

Nous nous engageâmes sur un chemin, dépassâmes d'autres champs, traversâmes une zone de forêt nouvelle qui se changeait en bois dense. Au bout de quelques centaines de mètres, elle s'éclaircit et nous vîmes le corps de ferme sur le côté droit.

Le bâtiment d'habitation était une simple maison en bois peinte en blanc aux volets et pignons verts. Deux gigantesques granges rouges flanquées de silos en métal se dressaient un peu plus loin.

Pirjo s'engagea dans l'allée, se gara devant la maison blanche et descendit de la voiture. Je la suivis, humant les relents caractéristiques de la bouse de vache, et observai l'habitat de plus près.

D'un côté de la bâtisse s'élevait un tas de vieux pneus, derrière lequel rouillaient des machines agricoles hors d'usage tels des squelettes orangés d'animaux préhistoriques échoués ici depuis trop longtemps. Deux voitures à moitié démontées étaient installées au milieu de la pelouse.

— Quel bordel !

Pirjo me lança de nouveau un de ses regards.

— Comme je l'ai déjà dit, ça se voit que tu n'as jamais mis les pieds dans une ferme !

— Tu t'y connais, toi ?

— J'ai grandi dans une ferme, répondit-elle en se dirigeant vers le bâtiment principal.

Lena Högberg devait avoir la quarantaine, corpulente, les cheveux blonds aux racines foncées qui lui arrivaient aux épaules. Ses bras potelés qui débordaient de son haut Adidas affichaient une teinte rosée comme si elle venait de prendre un coup de soleil.

Elle nous indiqua la cuisine.

— Installez-vous. Je vous offre un café ?

C'était davantage un constat qu'une question et effectivement elle nous tourna le dos et attrapa la boîte de filtres Melitta sans attendre notre réponse.

Nous nous assîmes côte à côte à la grande table en pin. Contrairement à l'extérieur, l'intérieur était soigné. Les plans de travail étaient immaculés, des rideaux fleuris agrémentaient les fenêtres de la cuisine, quelques coupures de presse étaient scotchées au frigo.

Au milieu de la table trônaient une bougie allumée et une photo de Bonnie.

— Stefan arrive, mentionna Lena. Il devait juste parler à son remplaçant.

Elle remplit le filtre de café et alluma la machine. Elle posa par terre une gamelle de pâtée pour chien, s'approcha de nous à pas lourds et s'assit en face de nous.

— Nous avons dû embaucher de la main-d'œuvre supplémentaire pour nous aider. C'est… Nous n'allons pas bien, ni l'un ni l'autre. Mais les vaches, ça ne leur fait ni chaud ni froid. Nous avons cent cinquante vaches laitières et cinquante génisses. Nous produisons chaque jour plus de trois mille litres de lait. Ce genre d'exploitation, ça ne se gère pas tout seul.

Des pas approchèrent et un homme entra, en combinaison verte, coiffé d'une casquette. Son visage était bronzé et couvert d'une fine couche de poussière, son corps petit mais étonnamment trapu, comme un poney Shetland. Il était suivi d'un labrador noir qui, nous ignorant, fonça droit vers sa nourriture.

L'homme se présenta. Stefan Högberg, le père de Bonnie. Il se laissa tomber à côté de Lena, se débarrassa de sa casquette à l'effigie de la fédération des agriculteurs et passa la main dans ses cheveux bruns clairsemés.

— Toutes nos condoléances, dit Pirjo en regardant le couple.

Lena hocha la tête et baissa les yeux sur la table.

— C'est incompréhensible, s'indigna-t-elle.

Stephan semblait absent, ses yeux étaient rougis.

— Je veux que vous sachiez que nous ferons tout notre possible pour arrêter et faire condamner la personne qui a tué Bonnie, poursuivit Pirjo.

Lena opina du chef.

Le silence se fit, on n'entendait qu'une mouche qui heurtait la fenêtre, les glouglous de la cafetière et le chien qui léchait les dernières miettes de sa pâtée avec une frénésie telle que sa gamelle se renversa.

— Nous voulons vous aider, bien sûr, renchérit Stefan. Si nous le pouvons.

— Nous aimerions justement vous poser quelques questions au sujet de Bonnie. Si vous êtes d'accord, répondit Pirjo.

— Bien sûr.

Pirjo consulta son bloc-notes.

— Quelle était la relation de Bonnie avec les jumeaux Andersen ?

Lena se racla la gorge.

— Ils sont copains. *Étaient* copains.

— Seulement copains ? demandai-je.

Lena écarquilla les yeux et secoua légèrement la tête.

— C'est-à-dire ? (Pause.) Ah, je vois… Non, non, il n'y a rien de plus. Bonnie n'a pas de petit ami, elle n'en a jamais eu d'après ce que je sais. Elle est plus intéressée par le sport, la musique, ce genre de choses. Elle a toujours été un peu sauvage, notre Bonnie. Quand les autres filles s'habillaient en princesses, elle jouait dans les bois avec… eh bien avec David et Harry. Ils ont toujours été inséparables tous les trois.

— Savez-vous si elle s'est déjà disputée avec l'un d'entre eux ? s'enquit Pirjo.

— Disputée ?

Lena secoua la tête et posa sur son mari un regard interrogateur.

Stefan faisait tourner son alliance avec ses doigts. L'or brillait d'un éclat mat sur son annulaire sale.

— Pas que je sache, dit-il.

Un petit coup de vent fit vaciller la flamme de la bougie. Le regard de Lena se posa sur le portrait de Bonnie. Elle portait une robe d'été et affichait un grand sourire. La photo avait peut-être été prise lors d'une fête de fin d'année. Quelqu'un la tenait par les épaules, mais l'image était coupée, on ne voyait pas qui c'était.

— Elle…, commença Lena. On… Il…

Son visage se crispa, elle croisa ses bras sur la poitrine et éclata en sanglots.

— Je veux juste me réveiller de ce cauchemar.

Stefan entoura les épaules de sa femme de ses bras puissants. Pirjo se leva, alla chercher une serviette en papier sur le plan de travail et la lui tendit.

Lena se moucha, pressa le papier sur ses yeux comme pour s'extraire du monde.

— Et le reste de la famille Andersen, poursuivit Pirjo. Vous les connaissiez bien ?

Il y eut un silence, puis Stefan prit la parole.

— Pas vraiment. On connaissait surtout les garçons, ils étaient souvent ici. Ils sont gentils, on les a toujours appréciés. Mais les parents…

Il laissa sa phrase en suspens.

Lena posa la serviette sur la table. La plia une fois, puis une autre.

— Je fréquentais la même école que Lykke Andersen quand on était enfants, dit-elle en essuyant une larme. Elle s'appelait Svensson, à l'époque. Nous avions le même âge, mais nous n'étions pas dans la même classe.

Elle leva une main et esquissa un sourire forcé.

— Je sais ce que vous allez demander, poursuivit-elle. La vérité, c'est que je ne me souviens pas d'elle lors de ces années-là. Bien sûr, quand je regarde l'annuaire de l'école, je la reconnais, mais je n'ai pas souvenir que nous ayons discuté ou participé aux mêmes fêtes. Je crois qu'elle était très timide. Une de ces enfants très discrètes, qui ne se font pas remarquer. (Son sourire s'effaça.) Pas comme maintenant.

— Comment est-elle maintenant ? s'enquiert Pirjo.

— Nous ne les fréquentons pas, rétorqua Stefan.

Lena lui décocha un regard, posa une main sur son bras. Puis elle se tourna vers Pirjo.

— Ils restent dans leur coin, c'est ainsi. Jamais ils ne nous fréquenteraient, ils préfèrent leurs amis artistes, je pense. C'est peut-être mieux comme ça, parce que c'est vraiment le bazar là-bas, à l'Éternité. Toujours un tas de gens louches qui vont et viennent. Beaucoup de fêtes, ce genre de choses.

Pirjo hocha la tête et prit quelques notes. La mouche de la fenêtre s'était engluée dans l'attrape-mouches et luttait en vain pour s'en sortir. La cafetière s'était tue, mais le café était oublié depuis longtemps. Le labrador s'était endormi sur le flanc près de sa gamelle renversée. Ses pattes étaient secouées de petits spasmes, comme s'il rêvait.

— Bonnie avait une plaie au niveau de la paume droite quand on l'a trouvée, déclara Pirjo. Savez-vous si elle s'était blessée la nuit où… où elle est morte ?

— Aucune idée, dit Lena.

Une larme glissa le long de sa joue.

Le silence se fit de nouveau. Pirjo jeta un coup d'œil dans ma direction et ferma son carnet. Stefan se tortillait sur sa chaise.

— Si on en a terminé…, commença-t-il. Je dois aller voir une vache qui souffre de fièvre de lait.

— Je pense qu'on va s'arrêter là. Mais avant de conclure, pensez-vous que quelqu'un aurait pu vouloir faire du mal à votre fille ?

— Vous ne comprenez pas, fit Lena. Tout le monde aimait Bonnie. Tout le monde.

20

J'étais assis dans le salon à regarder la télé quand j'ai enfin mis les mots sur ma condition :

— Il y a une expression en anglais pour ça, *skin hunger*. « Faim de peau », voilà de quoi tu souffres. De manque de contact physique, dit la femme à l'écran à un homme de mon âge.

C'était un diagnostic comme un autre.

Skin hunger, décelé à l'emporte-pièce par ma fille dans un accès de perspicacité étonnant pour son âge. À présent abordé par son véritable nom dans une série policière de qualité douteuse.

Je posai mon verre de vin par terre – Beatrice était partie avec la table basse, ainsi que la plupart des meubles de l'appartement. Les seules autres pièces intactes étaient les chambres des enfants qui vivaient une semaine sur deux chez moi jusqu'au début de l'été. Puis Beatrice avait décidé qu'il valait mieux qu'ils ne viennent chez moi qu'un week-end sur deux. J'étais tout le temps au boulot.

J'avais accepté l'arrangement, en tout cas jusqu'à nouvel ordre. Stella allait de toute façon passer l'été chez une copine en France et Alexander prévoyait de travailler dans un restaurant à Båstad, dont le propriétaire était un ami du nouveau compagnon de Beatrice.

À présent mes enfants étaient de retour à la maison – c'est-à-dire chez Beatrice, et le manque semblait tout à coup insupportable.

Je fixai le policier télévisé qui répondait au nom de Preben et dont le boulot n'avait rien à voir avec le mien.

Skin hunger, me dis-je.

Existait-il un remède à cette pathologie ? Adopter un compagnon à quatre pattes, se faire masser ? Que faisaient les gens à tel point avides d'affection que le manque devenait une maladie, un besoin irrésistible ?

Je repensai à Bonnie Högberg, aux jumeaux Andersen, et un frisson me parcourut. Bien sûr, Pirjo et moi avions déjà compris que ça avait pu se passer ainsi : un des jumeaux était obsédé par Bonnie, il voulait sentir sa peau, posséder son corps. L'assassinat avait pu commencer par une approche repoussée pour dégénérer en violence.

Ce n'était pas seulement possible, c'était même le scénario le plus probable.

Pourtant, la plupart des gens en manque de contact physique n'allaient pas tuer quelqu'un chaque fois que le désir devenait irrépressible. Ce n'est pas l'envie d'intimité qui pousse les gens au meurtre. C'est autre chose, quelque chose de plus sombre, plus complexe.

N'est-ce pas ?

Je m'emparai du verre à vin, me levai et me mis à arpenter la pièce sans savoir que faire pour apaiser mes pensées.

Je sortis sur le balcon et contemplai le ciel qui s'obscurcissait rapidement. J'attrapai le paquet de cigarettes posé sur la petite table ronde en bois et en allumai une. Le bout incandescent brillait comme un œil entre mes doigts.

Plus personne ne se plaignait que je fume en cachette – d'ailleurs ce n'était plus en cachette. Je n'avais plus personne à qui masquer ma mauvaise habitude.

Mon portable vibra dans ma poche. Pirjo. Je décrochai.

— Je te dérange ?

J'aurais voulu lui répondre qu'elle ne me dérangeait jamais, que j'étais heureux de voir son nom sur l'écran, mais je m'abstins, car de la faim de peau découle une certaine honte. C'est une chose de siroter du vin en pensant un peu trop à sa collègue plutôt attirante quand elle retire ses hideuses lunettes, ou de laisser son regard s'attarder sur la peau pâle de son décolleté, juste à l'endroit où l'on aperçoit le pouls.

Le reconnaître, c'est tout à fait différent.

— Pas du tout.

— Le Laboratoire national de médecine légale a appelé.

C'est dans ce laboratoire que sont analysés la plupart des éléments techniques de la police.

— Et ?

— C'est bien la chemise de David Andersen qui a été retrouvée au fond de l'armoire. Les fibres accrochées à l'appareil dentaire de Bonnie viennent de là. On a trouvé ses cheveux et ceux de David sur le vêtement.

Les mots de la procureure me revinrent à l'esprit :

Si nous pouvons prouver que la chemise que portait David Andersen a été utilisée pour étouffer Bonnie Högberg, nous avons une preuve accablante.

Je tirai une dernière fois sur ma cigarette et l'écrasai dans le petit pot de fleur vide posé à côté de la table.

— La médecin légiste privilégiait l'hypothèse de la mort par asphyxie, dis-je.

— Et à présent la chemise de David Andersen a un lien direct avec l'homicide. Cela devrait suffire pour une garde à vue, peut-être même pour une détention provisoire. Tu appelles la procureure ?

21

David Andersen approcha l'inhalateur de sa bouche, appuya pour libérer la substance et prit une profonde inspiration. Il toussa, émettant un bruit rauque, éraillé, comme si ses voies respiratoires étaient pleines de sable.

— Tu veux un verre d'eau ? demanda Pirjo.

David secoua la tête et fixa la table.

Il avait l'air rompu de fatigue et dans un immense désarroi bien qu'il ne fût privé de liberté que depuis quelques heures. Et il avait l'air beaucoup plus jeune que ses dix-sept ans.

Ce matin à la première heure, la procureure avait décidé de le placer en garde à vue. Les collègues de Nathalie étaient allés le chercher dans la foulée. Selon les policiers dépêchés, il lisait dans le lit de sa mère à leur arrivée. Sur la table de chevet se trouvait une tasse de chocolat chaud. Lykke Andersen avait pleuré à chaudes larmes et Gabriel Andersen avait menacé de porter plainte auprès du Défenseur des droits.

Je pouvais bien imaginer l'horreur que ça devait être pour eux.

Pourtant, David Andersen avait beau être encore un enfant, en tout cas aux yeux de la loi, il était peut-être assez âgé pour tuer.

Nous étions installés dans l'une des nombreuses salles d'interrogatoire du commissariat. La pièce était exiguë, dépourvue de fenêtres et entièrement peinte en blanc. Un néon jetait sa lumière froide sur la table. Pirjo et moi étions assis d'un côté ; David et son avocate Jessica Sund, de l'autre.

Jessica Sund était un nom bien connu dans le milieu. Elle faisait partie de la nouvelle génération d'avocats : agressive, elle n'hésitait pas à faire intervenir les médias pour attirer l'attention sur ses affaires et renforcer la position de ses clients. Sans compter qu'elle avait un blog où elle défendait les droits des suspects, un blog dont l'objectif était plutôt, selon moi, de se mettre en avant pour attirer de nouveaux clients.

— Quand pourrais-je rentrer chez moi ? demanda David à son avocate.

Jessica croisa les bras sur son chemisier en soie et nous regarda d'un air renfrogné.

Je savais à quoi m'attendre. Les avocats utilisaient souvent le jeune âge de leur client comme argument pour un meilleur traitement, dans et en dehors de la salle d'interrogatoire.

— Comme je le disais, commença Pirjo, dans les soixante-douze heures, la procureure aura tranché ; soit elle te libère, soit elle envoie une demande de détention provisoire au tribunal. Le cas échéant…

— Mais je n'ai rien fait, l'interrompit David d'une voix brisée.

— Nous avons encore quelques questions à te poser, dit Pirjo en attrapant son stylo. Après, ton avocate t'expliquera les détails de la procédure de garde à vue et de détention provisoire. C'est d'accord ?

— Mais vous ne pouvez pas… vous ne pouvez pas… Je vais passer plusieurs jours ici ?

— C'est possible, mais pas certain, répondit Pirjo. C'est à la procureure de décider.

— Je ne peux pas rester, j'ai un tournoi d'échecs demain.

Je m'avançai vers David et le dévisageai. Peut-être étais-je un peu agacé, peut-être étais-je las de tous les petits morveux qui feignent d'ignorer que leurs actes peuvent avoir des conséquences. Certes, David Andersen n'avait rien d'un criminel professionnel en devenir, au contraire, mais le crime pour lequel il était soupçonné était particulièrement effroyable.

— Il n'y aura clairement pas de tournoi d'échecs, annonçai-je, d'un ton un peu trop brutal.

Des larmes se mirent à couler le long des joues de David.

Jessica Sund planta son regard dans le mien, pinça les lèvres et ouvrit son sac. Elle en sortit un paquet de mouchoirs qu'elle tendit au garçon sans me quitter des yeux.

— David, reprit Pirjo. Comment ta chemise s'est-elle retrouvée dans l'armoire de la chambre à coucher où dormait Bonnie ?

— Je ne sais pas, je l'ai déjà dit. Je l'ai accrochée dans la salle de bains.

Le visage de Pirjo ne laissait entrevoir aucune émotion.

— Es-tu entré dans la chambre de Bonnie plus tard dans la nuit ?

— Non. Pourquoi ? Tout ça, je l'ai déjà dit ! Bonnie a peut-être pris la chemise dans la salle de bains. Elle y est passée après moi.

— Pourquoi aurait-elle fait ça ? questionnai-je.

— Parce que… je ne sais pas. Ou plutôt si. Ses vêtements étaient mouillés, elle les a enlevés dans la salle de bains. Elle ne voulait peut-être pas marcher nue jusqu'au lit.

Jessica esquissa un sourire discret. Elle fit une annotation dans son carnet.

Je n'étais pas surpris. Il ne lui avait pas échappé que David venait de livrer une explication très crédible à la situation.

Ce dernier, qui ne semblait pas avoir remarqué que sa réponse avait changé la dynamique de l'interrogatoire, prit un mouchoir dans le paquet et se moucha bruyamment.

— Vous avez demandé à Harry ? reprit-il. Il sait peut-être.

— Nous ne pouvons pas entrer dans les détails de notre conversation avec ton frère, indiqua Pirjo. Mais puisque nous parlons des habits mouillés de Bonnie, comment s'est-elle retrouvée dans l'eau ?

David se rembrunit.

— Je ne sais pas. Elle a dû tomber. Ou bien elle a voulu se baigner. Elle faisait des trucs bizarres parfois.

*

Sture plia la carte plastifiée et le gilet de chasse orange et les fourra dans le sac en Nylon posé au sol.

— Première chasse de l'année ? s'enquit Pirjo.

— Oui, reconnut Sture.

Il se redressa avec peine et repoussa le sac du bout du pied.

— Comment ça s'est passé avec David Andersen ? (Il se laissa tomber sur son fauteuil de bureau.) Vous lui avez extorqué quelque chose d'intéressant ?

— Que dalle, dis-je. Il soutient mordicus qu'il n'a rien à voir avec la mort de Bonnie.

— Il faut admettre qu'il avait une théorie plausible pour expliquer comment sa chemise s'était retrouvée dans la chambre de Bonnie, compléta Pirjo, et elle relata les propos de David.

Sture écouta en silence.

— Qu'en pensez-vous ?

— C'est tout à fait possible, affirma Pirjo. Les vêtements de Bonnie étaient suspendus dans la salle de bains. Et trempés.

Sture poussa un profond soupir, tourna la boussole posée sur le bureau. L'aiguille trembla, mais continua de pointer vers la fenêtre.

— Ce qui ne veut pas dire qu'il est innocent.

— Ni qu'il est coupable, fit Pirjo.

— Donc il nous faut plus de preuves, conclut Sture. Soit un aveu de David soit des éléments techniques supplémentaires ou des témoignages. D'ailleurs, où en est le labo ? Vous avez reçu le rapport détaillé ?

— Non, dit Pirjo. Ils n'ont terminé que l'analyse de la chemise et des fibres dans la bouche de Bonnie. Nous leur avions demandé cela en priorité. Ils examinent encore les bornages et les relevés téléphoniques des portables des garçons.

Sture regarda par la fenêtre en serrant la boussole dans son poing.

— Continuez les interrogatoires. Pressez-le un peu, voir ce que vous pouvez en tirer. Demandez aux techniciens s'ils peuvent mettre les bouchées doubles et contactez Susanne Bauer afin de savoir si les preuves dont nous disposons suffisent pour une détention provisoire.

22

Un vent tiède jouait dans les cimes le long du quai de Kungsholmen. L'air était saturé d'odeurs : asphalte chaud, fumée de cigarette, senteur marine et effluves de friture des nombreux restaurants. Quelques voiliers naviguaient au loin et les gens se pressaient sur les terrasses, profitant des derniers rayons du soleil.

— Ici ?

Pirjo indiquait une terrasse au bord de l'eau. Une des tables rondes était vide.

Je hochai la tête et elle s'installa, posa son sac à dos sur ses genoux et regarda la mer.

— Qu'est-ce que tu veux boire ? lui demandai-je.

— Un verre de vin blanc, s'il te plaît.

J'allai commander au bar, du vin pour elle, une bière pour moi, puis je la rejoignis. Elle me remercia, les yeux plissés à cause du soleil, enleva son gilet, et but une gorgée de vin.

— Je dois admettre qu'il m'a fait de la peine aujourd'hui, se lança-t-elle.

— David Andersen ?

Elle acquiesça.

— Je ne sais pas. Il a l'air si sensible. J'ai du mal à croire qu'il ait pu la tuer. Enfin… je sais que ce genre de chose ne se voit pas. Mais quand même…

Elle laissa la phrase en suspens.

Je m'assis sur la chaise face à elle, posai la bière sur la table.

— Tu me surprends.

— Pourquoi ? Tu me trouves trop émotive ?

Je haussai les épaules.

— Peut-être.

— Quand je vois ce garçon apeuré, ça me rappelle mon adolescence. C'est difficile, à cet âge. Le manque de confiance en soi, les peurs…

— Ne laisse pas cela affecter ton jugement.

Elle m'examina en silence, son regard glissa sur mon costume en lin et elle traça un trait dans la buée de son verre de vin.

— Tu sais Manfred… Parfois tu me sembles un peu dur. Envers les autres et peut-être aussi envers toi-même.

— Je fais simplement mon boulot, tu dois distinguer les personnes de leurs actes.

Elle ne répondit pas tout de suite.

— Si ton jumeau et toi aviez été soupçonnés d'homicide et que tu avais été placé en garde à vue, tu n'en mènerais pas large.

— Aron avait douze ans quand il est mort.

— Je sais, répondit-elle, en laissant sa main effleurer la mienne.

Le toucher était d'une légèreté extrême, comme des ailes de papillon sur le dos de ma main. Pourtant, mon corps entier frissonna. Ma chemise me serrait, je défis le premier bouton.

Elle continua :

— Ce que je veux dire, c'est qu'il est jeune. Et la relation qu'on a avec son jumeau est particulière, je ne t'apprends rien. Je ne pense pas non plus qu'un peu d'empathie fasse de moi une moins bonne policière, ou m'affecte négativement pendant les interrogatoires.

Elle marqua une pause, ôta ses lunettes, les posa sur la table et se massa la racine du nez. Ses joues semblaient s'embraser dans la lumière du soir, une goutte de vin scintillait à la commissure de ses lèvres. Je fus tenté de l'essuyer, de l'attraper sur mon doigt comme une coccinelle prête à s'envoler.

— Au contraire, poursuivit-elle. Je suis convaincue que ça me rend meilleure, plus sagace, en quelque sorte. Si je suis capable de me mettre à sa place, s'il *sent* que j'en suis capable, il se confiera peut-être à moi.

— Tu as sans doute raison. Ce n'est pas mon truc, c'est tout. Ma femme, mon ex-femme plutôt, disait souvent que… (Pause. Je replaçai ma pochette de costume en soie jaune.) Elle me reprochait d'être déconnecté de mes sentiments.

Pirjo posa son verre de vin.

— Tu viens de divorcer ?

J'acquiesçai.

— C'est difficile ?

Sa spontanéité m'étonna. Elle n'enrobait pas la question, contrairement à la plupart des gens. Comme si le divorce était une maladie que vous pouviez attraper dès que vous en parliez. Mais Pirjo était Pirjo. Elle n'y allait pas par quatre chemins. Tout en restant respectueuse et attentionnée.

Je haussai les épaules, contemplai la mer.

— Un jour, quand je suis rentré elle avait fait ses valises. Comme ça. Elle a pris les enfants avec elle et elle est partie. Elle a dit que je travaillais trop, que j'avais toujours trop travaillé. Comme si elle n'avait pas compris qu'elle s'était mariée avec un policier.

— C'était vrai ? Tu travaillais vraiment beaucoup ?

— Oui.

Je songeai à toutes les disputes à ce sujet. Nous nous hurlions dessus dans la cuisine, et dans le salon les enfants augmentaient le volume de la télévision pour couvrir nos voix.

— Oui, j'imagine que oui, continuai-je. Mais j'avais l'impression de faire ça pour nous, pour ma famille.

Ce n'était pas toute la vérité. Nous ne dépendions pas de mon salaire, de ma carrière. Pas financièrement, en tout cas. Mais cette soif d'élucider les crimes était comme une drogue pour moi.

Beatrice le savait. Et ça ne lui plaisait pas.

Je la soupçonnais parfois d'être jalouse de mon boulot.

Ce que je ne disais pas non plus c'est que Beatrice avait rencontré un homme, un avocat. Un certain Hasse. Un homme qui fréquentait les bons cercles, qui possédait des résidences secondaires à Torekov et à Verbier, qui pouvait lui offrir la vie dont elle avait toujours rêvé, car Beatrice n'avait jamais aspiré à être une épouse de policier.

Je croisai le regard gris de Pirjo. Elle hocha lentement la tête.

Je sentis de nouveau sa main sur la mienne. Le toucher m'électrifiait, de petits chocs se diffusaient de mes doigts et irradiaient le reste de mon corps. Cette fois, elle laissa sa main, serra légèrement la mienne. Le poids de sa peau, de sa chair, de son attention s'imprégnèrent en moi et quelque chose s'adoucit dans ma poitrine.

Je l'embrassai plus tard ce soir-là. Un baiser hésitant, superficiel, devant un tabac de nuit. Ses lèvres étaient douces et chaudes, ses cheveux frisés comme de la laine sous mes doigts. Mon cerveau s'était tu pour la première fois depuis très longtemps. Envolées mes pensées pour Beatrice, l'appartement vide et mon manque affectif entaché de honte.

— Je ne sais pas si c'est une bonne idée, chuchota-t-elle en enlevant ses lunettes et en me fixant de ses yeux tristes.

— Cela l'est-il jamais ? demandai-je, et je l'embrassai de nouveau.

23

David Andersen fut placé en détention provisoire le lendemain du baiser devant le bureau de tabac. Ce n'était ni surprenant ni déchirant, en tout cas pas pour nous – il arrive constamment que des suspects, même très jeunes, soient placés en détention provisoire. Mais j'imagine le choc pour David et sa famille. Le garçon n'avait jamais eu de démêlés avec la justice.

Quelques heures seulement après la décision, le gardien à l'entrée me demanda si je pouvais descendre. Une femme du nom de Lykke Andersen voulait me parler.

Je m'exécutai à contrecœur – je me doutais bien de ce qui m'attendait.

Lykke était plantée à côté de la loge du garde, en robe à fleurs et veste en jean, le visage bouffi de larmes, les mains cramponnées à la lanière de son sac.

— Qu'est-ce que vous fabriquez ? s'écria-t-elle en m'apercevant. Vous êtes complètement fous ?

— Venez, on va en parler là-haut.

Une fois arrivée dans l'une des petites salles de conférences, elle fut comme vidée de son énergie. Elle s'affala sur une chaise, lâcha son sac à main et baissa la tête.

— Ce n'est qu'un enfant, gémit-elle en grattant ses courts cheveux blonds – ils me faisaient penser aux touffes d'herbe brûlées par le soleil dans le parc Kronoberg.

— Lykke, nous allons faire notre possible pour savoir ce qui s'est passé.

— Vous comprenez bien qu'il n'a pas pu faire de mal à Bonnie. Il ne ferait pas de mal à une mouche. Il est bien trop… Et… elle était sa meilleure amie.

Nous avons parlé près d'une heure sans arriver plus loin que ça.

Lykke répéta à quel point David était sensible, à quel point il était incapable de violence – il ne s'était jamais battu, n'avait jamais eu de problèmes avec la police. Il lisait des livres, jouait aux échecs… Un petit ange, à en croire sa génitrice.

Je l'avais écoutée, tenté d'argumenter, sans dévoiler quoi que ce soit de l'enquête. Je lui expliquai le rôle de la procureure, affirmai que l'avocate était l'une des meilleures et insistai sur le fait que Lykke et sa famille avaient tout intérêt à collaborer avec nous.

J'ignore si elle m'avait écouté, si elle était parvenue à m'entendre à travers son angoisse. Et quand elle était enfin partie, j'avais été submergé par un sentiment paralysant d'incompétence.

Comment Pirjo aurait-elle géré ce type de situation ? Aurait-elle posé ses mains douces sur le bras de Lykke, l'aurait-elle regardée de ses yeux tristes, l'aurait-elle écoutée autrement ? Mieux ? D'une manière qui aurait peut-être apaisé ses souffrances et aurait même débouché sur des confidences qui auraient pu faire progresser l'enquête ?

Plus tard, j'avais raconté à Pirjo que Lykke était venue.

— Je ne suis pas étonnée. Ça doit être un enfer là-bas, à l'Éternité.

*

Environ une semaine plus tard, notre groupe d'enquête se réunit. Pirjo, Nathalie, Sture et moi, ainsi qu'une experte dépêchée du Laboratoire national de médecine légale pour nous présenter les résultats de l'analyse technique et répondre à nos questions. La procureure Susanne Bauer qui diligentait l'enquête préliminaire était empêchée et nous rejoindrait plus tard.

La réunion était de la plus haute importance.

Nous avions interrogé David quotidiennement depuis son placement en détention provisoire sans rien obtenir. Nous avions alterné force et douceur, et Pirjo – qui était sans doute une meilleure personne et aussi une meilleure policière que moi – avait tenté d'ouvrir un véritable espace de dialogue.

En vain. Au lieu de s'adoucir, il semblait gagner en confiance. Il citait le Code pénal, se perdait dans des argumentaires philosophiques sur le bien et le mal et remettait en question notre droit à le garder en détention.

Après l'un de nos interrogatoires, Pirjo avait constaté sèchement que David aurait sans doute devant lui une brillante carrière d'avocat s'il avait choisi cette voie.

Elle et moi nous étions rapprochés.

Pas seulement physiquement. Nous avions aussi appris à nous connaître. Nous nous promenions après le travail – parfois nous marchions jusqu'à Södermalm, déambulions une heure ou deux, regardions le soleil se coucher sur la ville en parlant de tout et de rien.

Elle était l'aînée de trois filles, avait grandi dans une ferme non loin d'Övertorneå. La Tornédalie lui manquait et elle était sûre d'y retourner un jour. Stockholm, ça va, disait-elle sans grand enthousiasme. D'un point de vue professionnel, c'était passionnant bien sûr, mais la nature et sa famille lui manquaient.

Elle avait quarante-deux ans, n'avait jamais été mariée et n'avait pas d'enfants.

— Ça ne s'est pas fait, constata-t-elle, sans une once de mélancolie. Mais qui sait, j'ai encore le temps, et si ça n'arrive pas tant pis ! Après tout, j'ai déjà quatre neveux.

Elle était si différente de Beatrice. Pirjo ne jouait pas un rôle, n'avait pas envie d'être quelqu'un d'autre. Elle ne semblait pas non plus aspirer à une vie différente de la sienne. Beatrice était toujours en route quelque part, et pas seulement au sens figuré. C'était comme si l'existence ici et maintenant ne lui suffisait pas. Je ne lui suffisais pas et j'étais si las de ne pas être assez pour elle.

— Comment as-tu la force de penser à ça ? avait rétorqué Pirjo lorsque je lui avais livré cette confidence. Il faut que tu lâches prise.

— Il faudrait, oui. Mais on a trois enfants ensemble, ce n'est pas si facile.

— Mais enfin, je ne te demande pas de lâcher tes enfants, mais cette colère que tu portes en toi.

Sture se racla la gorge, m'arrachant à ma rêverie.

— Alors, Manfred ? demanda-t-il en me dévisageant.

— Alors quoi ?

— Tu es avec nous ? Ou dans ton petit monde ?

— Non, je réfléchissais juste à un truc.

Il soupira, secoua la tête, croisa les bras et se tourna vers Marielle, la technicienne du Laboratoire national de médecine légale.

— On a une demi-heure, j'espère que ça vous suffit, déclara-t-il en jetant un coup d'œil à sa montre.

Marielle, une femme ronde d'une trentaine d'années au nez serti d'un anneau se figea en plein mouvement.

— J'ai préparé une présentation. Votre analyste opérationnel est en arrêt maladie, je pensais passer en revue les deux…

Sture agita une main.

— On sait lire, l'interrompit-il. Allez à l'essentiel.

— Mais…

Marielle chercha mon regard.

Je hochai la tête, un geste qui se voulait encourageant – ce n'était pas sa faute si Sture s'était de nouveau levé du mauvais pied. Ce n'était pas non plus sa faute s'il préférait passer du temps dans sa ferme au milieu des bois qu'au commissariat.

— Bon, d'accord.

Marielle brancha le projecteur, passa quelques images – des photos de la stuga à l'Éternité, des gros plans de la porte d'entrée, des fenêtres et un plan de la maison où étaient indiqués les lieux où David, Harry et Bonnie avaient dormi la nuit du meurtre.

— Nous n'avons pas trouvé d'indices indiquant qu'on aurait essayé de forcer la porte ou les fenêtres. En revanche, il y a une multitude d'empreintes digitales, mais toutes celles qui sont assez nettes pour être analysées appartiennent à Bonnie et à la famille Andersen. On retrouve les empreintes des jumeaux dans toutes les pièces, ainsi que celles de leur mère et de Bonnie.

Elle montra une autre image qui indiquait à l'aide de chiffres l'endroit où les empreintes avaient été découvertes.

— Les empreintes du père sont présentes dans toutes les pièces, sauf dans la salle de bains.

— *Hum*, fit Sture.

— Dans cette pièce, il y a en revanche beaucoup d'empreintes de la mère. Par exemple sur la partie inférieure de la cuvette des toilettes et…

— Elle devait nettoyer les chiottes des garçons, la coupa Sture.

Marielle semblait stressée. Son regard glissa autour de la table, elle ôta son gilet et s'éventa avec une pochette cartonnée bleue.

On frappa. La porte s'ouvrit et Susanne Bauer entra, sacoche à la main. Son tailleur semblait neuf et onéreux et elle portait sous sa veste bleu marine un chemisier orné de discrets motifs floraux aux couleurs pastel.

— Bonjour. (Elle fit un signe de tête en direction de Marielle.) Susanne Bauer, procureure. Je dirige l'enquête préliminaire. Veuillez excuser mon retard, je reviens d'une audience.

— Marielle Jansson, se présenta la technicienne. Du Laboratoire national de médecine légale. J'ai préparé une…

Elle se tut, observa Sture puis indiqua l'écran.

— Regardons d'un peu plus près la scène du crime.

Une image du corps sans vie de Bonnie, couché sur le lit de la chambre de David, apparut en gros plan.

— Comme vous le voyez, il n'y a pas de trace de bagarre dans la chambre. Pas de meubles renversés, pas d'objets cassés. Nous n'avons trouvé ni trace de sang ni de sperme dans la pièce. Mais le drap qui couvrait le matelas avait en partie glissé du lit.

Elle indiqua le drap en boule par terre.

— Alors, commença Sture. Le coupable l'agresse dans le lit, elle se débat et le drap tombe.

— Ou bien c'était déjà comme ça quand elle est allée se coucher. Ou elle a repoussé le drap en dormant. L'examen de la scène ne permet pas de trancher.

Pirjo se pencha en avant et examina la photo.

— Et la chemise de David Andersen ?

— Elle était là, répliqua Marielle en indiquant une armoire blanche à l'arrière-plan.

Elle afficha une nouvelle image représentant un vêtement roulé en boule, tout au fond de l'étagère supérieure.

— Nous savons que la chemise a été enfoncée dans la bouche de Bonnie, reprit Sture.

— Non, contesta Marielle d'une voix monocorde. Nous savons qu'elle se trouvait dans sa bouche au moment de son décès, étant donné qu'elle était imbibée de salive encore humide. Mais nous ne savons pas si quelqu'un la lui a mise dans la bouche, ça, c'est votre interprétation.

Sture plissa les yeux et sa bouche se tordit dans un sourire moqueur.

— Vous voulez dire qu'elle l'a suçoté comme un doudou ? Et que quelqu'un, le tueur par exemple, l'a ensuite placée dans l'armoire ?

— Je dis simplement qu'il faut distinguer ce que nous savons et notre interprétation de l'événement. Bien sûr, l'explication la plus probable est que le coupable lui a enfoncé la chemise dans la bouche, peut-être pour la faire taire. Et l'a ensuite cachée dans le meuble.

— Il n'a pas inventé l'eau chaude, marmonna Sture. Il croyait vraiment qu'on n'allait pas la trouver ?

— Les garçons sont jeunes. Ils étaient ivres et le meurtre n'était sans doute pas prémédité.

Marielle se tourna vers Sture, hocha la tête et plaça la pochette bleue contre sa poitrine à la manière d'un bouclier.

— Je comprends que vous êtes très occupé, dit-elle sans ironie aucune. Si occupé que vous n'avez pas le temps de suivre toute la présentation que j'avais préparée. Je vais donc aller à l'essentiel, comme vous me l'avez demandé. Mais avant ça je voudrais aussi vous dire que l'analyse des portables des jumeaux n'a rien donné. Ils se sont envoyé quelques SMS, et ont aussi échangé par SMS avec Bonnie, mais rien de suspect. Vous pourrez lire une synthèse de leur conversation par texto dans le rapport. Par ailleurs, nous avons vu où leurs téléphones avaient borné. Les jumeaux, ou du moins leurs téléphones, se sont trouvés à proximité de la ferme toute la soirée.

Elle se pencha en avant et afficha une nouvelle image.

— Voici notre plus importante trouvaille.

À l'écran, on voyait un tee-shirt gris clair. Deux cercles rouges numérotés entouraient des taches au niveau de l'épaule du vêtement.

— Qu'est-ce..., marmonna Susanne en chaussant ses lunettes.

— Nous voyons ici l'arrière du vêtement, dit Marielle. Sur l'épaule gauche, il y a deux taches de sang. La première de trois millimètres de diamètre, l'autre d'environ un centimètre.

— Le sang de Bonnie Högberg ? interrogea Susanne.

— Tout à fait. (Marielle hocha lentement la tête et posa la pochette.) L'ADN correspond, il n'y a aucun doute.

Elle se redressa et lança à Sture un regard las.

— Bonnie Högberg présentait une blessure à la main droite, continua-t-elle. Si l'agresseur l'a attaquée par l'avant et qu'elle s'est agrippée à lui pour parer un coup, le sang de sa main a pu tacher son épaule gauche.

Susanne se leva, s'avança jusqu'à l'écran et y resta plantée, les mains sur les hanches. Elle resta ainsi un long moment puis fit volte-face.

— C'est amplement suffisant pour une arrestation, dit-elle. À qui appartient ce tee-shirt ?

LYKKE

Aujourd'hui

Je me demande s'il y avait des signes avant-coureurs, des petits détails révélateurs de ce qui viendrait. Je me creuse les méninges, je fouille dans le flou de mes souvenirs, ceux qui font mal, ceux qui réchauffent le cœur, ceux qui effraient.

Je demande à mes amis, à mes ennemis, aux amis de mes amis et je te le demande à toi, l'homme qui partage ma vie. Tout le monde me donne une réponse différente et je me dis que la vérité n'est pas, ne peut pas être un dé criblé de points noirs qui change à chaque lancer.

La vérité doit être absolue, et elle doit exister en moi, étant donné que les enfants sont une partie de moi. Ils ne peuvent pas avoir porté des pensées sombres, des pensées munies de crocs – sans que j'en aie conscience. Ils ne peuvent pas perpétrer des actions – horribles qui plus est – sans que je sois au courant.

C'est moi, *me dis-je.*

S'ils ont tué, je suis moi aussi un assassin.

24

La cour de promenade de la prison de Kronoberg est située sur le toit. C'est un triangle étriqué entouré de murs en béton et fermé au-dessus par un épais grillage métallique. Quelques morceaux de papier virevoltent au ras du sol, des mégots s'entassent dans les coins.

J'ignore à quoi je m'attendais, mais ici il n'y a ni plantes ni mobilier, hormis un banc. Rien qui fasse penser à un espace extérieur. On a l'impression d'être enfermé dans une cage en haut d'un parking.

— Que font les gens ici ? je demande à Sara.

Elle hausse les épaules, se tourne face au vent, ses fins cheveux blond vénitien se dégagent de son visage.

— Certains font du sport, des pompes, ce genre de choses. D'autres restent assis sur le banc.

Elle indique un banc rabattable vissé à la façade en béton.

— Pourquoi vous ne mettez pas des plantes vertes ? Je pense que ça ferait du bien aux détenus, enfin, ça nous ferait du bien !

Un sourire narquois apparut sur son visage rougeaud.

— Question de sécurité. Ce n'est pas l'hôtel ici, hein.

— Oui, vous me l'avez déjà dit.

Nous nous taisons, elle me suit du regard quand je me dirige vers le banc pour le déplier. Je m'y laisse tomber.

— Je peux vous poser une question ?

— Allez-y.

Elle s'appuie contre le mur, affiche un air blasé.

— Ça ne rend pas fou de rester ici longtemps ?

Son regard est impénétrable.

— Ça ne rend pas fou d'être ici, répond-elle en insistant sur chaque mot. Mais ceux qui arrivent le sont parfois déjà.

Son téléphone sonne et elle répond.

— Oui. D'accord. Tout de suite ?

Elle raccroche et vient vers moi.

— Vous avez de la visite. Le policier que vous avez demandé, Manfred Olsson.

*

Manfred est pareil à lui-même – son embonpoint, ses yeux clairs et ses vêtements bien trop chers et élégants pour un policier – il porte un costume trois-pièces agrémenté d'une pochette couleur cerise sur une chemise rose clair.

Les années ont pourtant laissé leurs traces – ses cheveux grisonnent, les rides autour des yeux se sont creusées. Il y a quelque chose dans son regard également. Il semble plus calme, plus fatigué peut-être. J'ignore si je me fais des idées, si le passage du temps a distordu mes souvenirs, mais il y a huit ans il me semblait si anxieux.

Comme moi.

— Bonjour Lykke.

Il se lève, me serre la main. J'esquisse un signe de tête et m'installe face à lui sans un mot.

— Si j'ai bien compris, vous êtes soupçonnée d'homicide.

Il affiche une mine contrariée, comme s'il était mon professeur et moi l'élève rebelle qui, hélas, s'était encore battue.

Je croise son regard.

— Et vous souhaitiez me parler.

Je hoche la tête, jette un regard circulaire dans le minuscule parloir.

— Vous ne voulez pas être accompagnée de votre avocate ? Pourquoi ?

— Je voulais vous parler en tête à tête.

Il accroche sa veste sur la chaise à côté de lui et lisse sa chemise.

— Vous comprenez que ceci est un interrogatoire formel, qui sera enregistré. Ce n'est pas comme si vous et moi prenions un café pour faire un brin de causette.

— Je suis au courant, oui.

— Entendu.

Il allume l'enregistreur. Il énumère quelques formalités – date, heures, nos deux noms.

— La dernière fois que nous nous sommes vus, c'était il y a huit ans.

Il met ses lunettes et consulte son carnet de notes.

— Oui.

— Et nous sommes de nouveau face à face. Comment vous sentez-vous ?

C'est là que ça se produit, au moment précis où il lâche sa question faussement innocente.

Comment vous sentez-vous ?

Mon cœur s'accélère, une vague brûlante déferle sur mon visage et la colère qui explose dans ma poitrine pulvérise ma retenue et me fait oublier que je m'étais juré de garder mon calme.

— Comment croyez-vous que je me sente ? je hurle. (Je me lève d'un bond, la chaise bascule et heurte le mur.) Comment pensez-vous que je me sois sentie toutes ces années ? Est-ce que vous vous rendez compte de la vie que nous avons eue ?

LYKKE

Huit ans plus tôt

25

David – mon fils dégingandé, à la fois sûr de lui et pas du tout, qui adorait les livres et jouait aux échecs – mis en examen pour avoir tué sa meilleure amie.

C'était incompréhensible.

Lui qui faisait partie de moi, que j'avais porté, allaité, consolé. Vu grandir, devenir un jeune homme avec la vie devant soi. Il aurait ôté la vie de Bonnie, son alter ego, sa confidente, et peut-être plus que ça ?

Des images s'enchaînaient dans mon esprit comme un film monté à la hâte.

Le bébé maigre et fiévreux qui maintenait toute la famille en éveil avec sa toux glapissante. Le bambin de un an qui, assis sur le sol, impuissant, observait son frère crapahuter à quatre pattes. Le garçonnet de quatre ans qui avait dû être amené en ambulance à l'hôpital avec des difficultés respiratoires aiguës et inhaler des médicaments pour ouvrir ses voies respiratoires spasmodiques.

Malgré ses problèmes physiques, il était le roc sur lequel son jumeau s'appuyait. Dès qu'il avait su se mettre debout et marcher, il avait été là pour son frère – qui était bien trop grand et fort pour son propre bien.

Un épisode me revint à l'esprit – un jour alors qu'ils avaient deux ans, j'étais entrée dans le bureau de Gabriel pour découvrir Harry debout, en couche, sur le rebord intérieur de la fenêtre, un pied dehors comme s'il envisageait de faire un pas dans le vide.

Il avait dû grimper sur la table – il adorait ça et il excellait, contrairement à son frère.

Je m'étais précipitée vers lui, mais avant que je puisse réagir, David qui était debout par terre l'avait attrapé par la couche, Harry avait perdu l'équilibre et était tombé sur la table avec un bruit sourd.

Je n'avais jamais compris comment David avait pu percevoir le danger malgré son jeune âge. Pourtant, il avait réagi en une fraction de seconde.

Avec le temps, les bonnes actions de David avaient gagné en sophistication.

Un jour – les garçons devaient avoir autour de huit ans –, Harry s'était bagarré devant chez nous avec deux filles d'une ferme voisine. Je faisais la vaisselle dans la cuisine lorsque je les avais aperçus. Ils étaient par terre, sur la pelouse, à se rouer de coups. J'allais me précipiter dehors lorsque j'avais vu David s'avancer vers eux et leur parler.

Les filles s'étaient levées, époussetées et éloignées, piteuses.

— Qu'est-ce que tu leur as dit ? avais-je demandé à David un peu plus tard.

Il avait baissé les yeux.

— Qu'elles devaient arrêter de taper... (Pause.) Autrement j'allais raconter à toute l'école que leur maman était en HP.

— En HP ?

— Oui, j'ai entendu papa te dire ça l'autre jour. Mais maman, c'est quoi l'HP ?

Oui, il était intelligent déjà à l'époque, malin comme un signe, et parfois d'une maturité désarmante.

À une occasion, les garçons devaient avoir une douzaine d'années, Jujje était venu nous rendre visite. Gabriel et lui avaient pas mal picolé, comme souvent. Ils riaient à se rouler par terre dans le salon et Jujje avait dû faire une plaisanterie.

David les avait observés depuis le canapé, le visage aussi concentré que lorsqu'il mémorisait une partie d'échecs.

Harry, qui venait d'entrer dans la pièce, s'était tourné vers moi et m'avait demandé :

— Maman, qu'est-ce qu'ils fabriquent papa et Jujje ?

David s'était tourné vers son frère, avait incliné la tête.

— Jujje infantilise papa, avait-il répondu.

Gabriel et Jujje s'étaient tus.

— Non, mais je rêve, avait marmonné Jujje. Tu es trop jeune pour connaître ce genre de mots, mon pote ! On en reparlera plus tard.

Et c'est ce qu'ils firent. Au cours des années qui avaient suivi, David et Jujje s'étaient rapprochés. Ils aimaient parler de films, de livres et – j'imagine – de filles.

David avait un grand cœur, éprouvait de la tendresse pour tous les êtres vivants. J'ai vite perdu le compte du nombre d'animaux sauvages blessés qu'il avait essayé de sauver dans des enclos fabriqués par ses soins – écureuils, oiseaux, un lézard à qui il manquait une patte, une araignée qui présentait une tumeur. Il avait lui-même téléphoné à un biologiste du Musée suédois d'histoire naturelle qui l'avait rassuré – il ne s'agissait pas d'une tumeur, mais d'une poche à œufs. Suite à quoi, l'araignée et sa progéniture en puissance avaient été mises à la porte, à mon grand soulagement et celui de Gabriel.

David était beaucoup de choses – amoureux des échecs, ami des bêtes à la sensibilité exacerbée, fin observateur et sauveur de son frère en cas de danger – mais il n'était certainement pas un assassin.

*

Le placement en détention provisoire… j'y ai réfléchi pendant des heures – je ne pouvais pas dormir, pas manger.

Allongée dans mon lit, je regardais le soleil se coucher, je fermais les yeux à l'aube, au moment où le chœur des oiseaux rendait impossible l'idée même d'essayer de somnoler. Je devais m'assoupir quelques heures par-ci par-là, mais je n'en avais pas l'impression. Je mangeais à peine, la vue de la nourriture suffisait à me donner la nausée. Parfois je me rendais dans la stuga et m'asseyais sur le lit de David – directement sur le cadre.

Les techniciens avaient terminé leurs analyses, mais ils avaient emporté les draps et le matelas.

Je scrutais la pièce. Les vêtements soigneusement pliés sur une chaise, les livres en pile contre les murs. Une paire de chaussettes sales jetée par terre près de l'armoire.

Tout était tellement ordinaire, tellement normal. C'était incompréhensible. La seule chose qui révélait que cette chambre, la chambre de mon enfant, était une scène de crime, c'était le petit bout de Rubalise qui flottait au vent, accroché au pommier devant la fenêtre.

Comment vais-je supporter cela ? me demandais-je.

On supporte, car on n'a pas le choix. Et celui qui me permettait de tenir, celui qui donnait sens à mes journées, c'était Harry. Il fallait fournir de l'énergie à son corps en pleine croissance, une mission dont je m'acquittais avec grâce. Je lui préparais trois vrais repas par jour bien que je ne pusse moi-même rien avaler. Je l'aidai à déménager ses affaires dans la maison principale parce qu'il refusait de dormir ne serait-ce qu'une nuit de plus dans son ancienne chambre.

Je ne lui jette pas la pierre.

J'imaginais qu'il avait besoin de parler de la mort de Bonnie, pour apaiser l'angoisse qu'il devait porter. Quant à moi, j'avais envie – *besoin* – de savoir ce qui s'était passé cette nuit-là, car l'incertitude m'était insupportable.

Mais s'il avait élaboré une théorie concernant les événements de la nuit, il ne m'en fit pas part.

Un soir que nous buvions le thé dans le canapé, je le questionnai.

— Que s'est-il passé, à ton avis ?

Une bruine tombait sur le pré et je voyais Gabriel se hâter de ranger dans la remise à bois quelques bûches qui étaient restées près du billot.

Harry baissa la tête, dissimulant son visage derrière un rideau de cheveux bruns.

— Aucune idée.

— Mais David n'a pas pu…

Il ne répondit pas.

— Harry. Tu ne penses pas que David ait pu…

J'étais incapable de prononcer les mots, mais ce n'était pas non plus nécessaire.

— Bien sûr que non, dit-il.

Il se leva et sortit sans croiser mon regard. Ses pas disparurent en direction de la cuisine, lourds et pleins de rejet.

Je restai là à contempler sa tasse de thé fumante.

Si Harry évitait la discussion, Gabriel, lui, semblait déchiré entre le désespoir et la colère.

— C'est tellement injuste, soupirait-il. C'est contre nature. À dix-sept ans, on ne doit pas mourir. Surtout quelqu'un comme Bonnie. Croire que David ait quelque chose à voir avec ça, c'est tout simplement…

L'instant suivant il pouvait se mettre à hurler.

— Pourquoi la police ne fait-elle rien ? Pourquoi ne font-ils pas d'efforts pour trouver le vrai coupable ?

Pourquoi n'interrogent-ils pas les loubards qui traînent dans le village ? Pourquoi…

C'était sans fin.

Il était incapable de travailler. Il pouvait rester des heures à son bureau sans toucher son ordinateur. Lorsque je montais le voir, il regardait par la fenêtre, ses grandes mains croisées sur les genoux. Il semblait à peine remarquer ma présence. Quand il en prenait conscience, quand il me regardait, ses traits se lissaient et il me caressait la joue.

— On va s'en sortir, le rassurais-je.

— Oui, on va s'en sortir. Il le faut, pour notre famille.

Mais je lisais le doute dans ses yeux.

26

Un matin aux aurores, quelques jours après l'arrestation de David, le portable de Gabriel avait sonné. Lui ne semblait pas entendre la sonnerie – il ronflait bruyamment, allongé sur le dos –, la veille au soir il avait avalé tout seul une bouteille d'amarone.

Gabriel avait toujours été porté sur la boisson, mais là sa consommation d'alcool avait explosé. Comment lui en vouloir ? Je savais que notre famille était tout pour lui et son monde entier était ébranlé. Il en allait de même pour moi, bien sûr.

Je me levai, contournai le lit. Son téléphone se trouvait sur la table de chevet.

Numéro inconnu.

Après un instant de réflexion, je rejetai l'appel et reposai le portable. Ça pouvait bien attendre. Je n'étais même pas sûre d'être capable de mener une conversation qui tienne la route – j'avais le vertige, la nausée, envie de pleurer.

L'image de David, emmené par les policiers en uniforme, me poursuivait. Ses épaules maigres entre leurs carrures puissantes, son regard plein d'effroi qui cherchait le mien lorsqu'ils marchèrent vers la porte.

Quand quelqu'un menace votre enfant, vous réagissez de manière instinctive, votre corps se prépare à l'attaque – cela se passe en un clin d'œil et c'est irrépressible. C'est ce qui m'arriva, et mes capacités intellectuelles s'en trouvèrent fortement altérées. J'eus envie de me jeter sur les flics, je tentai même de le faire. Si Gabriel ne m'avait pas retenue *manu militari* j'aurais sans doute été embarquée aussi.

Je tendais la main vers ma robe de chambre, j'eus tout juste le temps de m'en saisir qu'une nouvelle sonnerie brisa le silence. Cette fois, c'était mon portable.

Je le ramassai – numéro inconnu aussi, peut-être la personne qui avait essayé de joindre Gabriel – et j'éteignis le son. Je descendis à la cuisine pour préparer un café, car en dépit des vertiges et de la panique qui serrait ma poitrine comme dans un étau et m'empêchait de manger, mon corps avait encore besoin de café.

On voyait poindre un soleil blême devant la fenêtre. Des filaments de nuages s'entrecroisaient dans le ciel, un chœur de passereaux piaillait dans le buisson juste devant. Une brume légère flottait au-dessus du lac.

J'allais m'emparer de la cafetière lorsqu'on frappa à la porte.

J'ignore qui je pensais trouver là – nous avions rarement des invités-surprises. Je serrai ma robe de chambre contre ma poitrine et me dirigeai vers l'entrée, peut-être un peu hésitante, car je n'étais d'humeur à voir personne.

C'était une femme d'environ quarante-cinq ans, blonde, un peu enveloppée, en jean et pull en laine, l'air gentil. Elle affichait un sourire discret, presque comme si elle se doutait de mon état.

— Bonjour, je suis Frida Wallén, dit-elle en tendant la main.

Je la saluai.

— Désolée de m'imposer de la sorte. Je me demandais si je pouvais vous aider d'une manière ou d'une autre. Et si vous aviez le temps de parler un peu ?

Sa main effleura mon bras et un malaise indéterminé commença à m'envahir. Je reculai instinctivement.

— De quoi ?

Je n'avais toujours pas compris de quoi il retournait.

— De ce qui est arrivé à Bonnie Högberg.

Le choc me laissa sans voix. Elle continua, visiblement indifférente.

— Et de votre fils, David. Ça doit être très difficile pour vous.

— Qui êtes-vous et d'où venez-vous ? demandai-je.

Elle me regarda d'un air innocent.

— Navrée, je croyais m'être présentée. Frida Wallén, du journal *Kvällsbladet*.

Quelques rayons de soleil frappèrent ses cheveux blonds et dans la lumière je vis qu'ils étaient presque gris.

Une menteuse obséquieuse et sournoise, me dis-je. Un charognard déguisé en bon Samaritain, qui vient se repaître de notre malheur.

— Non. Vous avez dit votre nom, pas que vous étiez journaliste. Nous n'avons pas de commentaires !

Je tirai la porte, mais la femme passa sa sandale confort dans l'embrasure, m'empêchant de fermer. Elle se pencha en avant et m'observa dans l'entrebâillement.

— Ce serait utile… Pour vous… De raconter votre version des faits.

Je poussai la porte qui manqua de lui arriver en pleine figure, croisai les bras et la dévisageai.

— Comment osez-vous venir chez nous, frapper à la porte comme si nous nous connaissions ?

Ma voix était posée à présent, mais mon corps tremblait de rage.

— Vous allez partir d'ici. Et ne jamais revenir. Vous me comprenez ?

J'étais allongée dans le canapé, toujours en robe de chambre, quand Gabriel arriva avec deux cafés.

— Et après ? Elle est partie ? demanda-t-il.

Je me redressai, prit la tasse qu'il me tendait.

— Oui, elle est partie. Je ne comprends pas… Comment peut-on faire ça ? S'imposer au milieu d'une famille en…

— Crise ? compléta Gabriel en s'asseyant près de moi.

Je hochai la tête, je refusais de prononcer ce mot, bien que ce soit une description très juste de notre situation.

Tant de mots dont je ne voulais plus entendre parler : crise, assassinat, mort.

Gabriel me prit dans ses bras. Je m'abandonnai enfin et posai ma tête contre son épaule.

— J'ai encore du mal à admettre que Bonnie ne soit plus là…

Il ne répondit pas, mais me caressa les cheveux.

— Et je ne comprends pas comment ils peuvent penser que David est impliqué. Tu te rappelles quand Harry et David allaient à la pêche quand ils étaient petits ? David n'arrivait même pas à enfiler le ver sur l'hameçon !

Gabriel fit un bruit de bouche, je ne savais pas s'il riait du souvenir, exprimait sa frustration ou s'apprêtait à pleurer.

— Et quand il a fini par attraper un poisson, il ne pouvait pas le tuer non plus, renchérit-il.

— Tu ne crois quand même pas que…

— *Jamais !* Impossible. Pas David.

Gabriel se tut. Le silence dura un peu trop longtemps.

— Mais ?

Gabriel se tortilla.

— Et si les garçons n'avaient pas tout dit ? S'ils protégeaient quelqu'un ?

— Qui voudraient-ils protéger, à ton avis ?

— Je n'en sais rien. Mais imagine que quelqu'un soit entré dans leur maison cette nuit-là. Quelqu'un envers qui ils sont loyaux. Un copain, peut-être.

— J'ai du mal à croire qu'ils protégeraient la personne qui a tué Bonnie. Même si c'est un bon ami.

Je réfléchis.

— D'ailleurs, c'est difficile de mentir de manière crédible, je ne crois pas qu'ils soient aussi rusés.

— *Hum.*

— Quoi « *hum* » ?

— Parfois je me demande si tu ne sous-estimes pas un peu la roublardise de David.

— C'est-à-dire ?

Il me repoussa légèrement pour pouvoir me regarder dans les yeux.

— Tu te rappelles quand Harry devait rembourser la vitre qu'il avait brisée à la station-service ?

J'acquiesçai. Harry avait travaillé un été dans une pompe à essence à proximité. Un jour, il était sorti de ses gonds pour on ne sait quelle raison et avait balancé un outil à travers une vitre.

— Oui, et alors ?

— J'ai entendu David appeler le responsable en se faisant passer pour Harry.

— Mais… pourquoi ?

— Il a raconté s'être mis en colère parce qu'il s'était pincé avec un appareil de levage qui n'avait pas de dispositif de sûreté. Dispositif obligatoire légalement, d'après lui.

Je restai silencieuse un long moment.

— Tu penses que c'est pour ça qu'ils ont laissé tomber la demande de dommages et intérêts ?

Gabriel opina du chef.

— En plus, poursuivit-il, il envoie parfois Harry détourner notre attention pour nous voler des bouteilles.

— Tu plaisantes ? Pourquoi tu ne m'as rien dit ?

Gabriel haussa les épaules et sourit.

— Je ne sais pas. Peut-être que je trouvais ça amusant. Et plutôt bien. Mentir, en tout cas pour des choses sans importance, ça peut être utile dans la vie.

— Ce n'est pas exactement pareil que tuer quelqu'un.

Le silence se fit.

— C'était quelqu'un d'autre, une personne qui est entrée. C'est sûr, affirmai-je en le serrant dans mes bras. Ça ne peut pas être David.

— Bien sûr que c'était quelqu'un de l'extérieur. Il n'y a pas d'autre explication.

*

Le lendemain, l'affaire avait éclaté dans les médias. Nos noms n'y figuraient pas, mais ils n'étaient pas nécessaires – il n'y avait qu'un seul écrivain de cinquante-trois ans avec deux fils adolescents qui vivait près de Vagnhärad.

Je lisais les titres « Adolescente assassinée chez un célèbre écrivain » et « Adolescent de dix-sept ans mis en examen pour assassinat chez l'écrivain préféré des Suédois ». Les formulations étaient sobres et s'en tenaient aux faits : une fille de dix-sept ans avait été retrouvée morte après une fête de l'écrevisse et la police avait lancé une enquête préliminaire pour homicide. Un jeune du même âge présent lors de la fête avait été arrêté, présumé coupable de l'homicide.

Mais il avait suffi de quelques jours pour que toutes sortes de spéculations fleurissent dans les médias – le ton factuel qui caractérisait les premiers articles s'était évaporé.

Les journalistes avaient visiblement parlé avec nos voisins, car nous lisions à quel point nous étions excentriques. D'après des « sources anonymes », nous traversions les champs en voiture, allumions des feux malgré les interdictions et faisions un boucan de tous les diables. Sans compter que quelqu'un avait monté le cheval des voisins, nu et à cru au milieu de la nuit.

Ce qui était vrai – Jujje était responsable de cet exploit, bien sûr, vivement encouragé par un Gabriel avec un bon coup dans le nez. Les « sources anonymes » des journaux racontaient que notre ferme grouillait de gens louches – bruyants, bohèmes, peut-être même drogués.

Gabriel et moi avions passé beaucoup trop de temps à essayer de deviner quels voisins les reporters avaient interrogés.

— Les Nyström, évidemment, cracha Gabriel.

Les Nyström étaient les plus proches géographiquement. Ce couple de septuagénaires vivait à un kilomètre de chez nous ; c'était à eux qu'appartenaient les chevaux qui paissaient dans notre pré. L'époux, Åke, avait eu le malheur de voir Jujje à califourchon sur la jument blanche, un an plus tôt.

— Je ne sais pas, dis-je en pensant à la femme discrète à la chevelure grise et à son mari aussi rougeaud que bavard. Ils ont pu relater l'événement à quelqu'un qui l'a ensuite retranscrit aux journalistes. Tu connais Åke !

Oh oui, Gabriel le connaissait. Il n'y avait pas pire commère que lui dans les environs.

À la supérette, le personnel posait sur nous des regards pleins de curiosité et un jour, à la jardinerie, j'avais vu une femme d'un certain âge me pointer du doigt à son amie, en serrant de l'autre main une azalée.

Pourtant, les ragots et l'indiscrétion n'étaient pas le plus dur. On pouvait toujours en faire abstraction. Si l'on faisait semblant, si l'on parvenait à se convaincre que rien n'avait changé, il pouvait se passer quelques secondes, voire quelques minutes, sans que l'angoisse se rappelle à moi.

Mais il y avait des choses impossibles à oublier, certaines affectaient notre vie bien davantage que les médisances, aussi infâmes soient-elles.

Le grand reportage qu'un journal du soir avait programmé pour la sortie en poche du dernier livre de Gabriel avait été annulé au dernier moment, sans aucune raison explicite, mais Magdalena, l'attachée de presse de Forss & Stierna, avait reconnu que c'était sans doute lié à la « situation ». Elle avait prononcé le mot à voix basse et avec une discrétion exagérée, comme si elle parlait d'une maladie grave. Les organisateurs d'un débat consacré à la nouvelle littérature prolétaire avaient indiqué que Gabriel avait hélas été remplacé. Ils s'étaient justifiés en disant qu'ils « aspiraient à plus de diversité » et sa remplaçante au panel, une autrice originaire d'un pays du Moyen-Orient ravagé par la guerre, reflétait davantage leurs ambitions en la matière.

Mes collègues de la maison d'édition me soutenaient, bien sûr – ils m'envoyaient des messages d'encouragement, des fleurs, et quand j'étais passée au bureau récupérer mon courrier et quelques manuscrits, ils m'avaient serrée dans leurs bras.

Pourtant, même chez eux, je sentais planer le doute, il se faisait jour à travers les sourires et les mots gentils, comme une fausse note dans un morceau de musique.

Que disaient-ils quand je n'étais pas là ?

« *C'est terrible, mais que penser ? Pas de fumée sans feu, n'est-ce pas ?* »

Un jour j'ai reçu un e-mail d'invitation à une réunion de l'association des parents d'élèves du lycée.

Bizarre, me suis-je dit, j'étais moi-même membre du bureau et c'est moi qui organisais habituellement ce genre de réunions. J'ai appelé Cecilia, la trésorière de l'association, pour savoir ce qui s'était passé.

Elle semblait gênée, hésitante.

— On a pensé que tu avais sans doute déjà beaucoup de choses à gérer en ce moment. Avec ce qui… (Pause.) Avec ce qui s'est passé.

— C'est gentil, mais vous auriez pu me demander si j'avais envie de vous donner un coup de main.

Silence.

— On a pensé que ce n'était pas une très bonne idée, Lykke.

— Désolée, mais je ne comprends pas.

Le silence dura un bon moment puis elle reprit :

— C'est important que tout le monde ait confiance dans le bureau et qu'on se sente en sécurité.

Une sensation glaciale m'envahit.

— Comment ça, Cecilia ? Vous ne vous sentez pas en sécurité avec moi ? Vous m'avez démise de mes fonctions ? Qu'est-ce...

Elle poussa un gros soupir.

— Écoute, on fait comme ça pour le moment, OK ? Quand tout se sera calmé, on pourra en rediscuter. Vois le bon côté des choses, ça t'évite pas mal de boulot.

Voir le bon côté des choses ?

Il n'y avait aucun bon côté à ce qui était arrivé à Bonnie et par conséquent à ma famille. Il n'y avait aucun enseignement à tirer, aucune leçon qui nous permettrait de grandir. Le fait qu'on ait ôté la vie à Bonnie chez nous – la jeune fille que je connaissais depuis plus de dix ans, que j'aimais presque comme mes propres enfants – me donnait la chair de poule. Et toutes les nuits où le sommeil refusait de venir, je pensais à elle, aux terrifiants derniers instants de sa vie.

Je la voyais devant moi, j'entendais sa voix, je sentais la vie la quitter.

Le fait que mon propre fils soit accusé du crime compliquait encore la situation. Bon nombre de personnes nous avaient tourné le dos.

Nous étions les assaillants, la famille qui avait pris la vie d'une innocente.

Je savais bien sûr que les véritables victimes étaient Bonnie et ses parents, mais notre existence était aussi devenue un enfer. Un invité bien intentionné, un petit coup de fil ou une tape sur l'épaule aurait été si important pour nous.

Heureusement, il y avait ceux qui étaient là, qui ne nous avaient pas tourné le dos. Ceux qui étaient toujours nos amis.

27

Le lendemain du placement en détention provisoire de David, Jujje vint nous rendre visite. Il était visiblement ébranlé, mais à ma grande surprise il ne posa pas de questions sur la décision du procureur. S'il était aussi affecté, c'était sans doute à cause du lien particulier qui l'unissait à David.

Il avait apporté un sac de victuailles et du vin et avait dormi à la maison – j'ignore si c'était prévu ou si Gabriel et lui avaient tellement bu qu'il avait été incapable de prendre le volant pour rentrer.

Quoi qu'il en soit, j'étais heureuse de me changer les idées – ce jour-là, j'avais débarqué au commissariat sans prévenir, demandé à parler à Manfred Olsson, en charge de l'enquête, pour le supplier de libérer David. Je ne sais pas à quoi je m'attendais – ils n'allaient pas le laisser partir simplement parce que j'allais pleurer chez les flics.

Le lendemain, Olof et Tuss nous avaient rendu visite, les bras chargés de denrées, de pâtisseries et de vin.

J'eus la désagréable sensation qu'ils s'étaient accordés sur un planning pour venir voir si tout se passait bien, comme si nous étions de petits orphelins. C'était tout l'inverse – nous étions des parents avec un enfant en moins.

« Une famille en crise », comme disait Gabriel.

— Combien de temps peuvent-ils le garder sans preuve ? demanda Olof en posant sa tasse de café d'une main légèrement tremblante.

Il avait l'air au bout du rouleau, sa peau était grisâtre, sa petite bouche rouge faisait la moue, ses joues paraissaient plus lourdes que d'habitude et ses lunettes étaient non seulement de travers, mais aussi maculées d'une empreinte digitale grasse, comme s'il avait touché le verre de ses doigts pleins de beurre.

Je rangeai la nourriture dans le frigo.

Olof avait comme toujours fait preuve d'une extraordinaire gentillesse : il avait acheté des plats à emporter au restaurant préféré de Gabriel, à Södermalm, ce qu'il avait complété par quatre bouteilles du fameux vin sud-africain cent pour cent cabernet franc, importé par ses soins.

— Deux semaines, répondis-je en me laissant tomber à côté de Gabriel à la table de la cuisine. Ils peuvent le garder jusqu'à deux semaines. Ensuite, une nouvelle procédure peut être lancée pour savoir si sa détention est prolongée, ce qui ajoute deux semaines de plus, etc.

Tuss secoua lentement la tête.

— C'est dingue… Il n'a que dix-sept ans.

— Et on lui impose des restrictions maximales. Il ne peut voir personne sauf son avocate. On lui interdit de recevoir du courrier, de parler au téléphone.

Apparemment, il peut faire une demande de visite surveillée, mais son avocate dit qu'il n'en exprime pas le souhait. Il n'a pas la force de voir quiconque.

Tuss écarquilla les yeux.

— Vous n'avez même pas pu lui parler ? Votre fils mineur ?

Je hochai la tête. Mon cœur se serra. Cette sensation était devenue familière, à jamais gravée dans la mémoire de mon corps, même si David venait d'être écroué.

Mon fils, la personne la plus gentille et la plus prévenante au monde, mis en examen pour l'assassinat de sa meilleure amie. C'était inimaginable. N'importe qui serait capable de recourir à la violence dans une situation tendue, songeai-je. N'importe qui – Olof, Gabriel, même Harry – mais pas David.

Je pensai à son corps chétif. À son amour pour la littérature, sa passion pour la politique, la religion, la philosophie. Il adorait débattre des heures et des heures, se lancer dans des joutes verbales dont il sortait souvent vainqueur. Petit, il passait beaucoup de temps à dessiner, à créer ses propres mondes avec une feuille et des crayons, des mondes dans lesquels il s'évadait, au lieu de jouer avec les enfants de son âge. C'était comme si la réalité n'était pas assez passionnante, pas un défi suffisant. Déjà à l'époque il recherchait l'abstrait – l'idée que l'on se faisait de l'existence était plus intéressante que l'existence elle-même, la copie plus attrayante que l'original.

J'essayai de me représenter les doigts fins de David se refermer autour du cou de Bonnie.

C'était impossible.

Gabriel, qui était resté silencieux, vida son verre et regarda par la fenêtre. Il se racla la gorge. Je pensais qu'il allait prendre la parole, mais au lieu de cela il s'empara de la bouteille de vin pour se resservir.

— C'est juste que…, commençai-je, mais je ne parvins pas à terminer ma phrase, les mots restèrent prisonniers dans ma gorge nouée.

Tuss posa une main sur la mienne. Je la remerciai du regard.

— Il est sensible, murmurai-je. Tellement sensible. Je ne sais pas comment il va s'en sortir là-dedans.

Des pas se firent entendre dans l'entrée et Harry apparut, en tenue de sport. Il s'immobilisa en plein mouvement en apercevant Olof et Tuss, plongea les mains dans les poches de son jogging Adidas, leva légèrement le menton.

— Salut, lança-t-il.

Olof lui fit un signe de tête.

— Salut Harry, dit Tuss.

Elle se leva, s'avança vers lui et lui donna une accolade.

Harry ne bougea pas, raide comme un piquet, se laissa enlacer par la femme aux cheveux noirs, en robe à pois et Converse rouges.

Tuss retourna à la table, lissa sa jupe et s'assit.

— Je vais faire un footing.

— D'accord, mon chéri. On mange dans une heure.

— OK, répondit Harry en sortant de la pièce.

La porte d'entrée se ferma, des pas s'éloignèrent dans le couchant.

— Comment fait-il pour tenir ? demanda Olof.

Gabriel laissa échapper un rire sec, sans joie.

— On ne sait jamais avec Harry.

— Il garde tout pour lui, complétai-je.

— Ah, fit Tuss comme si elle venait de comprendre quelque chose d'important.

Elle se tut. Olof la regarda à la dérobée.

— On ne va pas tarder à y aller, déclara-t-il en rangeant sa pipe dans sa poche. Mais s'il y a quelque chose, n'importe quoi, n'hésitez pas à me contacter. Et Lykke, ne pense pas au boulot maintenant. Tuss s'occupe de tes auteurs jusqu'à nouvel ordre.

— Je ne sais pas, Olof. Je crois que j'ai besoin de bosser un peu. Autrement je vais devenir vraiment folle.

— C'est toi qui vois.

— J'ai hâte que le manuscrit d'Ali Hizami parte à l'impression. J'aime autant finir de l'éditer, je suis presque au bout.

Je me gardai bien de lui confier qu'Ali s'était comporté encore plus bizarrement que d'habitude et que je ne savais pas si un autre éditeur serait capable de le gérer.

Olof acquiesça, retira ses lunettes, observa le verre sale avec une expression déconcertée, mais remit sa monture sans essuyer la trace.

— Je devrais aussi continuer à travailler sur le nouveau Theodor Broman, ajoutai-je.

Theodor Broman était l'auteur de romans policiers qui faisaient les meilleures ventes de la maison d'édition. Il avait connu un succès fulgurant avec ses deux premiers livres *Violence mortelle* et *Sans préméditation*. Son agent – un nouveau venu, mais l'un des plus agressifs du milieu, capable de flairer les auteurs de thrillers à fort potentiel – avait fait signer à Forss & Stierna un contrat incluant plusieurs romans pour une somme exorbitante. Les livres avaient été vendus à une vingtaine de pays et les droits audiovisuels avaient été acquis par une grande boîte de production.

Tout le monde s'estimait satisfait, à commencer par Theodor lui-même, qui avait aussitôt démissionné de son poste de directeur marketing dans une entreprise d'informatique, s'était rasé le crâne, avait divorcé de sa femme et acheté un appartement à Barcelone.

Puis il s'était passé quelque chose – difficile de comprendre quoi.

Il avait comme perdu son souffle.

Son intérêt pour les questions commerciales restait grand – il téléphonait à la maison d'édition plusieurs fois par semaine pour discuter chiffres de vente et campagnes de communication – mais l'écriture, le cœur même de son travail, semblait en pâtir. Son troisième opus, *Le Coupable inconnu*, censé consolider sa position de roi du polar nordique, était au point mort.

Les explications, ou ses prétextes, plus exactement, étaient nombreux : il n'avait pas encore trouvé la bonne histoire, les personnages ne lui *parlaient* pas et il manquait de temps. Ses comptes sur les réseaux sociaux ne se géraient pas tout seuls, l'appartement à Barcelone devait être rénové à la suite d'un dégât des eaux et son ex-femme lui avait intenté un procès.

Il avait déjà dépensé l'intégralité de l'avance perçue pour ses trois livres, et maintenant il allait devoir écrire le troisième texte « sans indemnités ». Il paraissait avoir oublié que son à-valoir s'était changé en deux-pièces avec vue sur La Rambla et en déjeuners dans des restaurants étoilés.

— Bien sûr, dit Olof avec insistance. Occupe-toi de Theodor. On est tous très contents d'y échapper !

Il marmonna :

— Tu recevras une belle prime si tu lui fais pondre un manuscrit d'ici à la fin de l'année.

On entendit des pas dans le jardin, la porte d'entrée s'ouvrit et Harry revint dans la cuisine. Son regard se posait tour à tour sur chacun de nous tandis qu'il restait silencieux.

— Tu ne devais pas aller courir ? fis-je.

— La po… po…

Je distinguais sur son visage un étrange mélange de peur et d'incrédulité.

— La police a… arr… arrive.

— Quoi ?

Je me dirigeai dans l'entrée, coulai un regard par la fenêtre. Harry avait raison, une voiture de police s'était garée devant la grille et deux personnes s'approchaient – les silhouettes d'un homme et d'une femme en uniforme se découpaient sur le ciel rougissant. Derrière eux, je devinai deux autres agents.

De retour dans la cuisine, je passai mon bras autour des épaules de mon fils.

Il tremblait de tous ses membres.

— Calme-toi. Il n'y a pas à s'inquiéter. Ils ont sans doute simplement quelques questions à nous poser.

On frappa à la porte, Gabriel alla ouvrir. Des bribes d'une conversation à voix basse me parvinrent, les mots « procureur », « immédiatement ». Quelques instants plus tard, Gabriel était de retour, blanc comme un linge. Ses yeux noirs étaient braqués sur moi comme s'il essayait de me transmettre un message secret.

Gabriel était suivi de Manfred Olsson et Pirjo Lundquist flanqués de deux autres agents en uniforme.

Manfred produisit des documents tandis que Pirjo nous fixait alternativement. Elle s'arrêta sur Harry.

— Non, dis-je. Non, non…

— Harry Andersen, déclara Manfred. Vous êtes soupçonné d'homicide, la procureure a décidé de vous placer en garde à vue.

*

Voilà. Tout a commencé et s'est fini avec les enfants – qui étais-je sans eux, d'ailleurs, eux dont l'existence me définissait ?

Lorsque la police est venue chercher Harry ce soir-là, quelque chose en moi se brisa. C'était une sensation évidente, physique, comme si un vaisseau sanguin s'était rompu quelque part dans mon corps. Je me suis effondrée sur le sol de la cuisine, convaincue que j'étais en train de mourir.

Tuss arriva immédiatement, me serra dans ses bras, murmura des paroles apaisantes et m'aida à me relever. Je regardai autour de moi, perdue ; Olof était assis sur une chaise, les yeux dans le vague, Gabriel se trouvait dans un coin de la pièce, les paupières closes, bouche bée, incapable d'interrompre la catastrophe en train de se jouer devant lui.

— Vous ne pouvez pas l'embarquer, lançai-je à Manfred. Il n'a rien fait.

— La procureure a décidé que…

Je fondis en larmes, la pression sur ma poitrine était de retour, celle qui s'était fait sentir quand David avait été appréhendé, et qui me quittait à peine.

Ce n'est pas possible, songeai-je. *Bon sang, ça ne peut pas recommencer !*

— Alors, vous libérez David ? parvins-je à prononcer entre les sanglots.

Il jeta un rapide coup d'œil à sa collègue et regarda son document.

— Non. On le garde.

Et c'est ainsi que mes enfants furent tous deux soupçonnés d'assassinat.

MANFRED

Aujourd'hui

28

— Ramassez la chaise, dis-je. Et asseyez-vous. Ou j'appelle le gardien.

Lykke baisse la tête, triture le pull en molleton fourni par l'administration pénitentiaire et me regarde dans les yeux. Les grands hématomes qui colorent son cou semblent s'être étendus et déplacés sous les clavicules.

Elle relève la chaise renversée, s'y laisse tomber, place les paumes sur ses cuisses et fixe le sol. Ses cheveux courts décolorés semblent sales. Sous l'épi au sommet du crâne je devine une repousse plus foncée.

Je tente d'évaluer la situation. Cette femme représente-t-elle une menace pour moi ? D'un côté, elle est inculpée pour meurtre. De l'autre, elle paraît plus calme.

Quand je raconte ces situations à Afsaneh, cela la rend furieuse. À la croire, elles ne comportent pas seulement des risques pour ma sécurité, mais aussi pour la sienne et celle de Nadja. Je ne lui jette pas la pierre, ce n'est pas facile d'être mariée à un policier qui croise au quotidien des personnes instables et violentes.

Ça fait partie du métier.

Je décide de tenter une approche différente avec Lykke. Pour cela, une solution : il faut prendre du recul et faire preuve d'empathie.

— Je comprends que ça ait été une période difficile pour vous et votre famille, dis-je. Vos deux fils en détention provisoire, ça a dû être…

— Vous ne comprenez rien du tout, m'interrompt-elle.

— Qu'est-ce que je ne comprends pas ?

— Vous avez monté mes fils l'un contre l'autre. Vous avez menti, vous les avez manipulés.

Je marque une pause avant de répondre, je choisis bien mes mots, tant parce que j'espère encore gagner sa confiance que parce que – je ne peux le nier – la conversation est enregistrée.

— J'ai fait mon travail.

Elle lève la tête et me regarde droit dans les yeux. Son visage est dénué d'expression.

— Non. Vous avez menti et vous savez que vous avez eu tort !

Je ne réagis pas. J'en suis incapable. Rien que je puisse dire ne peut apaiser ses souffrances ou me faire apparaître sous un meilleur jour.

— Vous n'avez pas suivi les règles et les lois en vigueur. Vous savez aussi bien que moi que la police doit accorder une attention particulière aux mineurs. Que les prévenus et leurs avocats ont le droit d'être informés sur l'enquête. Que les parents et les services sociaux doivent être présents lors des interrogatoires.

Ses accusations me mettent en rogne. J'ai le sentiment que je suis en train de perdre le contrôle, que cet interrogatoire court à la catastrophe.

— Vous racontez n'importe quoi ! (Mon ton est peut-être inutilement sec.) Ce n'est pas forcément vrai dans le cas de crimes graves où l'on échange des informations sensibles. Vous le savez sûrement si vous avez fait vos petites recherches.

Elle ignore ma remarque.

— Vous savez aussi, vous saviez, renchérit-elle, que vous n'aviez pas le droit de mentir, d'exagérer ou d'omettre des informations importantes lors des interrogatoires.

Le silence se fait.

Elle pose sur moi un regard presque suppliant. Ses yeux bleus si limpides, la douleur si évidente dans son expression.

— Vous voulez dire que vous n'avez pas exagéré, Manfred ? demande-t-elle si silencieusement que je l'entends à peine. Que vous n'avez pas une seule fois caché des informations importantes au cours des interrogatoires ? Que vous avez rapporté aux avocats des garçons *tout* ce qui se disait ?

Je me lève.

— Nous en avons terminé, dis-je. Je n'ai plus rien à ajouter.

*

Plus tard dans la soirée, je suis dans mon lit auprès d'Afsaneh.

Nadja dort – Afsaneh a passé la journée au parc avec elle, puis Alba est venue faire de la pâtisserie. Visiblement, c'était un peu trop pour la petite, qui s'est endormie juste après le dîner, sur le sol de sa chambre. Je n'ai même pas eu le temps de lui lire *Fifi Brindacier*.

Afsaneh se tourne vers moi, tend la main et la pose sur ma joue. La chaleur se diffuse sur mon visage.

— Tu veux dire que tu l'as laissée en plan ? s'enquiert-elle.

— Il n'y avait plus rien à ajouter.

— Vous n'aviez même pas commencé l'interrogatoire à proprement parler.

Je saisis sa main, entremêle mes doigts aux siens. Je lui embrasse le dos de la main qui sent le savon.

Elle soupire.

— Tu aurais pu essayer. On ne partira pas demain non plus, n'est-ce pas ?

Je ne réponds pas.

Elle a raison, Bodil m'a déjà demandé d'interroger Lykke le lendemain. La maison sur l'île – pour laquelle nous avons déboursé une somme conséquente – nous attend, vide.

— Pourquoi est-ce si sensible, d'ailleurs ? reprend-elle.

Je ne réagis pas tout de suite. Je pense à cet automne-là, il y a tant d'années, à mon appartement vide, au corps transpirant de Pirjo sur le mien et à ses boucles qui glissaient entre mes doigts.

— Elle, Lykke Andersen, m'accuse en substance de faute professionnelle. Elle affirme que j'ai menti pendant les interrogatoires.

Afsaneh bâille.

— Et c'est vrai ?

MANFRED

Huit ans plus tôt

29

Je me suis réveillé le premier ce matin-là.

Pirjo était allongée à côté de moi, les draps autour de la taille et le bras gracieusement recourbé au-dessus de sa tête.

Je la contemplai. Sa peau lisse et claire, ses petits seins, son visage paisible. J'avançai la main vers la cicatrice au niveau de la cage thoracique – séquelle d'un accident de ski pendant l'enfance. Mes doigts restèrent suspendus à quelques centimètres au-dessus de sa peau, suivirent le renflement hachuré, comptant les points de suture.

Elle inspira profondément, fronça les sourcils et ouvrit ses yeux gris comme si elle avait senti mon regard.

— Bonjour, c'est le matin.

— Déjà ?

Elle tendit le bras vers moi, m'ébouriffa les cheveux et sourit.

Les dernières semaines, Pirjo avait dormi chez moi presque toutes les nuits, et le vide de ce grand appartement n'était plus aussi éprouvant, même si elle trouvait – à l'instar d'Alba – que je devais faire un petit effort pour rendre mon logement plus douillet. Il y avait par exemple chez Ikea des meubles très bien à un prix abordable, affirmait-elle.

Je n'avais rien contre Ikea, c'était juste que les projets d'aménagement intérieur semblaient secondaires maintenant que Pirjo avait guéri mon manque affectif. Pour la première fois depuis le départ de Beatrice, je me sentais entier, ou presque. L'enquête avait de surcroît été intense – Harry Andersen avait été placé en détention provisoire et ce jour-là nous allions commencer les interrogatoires qui, nous l'espérions, permettraient d'achever l'enquête.

Je me hissai sur elle pour déposer un baiser sur ses lèvres fines et un peu sèches.

Sa langue se fraya un chemin dans ma bouche, mais l'instant suivant elle eut un mouvement de recul.

— Quelle heure il est ?

— On a le temps, dis-je, et je l'embrassai de nouveau.

Je déposai Pirjo à deux pâtés de maisons du commissariat. Elle gloussa et me décocha un regard malicieux. Puis elle enfila son sac à dos élimé, me lança un baiser et se mit en route.

Je contemplai sa silhouette légèrement voûtée qui s'éloignait le long du boulevard Norr Mälarstrand, le soleil dans le dos, des feuilles mortes dansant autour de ses chaussures. Comme c'était simple, évident et si libérateur de pouvoir aimer à nouveau !

Après avoir garé ma voiture, pris l'ascenseur et bu un café, j'attrapai mon bloc-notes pour rejoindre la salle de réunion.

Sture, Nathalie et Susanne s'y trouvaient déjà.

— Bonjour, lançai-je. Quelqu'un veut un café ?

Sture me dévisagea.

— Qu'est-ce qui t'arrive ? Tu as enfin tiré un coup ?

J'essayai de rire. Il ne croyait pas si bien dire ! J'étais décontenancé.

Nathalie et Susanne sourirent.

Un instant plus tard, Pirjo entra dans la pièce, une chemise cartonnée sous le bras.

— Salut, fit-elle sans me regarder, et elle alla s'asseoir au bout de la table en laminé blanc.

Sture se leva, enfonça les poings dans les poches et fit quelques pas. Il se positionna dos à nous, contempla la chronologie et les photos scotchées au mur.

— Nous avons une chance d'élucider cette affaire. Une seule. (Il se tourna lentement vers nous.) On va y arriver ?

— Oui, dis-je.

— Bien. Où en est-on du point de vue logistique ?

— On a réservé deux salles d'interrogatoire, répondit Pirjo. Proches l'une de l'autre, mais pas suffisamment pour que les suspects ou leurs avocats puissent se croiser. Les avocats sont prévenus, ils viennent vers neuf heures. Nous commencerons immédiatement et continuerons aussi longtemps que nécessaire. Nous avons… (Elle regarde sa montre.) Jusqu'à vingt et une heures. Avec une heure de pause déjeuner pour eux.

Il existe des règles concernant les durées d'interrogatoire des inculpés, et dans ce cas, lorsqu'ils ont plus de quinze ans, le temps maximal est de douze heures par jour, avec une limite de six heures d'affilée.

— Pirjo et moi cuisinerons David et Harry en alternance. L'un d'entre eux finira bien par nous donner des informations nécessaires à l'enquête.

— Je vous remplacerai quand vous n'y serez pas pour éviter qu'ils préparent leurs versions avec leur avocat, ajouta Nathalie.

— Et les services sociaux ? On s'en passe ? demandai-je.

— Ça va sans dire, répliqua Sture. On ne veut surtout pas s'encombrer d'une mégère bien-pensante de l'aide à l'enfance.

Pirjo me décocha un coup d'œil et leva un sourcil.

— Je fais comme si je n'avais pas entendu, fit remarquer Susanne. Mais c'est vrai que le crime est grave et l'enquête est entrée dans une phase si sensible que c'est tout à fait cohérent d'écarter les services sociaux et les parents.

— Parfait, répliqua Sture. Allez, on va foutre celui qui a fait ça en taule !

Il désigna l'image de Bonnie Högberg. La même que celle qui était posée sur la table de la cuisine chez ses parents – Bonnie en robe d'été, souriante, avec un bras d'inconnu qui reposait lourdement, plein de confiance sur ses épaules.

— Elle avait dix-sept ans, poursuivit-il. Elle mérite que justice soit faite.

30

Nous avons débuté par Harry – il semblait plus naturel de commencer par lui puisque nous ne lui avions pas parlé depuis le bref entretien où nous l'avions informé qu'il était soupçonné d'homicide.

Quant à David, nous l'avions déjà interrogé maintes fois, sans succès.

Lorsque nous sommes entrés, Harry était affalé sur sa chaise, le regard rivé au sol, les cheveux bruns qui lui tombaient sur le visage.

Il était accompagné de son avocat, Isak Saxon, un homme sec d'une quarantaine d'années aux cheveux grisonnants et à la barbe bien taillée. Les femmes devaient le trouver attirant, il avait le visage un peu émacié des acteurs dans les pubs pour after-shave.

— Harry, se lança Pirjo. Que s'est-il passé près du lac cette nuit-là ?

— Rien, marmonna Harry, sans lever la tête.

— Il a bien dû se passer quelque chose. David, Bonnie et toi y êtes restés au moins deux heures.

Harry haussa les épaules.

— Qu'est-ce que vous avez fait ?

— Rien de spécial.

— Peux-tu développer ?

Harry inclina la tête et lui jeta un coup d'œil furtif sous sa frange.

— Je ne me souviens pas. On s'est posés sur le ponton, on a discuté. Tranquilles.

— Toute la soirée ?

Harry se tortilla.

— Je ne sais plus.

— Comment Bonnie s'est-elle retrouvée dans l'eau ?

Silence. Harry se tourna vers Isak qui fixait le tas de papier devant lui.

— Je ne sais pas. Elle a dû sauter.

— Est-ce que tu l'as *vue* sauter dans l'eau ?

La voix de Pirjo restait calme, rien dans sa posture ne révélait à quel point cet entretien était important pour nous.

— Non.

Je pris la parole.

— Tu ne peux pas sérieusement affirmer que tu as oublié tout ce qui s'est passé au cours de ces deux heures ?

Il ne répondit pas.

Pirjo effleura ma jambe de la main.

— Ton tee-shirt, reprit-elle en posant sur la table la photo du vêtement souillé de Harry. Comme nous te l'avons précisé au cours du premier interrogatoire, le sang de Bonnie est imprimé dessus. Comment l'expliques-tu ?

— Elle s'est coupée avec une capsule de bière. On, elle, a essayé d'ouvrir la bouteille sans décapsuleur.

— Tu ne nous l'as pas dit hier.

— Je viens… de m'en souvenir. Ou plutôt ce matin, au réveil.

— Je vois. Et comment le sang s'est-il retrouvé sur ton tee-shirt ?

Harry soupira, passa une main dans ses cheveux, plaça une mèche derrière l'oreille.

— On a dansé… Je ne sais pas. Peut-être pour ça.

J'étouffai un juron. C'était plausible. Si en dansant Bonnie avait placé sa main droite blessée sur l'épaule gauche de Harry.

— Quelqu'un d'autre l'a vue se blesser ? demandai-je.

— Aucune idée.

La main de Pirjo frôla de nouveau ma jambe, une légère pression sur laquelle on ne pouvait se méprendre.

— Où vous trouviez-vous quand elle s'est coupée ? l'interrogea-t-elle en se penchant un peu en avant.

Harry s'accouda sur la table.

— Près de l'eau.

— Donc David a assisté à la scène ?

— Je ne crois pas.

Harry gigotait sur sa chaise.

— Mais, fit Pirjo. Tu disais que vous étiez tous les trois au bord de l'eau.

— Je ne me rappelle pas, insista-t-il. Il n'était peut-être pas là à ce moment précis.

Isak griffonna quelques notes dans ses documents.

— Harry, écoute-moi bien. J'ai vraiment du mal à te croire.

Il leva les yeux sur moi pour les baisser immédiatement.

— Quoi ?

— Je ne peux pas croire que tu n'aies pas de souvenirs. Tu es un adolescent en bonne santé, pas un vieillard dément.

— Ah bon. C'est vo… votre problème alors, pas le mien.

Ces mots m'exaspérèrent. Une réaction stupide et pas particulièrement constructive, mais ce gamin assis en face de moi affichait ce que j'interprétais comme une totale indifférence à ce qui était arrivé à Bonnie Högberg.

L'image d'Alba apparut de nouveau dans mon esprit. *Ça aurait pu être elle*, songeai-je. *Qu'aurais-je fait si ce gars avait tué ma fille ?*

— Bon sang ! Ça ne rend service à personne que tu nous racontes des bobards ! Ni à Bonnie, ni à ton frère, ni à toi !

Isak leva les yeux de ses documents, croisa les bras sur sa poitrine et me fusilla du regard. Il était à deux doigts de protester, je le savais.

Je pointai un doigt vers le plafond.

— Nous *savons* que Bonnie a été assassinée par ton frère ou toi. Nous pouvons le prouver. Vous étiez seuls dans la maison avec elle toute la nuit. Quand vous êtes allés vous coucher, elle était en vie, le lendemain matin l'un d'entre vous l'avait étranglée.

Il ne répondit pas, mais il s'était affaissé encore plus sur sa chaise.

— Et il y avait son sang sur ton tee-shirt.

— Mais j... je... je vous ai dit que...

— Épargne-nous tes mensonges. Je sais que Bonnie te plaisait, et pas seulement comme amie. Après que David s'est couché, tu es allé la retrouver. Tu as essayé de coucher avec elle. Devant son refus, tu lui as fourré cette chemise dans la bouche pour la faire taire. Puis tu l'as étranglée.

— Ce n'est pas vrai ! hurla-t-il en bondissant sur ses pieds, les yeux écarquillés, les joues écarlates.

Isak leva les mains.

— On va peut-être y aller mollo, protesta-t-il.

Mais j'étais incapable de me calmer. Je me levai, me penchai en avant, mon visage n'était qu'à quelques centimètres de celui de Harry.

Nous nous dévisageâmes et, pour la première fois, il ne baissa pas les yeux. Ses yeux noirs étaient rivés aux miens.

— Ça ne peut être que David ou toi.

C'est là qu'il avait détourné la tête. La lutte de pouvoir était terminée et Harry se laissa tomber sur sa chaise. Il fixa le sol.

— Ce n'est pas moi, chuchota-t-il. Alors c'est fo... for... forcément David.

Pirjo me rattrapa à mi-chemin vers l'autre salle d'interrogatoire.

— Manfred, dit-elle en me prenant par le bras. C'était inutile.

— Vraiment ? Il nous a menés en bateau du début à la fin, tu t'en es rendu compte aussi, non ? Comment veux-tu faire avancer cette enquête ? En écoutant ses conneries sans les remettre en question ?

— Non, mais… je pense qu'il vaut mieux gagner sa confiance.

— *Pff !* Ne sois pas si naïve !

Elle ne répondit pas.

David Andersen semblait moins agité que son frère. Sans doute les longs interrogatoires l'avaient-ils endurci. À l'inverse, sa représentante légale, Jessica Sund, avait l'air fatiguée. Mais on ne sait jamais avec les avocats, ça pouvait fort bien être une posture de sa part, avec pour objectif d'exprimer à quel point nos interrogatoires interminables avaient été vains.

Pirjo lança les hostilités, elle posa les mêmes questions qu'à Harry – que faisaient-ils au bord de l'eau ? – et obtint les mêmes réponses.

David ne se rappelait pas. Il ne se souvenait pas non plus que Bonnie s'était coupée avec une capsule.

— Harry affirme que Bonnie s'est fait mal en essayant d'ouvrir une bière au bord du lac, essaya Pirjo.

— Peut-être, rétorqua David. Mais je ne l'ai pas vu.

De nouveau l'agacement, je ne pouvais me contenir.

— Comment est-ce possible ? Harry et toi auriez subi une perte de mémoire telle que vous ne vous rappelez *aucun* détail important du soir où Bonnie a été tuée ?

David haussa ses maigres épaules.

— Il était tard, nous avions bu. Et il ne s'est rien passé de spécial. On était juste ensemble.

Jessica Sund afficha une mine satisfaite. C'était la réponse parfaite, en tout cas du point de vue de David. Il était beaucoup plus malin que son frère, ça se voyait.

— Nous *savons* que l'un d'entre vous a tué Bonnie. Il n'y avait personne d'autre dans votre maison.

— Comment pouvez-vous le savoir ?

David me regarda, puis Pirjo, et enfin son avocate. Jessica Sund approuva d'un signe de tête et resserra sa queue-de-cheval blonde.

— La porte était verrouillée de l'intérieur. Les fenêtres étaient fermées.

— Ça ne prouve rien. Ce n'est pas parce que vous n'avez pas trouvé d'éléments prouvant qu'une autre personne est entrée que ce n'est pas le cas. On ne peut pas prouver que quelque chose n'existe *pas* ; ou que quelque chose ne s'est *pas* passé.

— Si. Nos preuves démontrent que l'un d'entre vous a tué Bonnie.

— Non, contesta David, sûr de lui. Toutes les hypothèses doivent être falsifiables. Vous le sauriez si vous aviez étudié la philosophie des sciences. Mais passons. C'est au procureur et à vous de démontrer que l'un d'entre nous est coupable. Allez-y. Je vous en prie.

Petit merdeux, pensai-je, sentant mon cœur s'accélérer. *Quel petit con imbu de lui-même !* Puis je repensai à Bonnie Högberg, à l'image posée à côté de la bougie sur la table de la cuisine de la ferme de ses parents. Aux yeux rougis de sa mère, au visage fermé de son père, aux doigts sales qui faisaient pivoter l'alliance. Aussi calmement que possible, je repris :

— Harry dit que ça doit être toi.

David se figea, serra les poings et son visage déjà pâle blêmit.

— *Quoi ?*

La voilà, la porte d'entrée que nous cherchions. La crevasse qui pouvait être élargie, percée pour mettre fin à ce silence sur lequel les deux frères semblaient s'être accordés.

Je jetai un coup d'œil à mes notes de l'interrogatoire de Harry – elles n'avaient pas encore été transcrites.

— J'ai expliqué à Harry que ça ne pouvait être que lui ou toi. Il a répondu… (Je marquai une pause rhétorique, dessinai des guillemets dans l'air et lus.) « Alors c'est forcément David. »

David m'observa, incrédule.

— Ce n'est pas vrai. Je n'aurais jamais fait de mal à Bonnie. Harry le sait très bien.

Je secouai lentement la tête.

— Il n'a pas l'air de le penser.

David restait silencieux, balayant du regard Pirjo et moi. Il toussa, s'empara de l'inhalateur et avala une bouffée.

— Vous mentez, lança-t-il, mais il n'était plus aussi sûr qu'avant.

Pirjo inspira profondément.

— C'est vrai. Harry a dit que c'était forcément toi.

David garda le silence un long moment, croisa et décroisa ses doigts maigres. Il grimaça et fixa le mur.

— C'était peut-être Harry.

— Pourquoi tu crois ça ? demanda Pirjo.

— Il était amoureux d'elle. Je l'ai vu l'embrasser sur le ponton. Et il peut entrer dans une colère folle.

— Penses-tu qu'il est violent ?

David haussa les épaules.

— Parfois.

31

— David affirme que tu étais amoureux de Bonnie, c'est vrai ? lui demandai-je.

C'était la deuxième fois en trois heures que nous changions de pièce. Pendant que nous interrogions David, Nathalie parlait avec Harry et nous venions de la relever.

J'avais un regain d'énergie – pour la première fois depuis le début de l'enquête, nous voyions un progrès, et je n'avais pas l'intention de laisser les jumeaux se défiler, maintenant que le but était à portée de main.

Pirjo était en colère ; cela ne se remarquait pas pendant les interrogatoires, mais lors de la pause elle m'avait pris à part et m'avait reproché d'y aller un peu fort.

Je la trouvais trop émotive et je lui en avais fait part.

Je me rappelai notre conversation le premier soir où nous étions sortis ensemble. Pirjo m'avait dit que j'étais trop dur, envers les autres et envers moi-même. Je lui avais répondu qu'il fallait distinguer la personne de ses actes, mais elle n'avait pas eu l'air convaincue.

Une inquiétude commençait à me ronger, pas parce que j'étais d'accord avec Pirjo, mais parce que je me demandais si elle allait me supporter.

Je posai les yeux sur Harry. Il était accoudé à la table et triturait ses cuticules.

— Tu étais amoureux de Bonnie ?

— Je l'aimais bien.

— David dit que tu l'as embrassée au bord du lac.

— Quoi ?

Je hochai la tête.

— Tu as bien entendu. David affirme que tu l'as embrassée sur le ponton.

Harry inspira d'un seul coup et se redressa.

— Oui…

— C'est vrai ?

— Oui. Enfin. D'accord. J… je… je… l'ai. Enfin, e… elle m'a… m'a… embrassé.

Il était visiblement ébranlé.

— Vous vous êtes déshabillés ?

Il écarquilla les yeux.

— Non. Pourquoi on se… se… serait…

Il laissa sa phrase en suspens.

— Bonnie avait de nombreuses piqûres de moustique sur le haut du corps. Pourtant elle portait un tee-shirt à manches longues. Si vous vous êtes déshabillés près du lac, ça peut être une explication.

Harry secoua la tête.

— David raconte aussi que tu es parfois violent.

— N… Non. C'est… c'est… c'est lui qu… qui. I… il a ess… ess…

— Parle plus clairement, on ne comprend rien !

— *Manfred !* chuchota Pirjo.

Isak Saxon lâcha son stylo sur la table.

— Assez ! Ce type d'agression à l'encontre de mon client est inacceptable. Il a besoin d'une pause.

Mais Harry leva une main.

— Il… D… Da… David a essayé de me fra… frapper quand il nous a v… vus.

— Il a essayé de te frapper quand il vous a vus vous embrasser ? demanda Pirjo.

Harry hocha la tête.

— Oui. Mais Bo… Bonnie s'est interposée. Il l'a… pou… poussée et elle est tom… tombée dans l'eau. C'est là qu'elle s'est blessé la m… m… main.

Nous étions installés dans la salle de conférences devant nos salades plastifiées.

Pirjo tripotait l'emballage sans se décider à l'ouvrir.

Sture et Susanne étaient assis face à nous.

— Ça avance, dis-je. On dirait que les deux garçons étaient amoureux de Bonnie. David a affirmé avoir vu Harry et Bonnie s'embrasser sur le ponton. David, sans doute dans un accès de jalousie, a voulu porter un coup à son frère. Bonnie s'est interposée et a été poussée dans l'eau. Elle s'est blessée à la main sur l'échelle en remontant.

— Bien joué, déclara Sture. Super !

Pirjo garda le silence, elle ajusta ses grandes lunettes et me dévisagea longuement de ses yeux accusateurs.

Susanne empala une crevette sur sa fourchette en plastique.

— Faites juste attention, prévint-elle en trempant la crevette dans la sauce cocktail. Les avocats se feront un plaisir de disséquer ces interrogatoires et votre comportement *a posteriori*.

Sture soupira.

— Oui, oui, fit-il en agitant la main. On est au courant.

Il indiqua Susanne du menton.

— De quoi avons-nous besoin ?

Susanne posa sa fourchette, son regard balaya le plafond.

— En l'absence d'éléments techniques, quelque chose qui lie un des frères au crime. Un aveu. Ou bien un témoignage de l'un qui confirme la culpabilité de l'autre.

32

Nous ne sommes pas arrivés plus loin cet après-midi-là. Harry bégayait tellement qu'on ne le comprenait plus et nous avons été obligés d'interrompre l'interrogatoire. Il était très clairement perturbé et sans doute aussi déçu par David.

— Tout le monde, absolument tout le monde, c… cr… croit toujours que tout est ma faute. David s… s… s'en tire à chaque fois, riposta-t-il à une occasion.

Les réponses assurées de David et son exposé sur les preuves avaient été remplacés par le silence et l'abattement. Sa respiration était de plus en plus difficile, ses voies respiratoires sifflaient et ses réponses étaient interrompues par de longues quintes de toux.

— Harry sabote toujours tout, marmonna-t-il. Je le sauve de lui-même depuis sa naissance.

Bien sûr, nous essayâmes de leur extorquer des aveux, ou du moins un témoignage selon lequel l'un avait vu l'autre agresser Bonnie – en vain.

— Je dormais, s'emportait David. Je n'ai rien entendu.

— La musique était allumée, se justifiait Harry. Je ne pou… pouvais pas entendre ce que fai… faisait mon frère.

*

La tension était à son comble ce soir-là dans la voiture. Pirjo et moi roulions vers mon appartement. Ne supportant plus son silence, j'avais fini par craquer.

— Dis quelque chose, enfin !

Elle me dévisagea sans répondre, passa une main dans ses boucles et avala une gorgée de son Coca acheté à la cafétéria.

— Mais bon sang ! m'emportai-je en freinant brusquement devant une place de stationnement. Parle au lieu de faire la tête.

La bouteille dans sa main fut secouée et le liquide brun coula sur son jean et son chemisier.

— C'est inacceptable, lança-t-elle en essayant d'éponger ses vêtements.

— Pardon, ça va ?

Elle se tourna lentement vers moi.

— Je ne parle pas de ça. Je parle de ton comportement aujourd'hui.

Je soupirai et me garai en créneau.

— Tu n'as pas encore laissé tomber ce truc ?

— Pourquoi je laisserais tomber ? Tu t'es comporté comme un salopard !

— Et alors ? Ce sont deux petits cons qui ont assassiné une fille !

— L'*un* d'entre eux a tué une fille, me corrigea-t-elle.

Je m'emparai des clés et sortis de la voiture.

— Tu comptes rester là ?

Pirjo haussa les épaules, ouvrit la portière, attrapa son sac à dos et descendit.

Nous marchâmes vers l'entrée en silence. L'obscurité des soirées d'automne s'était épaissie et il bruinait. Les feuilles mouillées s'entassaient dans le caniveau, reflétant l'éclat des lampadaires.

Dans l'appartement, Pirjo examina ses vêtements à la lumière du lustre.

— Merde, marmonna-t-elle en déboutonnant son chemisier.

— Désolé, encore une fois.

— Écoute, les taches, je m'en fous. Ce n'est pas ça.

Elle laissa tomber son chemisier et ouvrit la braguette de son jean.

— Qu'est-ce qu'il y a alors ?

Pirjo ôta son pantalon.

— Je ne te croyais pas comme ça.

— *Comme ça ?* (J'écartai les bras.) Je fais mon boulot, Pirjo.

— Ton boulot, *notre* boulot, implique de suivre les lois et les règles fixées.

Je commençais à perdre patience – pour la première fois depuis des semaines nous avions accompli des progrès et elle ne faisait que se plaindre.

— Je n'enfreins pas la loi, je me contente de…

— De déformer un peu la vérité ? De hurler à un ado apeuré, qui bégaie, de parler plus clairement ? Tu l'as humilié, Manfred. C'était à la limite du harcèlement.

Les mains sur les hanches, elle me foudroyait du regard. C'était presque comique – elle était là, ma nouvelle chérie, en culotte et en soutien-gorge, furax.

— Euh, je vous dérange ?

Pirjo et moi fîmes volte-face.

Alba se tenait dans l'entrée du salon, les mains enfoncées dans les poches de son jean, le regard rivé sur les chaussures dans l'entrée. Ses joues étaient rouges.

33

J'ai raccompagné Alba en voiture ce soir-là.

Elle était assise à côté de moi à regarder par la vitre mouillée de pluie, les poings serrés sur ses genoux.

— Je resterai sans doute chez maman ce week-end, annonça-t-elle sans me regarder tandis que je ralentissais devant chez Beatrice.

— Alba, je suis désolée que tu aies fait la connaissance de Pirjo de cette manière. Que tu nous aies entendus nous disputer et…

Je n'avais plus de mots, tout à coup je ne savais même plus ce que je voulais dire.

Pirjo en petite tenue dans l'entrée – ma situation était plus comique qu'autre chose. Loin d'être intime en tout cas.

— À cause de moi, elle s'est malencontreusement renversé du Coca dessus. C'est pour ça que…

— Pitié ! lança Alba d'un air dégoûté. (Silence.) C'est ta nana, hein ?

Je réfléchis.

— C'est *une* nana.

— Avec qui tu couches ?

— *Alba !*

Elle sortit de la voiture, resta plantée sur le trottoir, le visage détourné.

— Au revoir, Alba. Passe le bonjour à maman.

Elle ne répondit pas et claqua la portière.

À mon retour, je vis le sac de voyage noir de Pirjo dans l'entrée à côté de son sac à dos.

— Coucou !

Des pas approchèrent depuis le séjour. Pirjo portait une tenue de sport, ses cheveux bouclés attachés en chignon.

— Je rentre chez moi.

Elle se dirigea vers la porte, souleva son sac et me fixa de ses yeux mélancoliques.

— Tu rentres ?

— Ça ne pourra pas marcher, Manfred. C'était une mauvaise idée depuis le début. Nous sommes collègues et…

— Il y a plein de couples qui se rencontrent au travail ! On peut en parler à Sture, on peut demander que l'un d'entre nous change d'équipe.

Elle soupira.

— Il n'y a pas que ça, Manfred. On n'a pas la même vision des choses.

— Quelles choses ?

— Tout un tas de choses. Le travail, par exemple.

Je me laissai tomber sur la chaise de cuisine qui restait dans l'entrée, laquelle aurait dû être remplacée depuis longtemps par un tabouret adapté.

— Donc je hausse le ton pendant un interrogatoire et tu te tires ?

— Quelque chose dans le genre, oui.

— Mais… ce n'est pas moi, Pirjo. C'est le rôle que je joue au travail.

Ses traits s'adoucirent. Elle avança sa main et m'effleura les cheveux.

— Je ne distingue pas la personne de ses actes, Manfred.

LYKKE

Aujourd'hui

34

Assise dans ma petite cellule, je regarde les documents devant moi, l'écriture soignée qui remplit la feuille blanche.

Devant la fenêtre pourvue de barreaux s'annonce une nouvelle journée d'été radieuse. Un ciel bleu, des mouettes qui glissent paisiblement au-dessus des toits. Au pied du lit, le plateau avec le petit déjeuner, intact.

Je ne peux rien avaler.

Le souvenir de l'échange houleux avec Manfred hier me revient – la manière dont il s'est levé, dont il est parti. Le regard noir qu'il me lançait en parlant.

Puis je pense à David et Harry, à leur temps passé en détention provisoire.

Comme c'est étrange ! Je partage à présent leur destin. En un sens, ça me fait du bien, c'est une expérience enrichissante qui me rapproche de mes enfants.

Je presse le stylo contre le papier et j'écris.

L'incertitude divise, détruit – il suffit que l'un mente pour que l'on doute de tout le monde.

Je regarde mes enfants : comme ils ont grandi, comme le temps passe vite ! À un instant, de petites têtes duveteuses, si minuscules qu'elles tenaient dans mes mains, des jambes potelées, des doigts curieux, l'instant suivant, des hommes presque adultes.

Où est passée l'époque où ils étaient à moi et où jamais ils n'auraient imaginé me cacher quelque chose ? Il n'y a pas de réponse, le temps est un mystère à part entière et j'ai d'autres énigmes à élucider.

Je te regarde.

Qu'est devenu l'amour ? La passion, laquelle fut le début de tout, le moteur palpitant de la vie ?

Enfin je me regarde dans le miroir et je me demande qui est cette femme qui me foudroie de son regard accusateur.

Comme si tout ce qui est arrivé était de ma faute.

Je pose le stylo, me lève, arpente l'espace étriqué.

Comment raconter la vérité sans la travestir ? Comment transmettre l'ampleur de la catastrophe sans exagérer ni altérer les faits ?

C'est impossible, car le contraire de la vérité n'est pas le mensonge.

Le contraire de la vérité, c'est le récit parfait au plan dramaturgique – rien dans la réalité ne suit la même logique que dans la fiction. La réalité n'est jamais aussi passionnante, fascinante, exaltante.

La réalité est aussi grise et prosaïque qu'un torchon délavé.

À cet instant je comprends que l'unique chemin vers la vérité – la réalité véritable – passe par un chapelet de mensonges.

LYKKE

Huit ans plus tôt

35

Après l'arrestation de Harry, j'ai sombré.

Les semaines passaient. La détention provisoire de mes fils fut prolongée, d'abord une fois, puis deux.

Devant la fenêtre, l'automne s'annonça, paré de couleurs chatoyantes, mais je ne le voyais pas, pas plus que je n'entendais le chant des oiseaux, sentais l'odeur de feuilles humides qui s'entassaient près de la maison, ou remarquais que l'air devenait plus froid pour finalement me mordre les joues le soir.

En moi il n'y avait que l'obscurité.

J'eus l'impression que ça commençait à fuir, presque comme si j'expirais cette noirceur ou qu'elle s'écoulait de mes pores et lentement assombrissait le monde autour de moi.

Gabriel, initialement paralysé, sembla sortir de sa passivité. Il devint ma bouée de sauvetage, peut-être la sienne aussi, maintenant qu'il avait trouvé une raison de vivre – celle de m'aider.

Il s'occupait de tout à la maison et passait des heures à me serrer dans ses bras dans le lit.

— Tu crois qu'ils vont les libérer bientôt ? ne cessais-je de demander.

— Bien sûr.

Il me caressait les cheveux.

— Imagine s'ils ne le font pas.

Nous nous demandions souvent comment ils supportaient la privation de liberté

— Harry s'en sort toujours, dit Gabriel. Il ne se laisse pas faire. Il est fort.

— Ils n'ont pas le droit de voir d'autres détenus. Qu'importe s'il bat tous ses camarades au cent mètres ou peut te mettre à terre en trois secondes.

Il ne répondait pas.

Nous nous demandions comment les aider. D'après Gabriel, il n'y avait rien à faire. Nous étions régulièrement en contact avec leurs avocats. La compétence de Jessica Sund, qui représentait David, était de notoriété publique. Elle semblait authentiquement engagée dans la défense des jeunes soupçonnés de crimes et tenait un blog à ce sujet. Le représentant de Harry s'appelait Isak Saxon. Nous n'avions pas eu le temps d'échanger longuement avec lui, mais il nous paraissait doué, il était simplement un peu plus sec et taiseux que Jessica. Il jouissait également d'une bonne réputation dans le domaine.

Pourtant, chaque fois que nous parlions avec eux, c'était la même rengaine – nos fils allaient bien au regard des circonstances, et non, malheureusement ils ne pouvaient pas nous donner de détails sur l'enquête.

Lorsqu'on a un proche en détention provisoire, l'une des choses les plus difficiles est l'incertitude – la totalité de l'enquête préliminaire est tenue secrète, ce qui implique que ni la police ni les représentants légaux ne peuvent divulguer d'informations.

Cela suscitait une terrible sensation de perte de contrôle. Je n'en avais pas l'habitude. En tant que mère, j'aurais voulu croire que je connaissais tout de mes enfants et des menaces qui planaient sur eux.

— La seule chose que nous puissions faire c'est attendre que la justice fasse son travail, dit Gabriel un soir que nous parlions de l'affaire au lit.

J'étais loin de partager son avis, j'en étais incapable. Il n'y avait rien de juste dans ce qui nous arrivait. Comment pouvions-nous simplement attendre et espérer que le système traite nos enfants justement ?

— Ce que nous devrions faire, commençai-je. Ce que nous devrions vraiment faire, c'est trouver qui a tué Bonnie.

Un frisson me parcourut lorsque je prononçai son nom, je n'avais toujours pas accepté sa disparition et le souvenir de son corps nu, sans vie, me hantait la nuit.

Gabriel m'attira vers lui et m'embrassa le front, entre les sourcils.

— Tu plaisantes ?

— Absolument pas. Si on découvre qui a tué Bonnie, ils seront bien obligés de libérer Harry et David.

Son regard dévia, son étreinte se relâcha un brin.

— Quoi ?

— Lykke, ma chérie…

Il se tut, passa la main dans ses épais cheveux grisonnants, plongea la tête dans l'oreiller et expira.

Un frisson me parcourut l'échine, l'obscurité en moi s'intensifia, se concentra en une boule ardente dans la poitrine qui rendait ma respiration presque impossible.

— Tu ne crois quand même pas que… Tu ne peux pas croire que David ou Harry soit coupable ?

Il lui fallut un moment avant de tourner la tête vers moi et répondre – sans doute seulement quelques secondes, mais ça me sembla une éternité.

— Bien sûr que je ne peux pas imaginer que l'un d'entre eux ait fait du mal à… (Au lieu de prononcer son nom, il prit une profonde inspiration et poursuivit.) Mais si c'était le cas, Lykke. *Si* l'un des garçons était impliqué, je suis sûr que c'était un accident.

Je me redressai d'un bond dans le lit.

— Qu'est-ce que tu racontes ! Tu crois qu'un de nos enfants est un assassin ?

Il tendit le bras, m'attrapa l'avant-bras et m'attira vers lui.

Je résistai.

— Évidemment qu'aucun d'entre eux ne voulait la blesser. Mais peut-être, peut-être sans le faire exprès. Allez, tu sais bien comment ils la regardaient. Ils avaient des vues sur elle, c'était évident. Peut-être que l'un d'entre eux s'est emballé. Et…

— Tu es complètement taré ! hurlai-je en bondissant hors du lit.

Je restai clouée près de la fenêtre. Un courant d'air frais s'engouffra par les interstices et remonta le long de mon dos.

Gabriel laissa son regard glisser sur moi, l'air accablé et aussi un peu inquiet, comme s'il craignait que je sois en train de perdre la raison.

— Lykke, viens ici.

Il tapota le lit et je fis ce qu'il me demandait. Il m'allongea délicatement sur le lit ; je regardai le plafond.

— Vous êtes ma famille, dit-il. Ce sont mes enfants. Je les aime plus que ma propre vie. Et cet amour est… à la fois infini et inconditionnel. Ils auraient beau tuer des dizaines de personnes, je ne les aimerais pas moins. Tu comprends ?

Je fermai les yeux, m'enfonçai plus encore dans l'obscurité, c'est le sentiment que j'avais.

Mon mari croyait vraiment que l'un de nos fils était un assassin.

36

Les journalistes continuèrent à nous harceler et nous continuâmes à les repousser. Olof, Tuss et Jujje continuèrent à venir nous voir. Que leurs visites – réglées comme du papier à musique – étaient programmées n'était plus à démontrer.

Les soirées avec Olof et Tuss étaient plutôt tranquilles. Ils arrivaient vers dix-huit heures, repartaient vers vingt et une heures, parfois un peu plus tard. Tuss et Gabriel se promenaient le long du lac tandis que je restais avec Olof – qui souffrait de la hanche – à la maison à boire du thé ou du vin.

Jujje, en revanche, débarquait toujours tard dans sa voiture de luxe. Il nous serrait vigoureusement dans ses bras avec une expression de désespoir tel que Gabriel en avait instantanément les larmes aux yeux. Cet état ne durait jamais très longtemps. À mesure que les vins de Bourgogne haut de gamme descendaient dans le salon, les conversations à voix basse et les quelques sanglots se muaient en hurlements et en éclats de rire. Puis – comme s'ils avaient oublié la raison de sa visite – il leur venait des lubies comme des gamins exaltés.

Ils se prélassaient dans le sauna, se baignaient nus dans le lac, regardaient de vieux films de Woody Allen et escaladaient le poirier. Gabriel était même tombé de l'arbre et s'était retrouvé telle une tortue échouée, hurlant de rire.

Ce comportement m'insupportait. Comment pouvaient-ils être aussi détendus ? Je savais que c'était à cause de l'alcool – Bonnie était morte, Harry et David derrière les barreaux, coupés du monde extérieur, tandis que Gabriel et Jujje se comportaient comme pendant un enterrement de vie de garçon de mauvais goût.

Je sortais. Chaque fois que cela se produisait, je sortais. Je chaussais mes sabots, claquais la porte derrière moi et fuyais dans la nature. Peut-être pour y trouver une réponse, entre les nervures des feuilles jaunies, dans l'irrégularité de la terre grasse ou dans l'écorce sèche et rugueuse du vieux chêne. Je pensais peut-être qu'il suffisait que je me donne un peu de mal pour déduire ce qui était arrivé à Bonnie.

Je me fabriquais des scénarios alternatifs.

Un : elle avait provoqué sa propre mort. C'était le moins probable, j'en étais consciente. Je ne voyais vraiment pas comment cela aurait pu se passer.

Deux : elle avait laissé entrer quelqu'un sans que les garçons s'en aperçoivent. Peut-être avait-elle un petit ami secret que personne ne connaissait – c'était peu probable, mais pas impossible.

Trois : quelqu'un, une personne totalement inconnue de nous, était entrée sans être vue dans la stuga. C'était mon scénario préféré, c'était si attrayant, si libérateur de rejeter la faute sur quelqu'un de si éloigné de la famille, de notre cercle amical, que nous ne le connaissions même pas.

Les scénarios deux et trois pâtissaient d'un point faible – comment expliquer que le coupable soit sorti de la maison sans laisser une porte ou une fenêtre ouverte ? Pourtant, me dis-je, mes deux fils étaient ivres – il n'est pas impossible qu'ils n'aient fermé la porte à clé qu'après le départ de l'intrus et qu'ils aient tout oublié.

Un de ces soirs où Gabriel et Jujje noyaient leur chagrin dans un vin de Bourgogne hors de prix qu'Olof avait apparemment acheté aux enchères, une vieille fourgonnette s'arrêta devant notre portail.

J'étais sur la terrasse avec sur les genoux un géranium fané que je m'apprêtais à tailler, et j'eus le temps de penser que cette voiture me semblait familière, avant que la portière côté conducteur s'ouvre et qu'un homme musclé, en combinaison et coiffé d'une casquette, en descende. Dans la pénombre du crépuscule, il me fallut quelques instants pour le reconnaître.

C'était Stefan Högberg, le père de Bonnie.

Je me levai lentement, la surprise était telle que j'en oubliai de poser le pot de fleur.

D'un pas décidé, Stefan s'avança vers moi dans l'herbe haute. Il décocha un coup de pied dans une branche qui se trouvait sur son chemin, laquelle finit sa course dans un rosier.

La portière côté passager s'entrouvrit.

— Stefan ! cria une femme.

Je reconnus la voix rauque de Lena Högberg. Puis :

— Stefan, arrête ! Reviens !

Stefan exécuta un ample geste du bras, comme pour chasser une mouche, et continua au même rythme sans lui répondre, ni se retourner.

Je marchai à sa rencontre, pot de fleur à la main. Les feuilles mortes me chatouillaient les avant-bras. Un essaim de simulies passa.

Nous n'avions eu aucun contact avec les Högberg depuis la mort de Bonnie, hormis le message de condoléances que j'avais laissé sur le répondeur de la famille.

— Stefan, dis-je. Je suis désolée.

Il s'arrêta net à un mètre environ de moi. Sa poitrine se soulevait sous sa combinaison sale, son regard était planté sur la maison derrière moi.

— Épargnez-moi votre hypocrisie à la con !

Il se racla la gorge et cracha dans l'herbe.

La portière s'ouvrit, Lena descendit. Elle trottina dans notre direction, un bras sur sa lourde poitrine. Ses fins cheveux blonds voletaient dans le vent.

— Stefan ! cria-t-elle.

Il fit volte-face.

— Reste où tu es, lui intima-t-il, mais elle continua.

Quand il se tourna de nouveau vers moi, son visage était sombre de rage et de peine réprimée. Il agita un doigt vers moi.

— Vous. Vous. (Il se tut un instant comme s'il avait perdu le fil.) Tout ça, c'est à cause de vous et de vos conneries ! Sans vous, Bonnie serait en vie aujourd'hui.

Je ne sus que répondre – aussi étrange que ça puisse paraître je n'avais jamais envisagé que les parents de Bonnie nous accusent. Pour moi, il était si évident que les garçons étaient innocents que je ne pouvais pas l'imaginer. Bien sûr, on parlait dans le village, bien sûr, on nous dévisageait au supermarché. Mais ils ne pouvaient tout de même pas croire que David ou Harry avaient quelque chose à voir avec la mort de Bonnie ?

La porte de la maison principale s'ouvrit, la voix profonde de Lou Reed se frayait un chemin, saluant un « Perfect Day ». Quelques instants plus tard, Gabriel et Jujje apparurent en chaussettes.

Avec l'intuition que ça allait mal se finir, j'attrapai mon mari par le bras. L'odeur de l'alcool me frappa en pleine figure.

— Attends, murmurai-je.

Gabriel avait le visage luisant de sueur, les yeux brillants. Jujje tanguait, quelques mètres derrière lui, la chemise déboutonnée jusqu'à la ceinture. Dans la pénombre, le tatouage qui courait sur son torse faisait penser à un gros insecte. Il leva la main vers sa bouche pour étouffer une éructation.

Stefan fit un pas vers Gabriel.

— C'est votre faute, putain ! C'est votre faute si ma fille est morte !

Lena tenta en vain de le tirer en arrière, mais il se libéra d'un grand geste.

Jujje – pas seulement bon camarade de jeu, mais aussi loyal jusque dans la mort – fit deux pas en avant et s'interposa entre Gabriel et Stefan.

— Attenchion à toi, bredouilla Gabriel. Comment oches-tu venir ici m'accuser de…

Paf!

Le bras courtaud de Stefan s'allongea dans un mouvement explosif et étonnamment précis. Le poing s'écrasa sur le visage de Jujje, juste au-dessus de son œil.

— Bordel de merde, gémit Jujje en s'affalant sur le sol devant Gabriel. Aïe aïe aïe.

Gabriel chancela, mais retrouva immédiatement l'équilibre.

— Saleté de bouseux ! cracha-t-il en visant Stefan d'un poing hésitant.

Le coup chétif qui toucha le torse de Stefan eut à peu près le même effet que s'il avait frappé une vache de la ferme des Högberg. Stefan resta de marbre, comme rivé au sol, il ne sursauta même pas. Ses narines se dilatèrent et il cligna des yeux plusieurs fois. Puis il scella l'humiliante défaite en poussant Gabriel du bout des doigts.

Gabriel tomba comme une pièce d'échecs vers le sol, avec une raideur et une lenteur étonnantes. Il atterrit avec un bruit sourd sur l'herbe à côté de Jujje.

Le pot de fleur m'échappa, heurta le sol et se brisa tandis que Stefan plantait les mains sur ses hanches.

— Vous le payerez ! dit-il en accentuant chaque mot.

37

Je pansai la plaie de Jujje – moins grave que je ne le pensais. Il avait une petite entaille au-dessus du sourcil qui avait saigné abondamment et s'en tirerait sans doute avec un bon hématome.

Gabriel était indemne, mais non moins outré.

— Il s'en est pris à ma famille, s'indignait-il en faisant les cent pas dans le salon. Il m'a frappé. Cet enfoiré m'a frappé !

Il ne t'a pas frappé, aurais-je voulu dire. Il t'a donné une ridicule petite bourrade et tu es tombé à la renverse comme l'ivrogne que tu es.

Au lieu de cela je lui répondis :

— On en parle demain.

— On devrait aller chez lui, marmonna Jujje en frottant la poche de glace contre son œil. Lui donner une bonne leçon.

Il serrait dans son poing sa chemise maculée de sang.

— C'est la dernière chose à faire, répliquai-je, sentant un malaise grandir dans ma poitrine.

Bien sûr que j'étais ébranlée, bien sûr que je savais que Stefan avait dépassé les bornes, mais j'éprouvais une certaine empathie pour un homme qui avait perdu son unique enfant et agissait de façon irrationnelle.

Je savais que l'enfer qu'il traversait était pire que le nôtre.

Nos deux enfants étaient en vie et un jour – bientôt – ils nous reviendraient. Nous pourrions les serrer dans nos bras, leur parler, les voir réaliser leurs rêves, commettre des erreurs, subir des déceptions, essayer de nouveau, et tout ce que comporte la vie.

— Putain de malades mentaux ! s'exclama Gabriel d'une voix pâteuse.

— Non. Ils sont loin d'être malades, tu le sais aussi bien que moi… Quand tu auras dégrisé tu le comprendras toi aussi.

Cette nuit-là je décidai de me remettre à travailler pour de bon – j'avais besoin de m'échapper de cette maison de fous, des cuites répugnantes de Gabriel et Jujje dont l'unique objectif était de fuir la réalité, de notre ferme qui me rappelait sans cesse tout ce qui m'avait été arraché, des jugements intarissables des voisins et de ma propre angoisse.

Le travail, songeai-je. Le travail est le meilleur remède.

J'avais déjà repris l'édition du recueil de poèmes d'Ali Hizami. J'avais presque terminé et je pensais envoyer le fichier corrigé la semaine suivante à sa mère qui m'avait promis de le déposer chez lui, dans sa caravane à côté de la décharge.

Certains de mes auteurs m'avaient appelée.

Linn Ros, une autrice stressée qui avait publié son premier roman et dont les ambitions littéraires – pour être honnête – étaient démesurées au regard de son écriture, était déçue par une mauvaise critique dans le journal *Sydsvenskan*.

Je lui expliquai que son livre était excellent et que le journaliste était de toute évidence passé à côté.

— Banal ! Il l'a qualifié de banal !

— Non, Linn. Il a écrit que le sujet était banal, pas ton livre. Il fallait y être préparé quand on écrit une histoire d'amour autobiographique. D'ailleurs il a dit que la représentation des personnages était très juste. Tu devrais en être fière.

Elle ne répondit pas.

J'avais de l'empathie pour elle, vraiment. Je savais à quel point il est sensible d'écrire, de partager son intimité pour ensuite être jugé, critiqué et – comme ici – réduit à un auteur de banalités égocentriques.

Le livre *Tout sur toi* tournait autour de son amour à sens unique pour un homme plus âgé, un amour qui s'était mué en obsession et qui lui avait coûté son travail et ses amis.

Une fois calmée, elle murmura :

— Désolée. Tu as raison, je ne devrais pas m'emporter comme ça.

— Ne t'en fais pas.

— Au fait… je suis au courant, pour tes fils. Ça doit être difficile. Comment tu te sens ?

— Je ne sais pas, répondis-je sincèrement. Je ne sais pas, Linn.

Theodor Broman appela lui aussi, un soir, sans mentionner notre situation – peut-être n'en avait-il pas entendu parler, peut-être n'était-il pas intéressé. À moins qu'il fasse preuve de tact, ce qui était peu probable le connaissant.

J'étais installée sur la terrasse à regarder le lac quand mon portable avait sonné. Gabriel était monté à l'étage pour travailler, mais je ne savais pas s'il écrivait vraiment, en tout cas je n'entendais pas le cliquetis caractéristique provenant de son bureau.

— Bonjour, Theo, comment allez-vous ?

— Bien, et vous ?

— Eh bien…, hésitai-je en me demandant comment répondre, je suis sur la terrasse à contempler la vue.

Pas si mal trouvé.

— Parfait, fit Theo. J'ai discuté avec un ami producteur. Il pourrait montrer mon bouquin à l'écran dans la prochaine saison d'une série qu'il produit. Du placement de produit, donc. Je pense que ça peut être cool.

— Excellente nouvelle. Vous en avez parlé avec le marketing ?

— Oui, enfin non, je vais le faire. J'aurais juste besoin d'une brève description du livre… Deux ou trois pages. Mon copain veut savoir de quoi ça parle avant de prendre position…

— Je comprends. Vous pouvez la lui envoyer. Je suis sûre que ça ne pose pas de problème.

Il se tut.

— En fait… je pensais que vous pourriez rédiger le texte…

Je réfléchis. Theo m'avait envoyé une présentation de son prochain roman, *Le Coupable inconnu*, quelques mois plus tôt. Son e-mail était si court et si brouillon que je doutais que son contenu soit exploitable.

— Je ne sais pas, Theo. Vous ne m'avez pas soumis de synopsis, c'est difficile pour moi de rendre justice à votre livre.

Une idée me vint.

— Combien de pages avez-vous écrites ?

Nouveau silence.

— Eh bien… une centaine peut-être. Quatre-vingts ?

Je réprimai un juron. Olof avait raison – Theo était très en retard, il faudrait un miracle pour que nous ne soyons pas obligés de repousser la publication.

Et ce miracle, c'était moi, évidemment.

— Super ! Envoyez-moi ça et on se voit la semaine prochaine dans les bureaux pour en parler.

Je me demandai si Theo allait mordre à l'hameçon en contemplant les chevaux immobiles dans un coin du pré. Les silhouettes sombres et paisibles se découpaient comme des sculptures sur le ciel du soir. Quelques martinets noirs passaient en poussant des cris.

— Ensuite, vous écrirez le résumé ?

— Oui, bien sûr !

38

Éditeur est le métier le plus étrange du monde.

On est à la fois coach en écriture, correcteur, psychologue, meilleur ami, manager et esclave. Il faut posséder une patience d'ange tout en sachant exercer une pression sur l'auteur quand cela s'avère nécessaire. On doit écouter des confidences qui donnent la chair de poule sans pouvoir les répéter. On se fait parfois humilier et passer un savon, mais on ne doit jamais perdre la face.

Nos missions peuvent être extrêmement terre à terre.

On raccompagne chez eux des auteurs ivres morts à la sortie d'un restaurant, on console de jeunes écrivains en pleurs, distribue du paracétamol et achète des préservatifs au Salon du livre, parfois pour le même auteur – le tout sans broncher. Cerise sur le gâteau, on bosse le week-end et doit de temps en temps annuler ses vacances. On vit aussi des expériences de lecture formidables et de riches moments où l'on se réjouit des réussites de ses auteurs. Peut-être essuie-t-on même une larme lorsque l'un d'entre eux connaît un succès fou. Puis tout recommence.

Voilà ce que l'on fait, ce que l'on subit, tout cela pour une rémunération plutôt modeste.

Heureusement, l'argent n'était pas une préoccupation pour nous – Gabriel gagnait suffisamment pour couvrir nos besoins et même davantage. Sans compter que mon investissement avait toujours été décorrélé de mon salaire. J'avais appris à gérer, voire à apprécier toutes ces étranges situations auxquelles j'étais sans cesse confrontée.

La plupart des problèmes se résolvaient sans trop de difficultés et quand on y parvenait, la satisfaction était réelle. Le travail était de surcroît une parfaite manière d'échapper à mon triste quotidien – me plonger dans un texte ou pousser un auteur caractériel à pondre un manuscrit me faisait oublier pour un temps mes soucis.

*

Le lendemain de ma curieuse conversation avec Theo, j'ai fait une longue promenade. J'ai marché de chez moi jusqu'à la grand-route. Il avait plu – de petites flaques émaillaient le sentier. Dans certaines d'entre elles, la surface brune de l'eau prenait les couleurs de l'arc-en-ciel à cause de fuites d'essence.

Arrivée à l'embranchement, j'hésitai un instant en regardant les vaches qui broutaient calmement de l'autre côté de la route. Si je continuais vers la droite, je débarquais à la station-service où j'étais certaine de croiser du monde. Je pouvais marcher dans l'autre sens, mais c'est dans cette direction que se trouvait la ferme des Nyström, que je n'avais pas envie de voir non plus.

L'image d'un Jujje hilare juché sur la jument me revint, ainsi que celle d'Åke Nyström qui le dévisageait, les yeux ronds comme des billes, la main sur le cœur.

J'imaginais fort bien qu'il avait relaté cet événement à qui voulait l'entendre.

«*Et il était là, le camé, à califourchon sur cette pauvre bête ! À poil en plus ! Dieu sait ce qu'il a fait subir à cette pauvre jument !*»

Et les réactions de l'auditoire :

«*Doux Jésus ! Ils sont cinglés là-bas à l'Éternité !*»

Au moment où je rebroussais chemin, tournant le dos aux vaches, j'entendis une mobylette approcher. Je hâtai le pas, mais jetai un coup d'œil par-dessus mon épaule et reconnus la tignasse rousse de Jonas Sandén dépasser du casque.

Jonas était l'un des rares camarades de classe de Harry et David que les garçons avaient fréquentés. Pas beaucoup, mais suffisamment pour qu'il puisse être qualifié d'ami.

Je m'arrêtai, trempai le bout du pied dans une flaque en me demandant quoi faire. Je ne pouvais pas partir maintenant, ça semblerait bizarre, je choisis de lever la main en guise de bonjour.

Il freina à quelques mètres de moi, coupa le moteur et ôta son casque. Son visage criblé de taches de rousseur se fendit en un sourire.

Il redevint grave.

— Salut.
— Salut Jonas. Comment vas-tu ?
— Bien. (Il soupesa son casque bleu, parut hésiter.) Comment…, commença-t-il, et il s'interrompit.
Je tentai de lui venir en aide.
— David et Harry vont bien.
— Ah, tant mieux.
Il baissa le casque vers la selle et regarda les vaches.
— C'est tellement… hallucinant !
— Oui…
— Je n'arrive pas à comprendre que… et je ne peux pas croire que ce soit Harry ou David.
— Bien sûr que ce n'est pas eux.
— Non bien sûr, rétorqua-t-il rapidement.
Je réfléchis.
— Ils ne sont pas violents. N'est-ce pas ?
Ses yeux pâles cillèrent et ses joues se colorèrent – ça se passa en une seconde, pourtant je remarquai que son expression avait changé.
— Non.
— N'est-ce pas ?
— Franchement, David est hyper cool.
— Et Harry ?
Il se tortilla.
— Harry… je. Non. Je ne l'ai jamais vu faire de mal à quelqu'un.
Le choix de ses mots ne me laissa pas indifférente.
— Tu veux dire qu'il peut se mettre en colère ?
Il haussa les épaules et ajusta son pull à capuche.

— Tout le monde peut se mettre en colère.

J'ai réfléchi à notre conversation sur le chemin du retour. J'étais convaincue de l'innocence de Harry – les joues empourprées de Jonas, son regard fuyant et ses réponses évasives n'y avaient rien changé.

Je m'inquiétais en revanche des ragots qui circulaient dans leur lycée et dans le village. Se trouver en pleine crise c'est un peu comme porter un enfant – on ne peut faire abstraction de sa grossesse et de l'issue inévitable, l'accouchement.

Difficile d'imaginer qu'il y a une vie après, des années remplies de défis au moins aussi majeurs.

Mais là, alors que je longeais la route mouillée de pluie, je pensais justement à cela. Pour la première fois depuis la mort de Bonnie, je m'étais demandé comment cela se passerait pour les garçons à leur retour.

Tout va s'arranger, tentai-je de me convaincre. *Tant qu'on les laisse sortir*.

Quand j'arrivai à l'Éternité, la fenêtre du bureau de Gabriel était ouverte. Les cliquetis familiers se faisaient entendre jusque dans le jardin, ce qui me fit plaisir et me redonna une once d'espoir. Peut-être que les orgies d'alcool avec Jujje seraient remplacées par un moyen moins destructeur de fuir la réalité.

J'entrai, me débarrassai de mes chaussures boueuses et gravis les marches qui craquaient sous mes pas. Je frappai délicatement à la porte de Gabriel – il n'aimait pas être dérangé lorsqu'il écrivait et je l'interrompais rarement.

Mais rien n'était plus comme avant.

Le cliquetis cessa.

— Entre ma chérie, me dit-il.

Il était assis sur son tabouret, en jogging délavé et chemise, hirsute, les lunettes embuées.

— Comment ça se passe, l'écriture ?

— C'est étrange, mais j'avance plutôt bien. J'ai l'impression que ça vient tout seul. Peut-être que tout ça… (Il exécuta un geste circulaire de la main, indiquant la pièce.) Peut-être que les événements ont eu un effet de catalyseur.

Son visage fut éclairé par un vague sourire.

— Ça parle de toi.

— De moi ?

— Oui, enfin de Lova. C'est comme ça que tu t'appelles dans mon livre.

Je réfléchis. J'avais pensé discuter avec Gabriel de la rencontre avec Jonas, mais tout à coup cela paraissait ridicule. Qu'est-ce qu'il avait dit ?

Que tout le monde peut se mettre en colère ?

Oui, tout le monde peut se mettre en colère, ce qui ne signifie pas que tout le monde est capable de tuer.

— Tu ne trouves pas ça difficile, l'autofiction ?

Il fronça les sourcils.

— Pourquoi serait-ce difficile ?

— Tu mêles fiction et réalité, mais tu sais que les lecteurs vont croire chaque mot. Ça ne te dérange pas ?

Il retira ses lunettes, les essuya avec sa chemise et les posa au sommet d'une pile de papier sur le bureau.

— J'écris un roman.

— Mais Lova, c'est moi.

Il sourit de nouveau, un sourire prudent et un peu espiègle à la fois.

— Oui, c'est toi. Mais en même temps pas vraiment.

39

Comme promis, Theo m'envoya son manuscrit quelques jours après notre conversation téléphonique.

En passant en revue le texte d'à peine soixante-dix pages, je constatai sa piètre qualité – brouillon, incohérent, plein de surlignages colorés visiblement jetés au hasard et de commentaires difficiles à comprendre du style « pas bien ou peut-être bien ?!? » ou « renforcer la tension dramatique, tuer plus de gens, ou pire ? » et c'est à cet instant que je me suis demandé ce qui pouvait bien être pire que tuer.

Le vendredi de la même semaine, j'avais rendez-vous avec Theo dans les locaux de la maison d'édition. Je m'y rendais pour la deuxième fois depuis la mort de Bonnie et à peine avais-je quitté l'autoroute que j'eus des sueurs froides.

Le trajet, que j'avais emprunté des centaines de fois, me semblait soudain nouveau. Les bâtiments le long de l'autoroute me paraissaient étrangers et menaçants. Et la maison d'édition où je travaillais depuis près de vingt ans m'effrayait inexplicablement. Au niveau de

Södertälje je dus m'arrêter à une station-service, acheter une bouteille d'eau et me reposer un instant pour calmer mes nerfs.

Quel était le problème ? C'était le même itinéraire que d'habitude, les éditions Forss & Stierna sont installées dans le même bâtiment de bureaux dans la vieille ville. Mes collègues sont les mêmes, des gens que je connais presque aussi bien que ma propre famille.

Mais *moi*, j'avais changé – j'étais transformée en profondeur et cela me terrorisait.

Je tombai d'abord sur Magnus, notre directeur commercial. Il se trouvait près de la photocopieuse à la réception, en pantalon de costume et chemisette. Ses cheveux pâlis par le soleil étaient raides de gel, ses bras émaillés de taches de rousseur et couverts de poils blonds.

Son visage s'éclaira en me voyant, mais son sourire se figea.

— Salut, dit-il en ramassant un tas de graphiques que la machine venait de cracher.

— Salut.

Il regarda autour de lui comme s'il cherchait quelqu'un.

— Ça roule ?

— Bof.

Il opina du chef.

— Ça doit être dur.

— Très.

— Ce n'est pas tout ça, fit-il en me montrant les diagrammes, mais je dois filer. J'ai un rendez-vous avec une grande librairie dans dix minutes…

Il leva la main et s'éloigna dans le couloir.

Au moment où Magnus disparut dans son bureau, Tuss apparut, portant sous le bras un manuscrit épais comme une bible qui froissait le tissu de sa robe à grosses fleurs.

— Lykke, fit-elle en se hâtant vers moi.

Elle me serra dans ses bras, appuyant la liasse de papiers contre mon dos, libéra une main et me caressa les cheveux. Son haleine humide s'écrasa contre ma joue.

Submergée par cette soudaine proximité, j'esquissai un pas un arrière et forçai un sourire.

C'est alors qu'Olof arriva, accompagné de Magdalena, l'attachée de presse de la maison d'édition, en pantalon noir évasé qui s'arrêtait à mi-mollet et chignon noir. Elle portait d'épaisses lunettes rondes du même rouge que ses lèvres et sandales Birkenstock.

— Heureux que tu sois de retour, se réjouit Olof en frottant sa pipe contre sa veste en velours côtelé.

Magdalena opina du chef et repoussa une mèche qui s'était échappée de son chignon. Elle souriait sans rien dire.

— Je dois voir Theo pour parler de son roman, dis-je.

— Ah, parfait, répondit Magdalena, l'air soulagé, sans doute parce qu'elle n'aurait pas besoin d'évoquer le sujet auquel tout le monde pensait. Elle avait appelé ça la « situation » lorsqu'elle avait téléphoné pour dire que l'article sur l'Éternité ne se ferait pas.

— Comme je te l'ai déjà dit, commença Olof, appuyé sur la vieille photocopieuse. Si tu lui fais pondre un manuscrit avant la fin de l'année…

— J'aurai une bonne grosse prime, terminai-je.

Tout le monde éclata de rire, mais mon cœur battait la chamade.

Feindre la normalité, quand votre vie a été bouleversée de la sorte, lorsqu'il y a une « situation », était plus difficile que je l'imaginais.

*

Theo arriva une heure en retard et chaque minute d'attente fut pour moi un supplice. Les collègues qui passaient dans le couloir prenaient un air affairé et des conversations à voix basse s'échappaient de la cuisine.

— Désolé, dit Theo en glissant la tête dans l'embrasure de ma porte. J'ai dû attendre des ouvriers.

— Pas de problème !

Je contemplai l'homme à la carrure imposante appuyé contre l'encadrement de la porte – crâne glabre, tee-shirt froissé, jean troué, sans doute acheté comme ça, qui pendait sous sa bedaine.

Ces dernières années, il s'était transformé.

— J'aurais dû prévenir, mais l'avocat de mon ex-femme a appelé et… vous comprenez.

Je ne comprenais pas, mais quelle importance ?

— Pas de problème. J'avais pas mal de choses à faire.

Ce qui n'était pas faux. J'en avais profité pour relire mes notes en vue de la réunion. En m'appuyant sur le manuscrit de Theo, j'avais tenté de créer une chronologie des événements, ce qui n'était pas gagné d'avance – je me demandais si Theo avait réfléchi à l'intrigue.

J'avais aussi compilé une liste des personnages principaux, résumé leur histoire personnelle et leurs caractéristiques.

Il s'assit en face de moi.

— Café ?

Il leva une main.

— Non merci, je viens d'en boire un.

— D'accord, alors allons-y.

Je me saisis de la maigre liasse, la poussai vers lui sur la table. Theo m'interrogea du regard.

— Alors, qu'est-ce que vous en pensez ?

Je devinais dans son expression un mélange de doute et de fierté, laquelle n'avait aucune raison d'être. Je posai la main sur le désastreux ouvrage et le tapotai.

— Ce roman va être ma-gi-stral ! J'adore l'idée que les meurtres soient commis les soirs de pleine lune et que le coupable prenne en charge une partie de la narration. Et le chef d'entreprise pendu avec sa propre cravate… (J'avançai la main, paume vers le ciel.) Génial !

Le doute qui colorait ses traits disparut comme la brume balayée par le vent. Il esquissa un sourire hésitant.

— Eh bien, c'est une métaphore. Il est étranglé par sa soif de profits.

— Exactement !

Theo baissa les yeux sur le manuscrit, fronça les sourcils et caressa la table de sa main hâlée.

— Je sais qu'il reste encore pas mal de boulot.

— On va faire ça ensemble.

— Oui, bien sûr.

— J'ai jeté un coup d'œil à la chronologie, expliquai-je en sortant la feuille où j'avais tracé en rouge un axe du temps. Les principaux événements étaient indiqués le long de la ligne. Certains étaient suivis d'un point d'interrogation signifiant qu'il fallait préciser la date.

— Oh, waouh, vous avez vraiment…

Il se pencha en avant.

— Il y a quelques incohérences. Ici par exemple. (J'indiquai une des notes et je poursuivis.) Le commissaire Lundbeck interroge l'associé du chef d'entreprise retrouvé mort. Mais ça, c'est *avant* que l'on sache que l'associé avait essayé de reprendre l'entreprise. C'est seulement trois chapitres plus loin que la police l'apprend de la bouche de sa secrétaire.

Theo se tortilla.

— Ils peuvent l'interroger quand même, non ? Ils sont associés après tout.

Il croisa les bras et appuya son grand corps contre le dossier de sa chaise.

— Bien sûr, mais tout au long du dialogue le commissaire fait référence à la conversation avec la secrétaire. Conversation qui n'a pas encore eu lieu.

Le front de Theo se plissa. Il se massa les tempes.

— Je crois que vous devez déplacer ce chapitre ultérieurement. C'est facile. J'ai noté sur la frise chronologique d'autres épisodes qu'il faudrait intervertir ou clarifier.

Il ne répondit pas, mais il s'était affaissé et ses doigts continuaient à dessiner de petits cercles sur les côtés de son front.

Je sortis le document avec la liste des personnages.

— Vous avez d'autres remarques ?

— Oh, des détails ! Il s'agit des personnages. Le chef d'entreprise a été retrouvé pendu dans les vestiaires de la piscine.

— C'est ça.

— Qu'est-ce qu'il faisait là ?

Theo fronça les sourcils.

— Euh, il allait nager.

— D'accord, mais vous écrivez au deuxième chapitre qu'il fuyait l'eau comme la peste depuis qu'il avait manqué de se noyer, enfant.

Theo soupira.

— Il a dû surmonter son traumatisme. Après tout, c'était… – il compta sur ses doigts – quarante ans plus tôt.

— Bonne idée. Mentionnez-le au deuxième chapitre pour ne pas perdre le lecteur.

L'auteur garda le silence un long moment.

— Theo, le résultat va être incroyable. C'est important que vous régliez ces petits détails pour que nous puissions tenir les délais.

Il détourna le regard.

— J'ai pas mal d'autres problèmes à régler. Le tableau électrique de mon appartement à Barcelone a brûlé. Je vais devoir y aller. Et puis le bordel avec mon ex.

Je dus me mordre la lèvre pour dissimuler ma frustration.

— Ça doit être très dur. Si vous avez besoin de plus de temps, si vous ne pensez pas pouvoir terminer avant la fin de l'année, il faut nous le dire maintenant pour que nous puissions repousser la date de publication.

— Mais j'ai besoin de l'argent.

Je hochai la tête. Comme beaucoup d'autres écrivains, Theo était lié par un contrat en vertu duquel il recevait une avance à signature et un second versement lors de la publication.

— Donc il faudrait qu'on finisse vite, conclut-il.

— Je vous aiderai autant que possible.

— Oui, je sais. C'est juste que c'est très compliqué, car je ne vais pas bien. Et j'ai du mal à écrire. (Il marqua une pause, baissa les yeux avant de poursuivre.) Je me suis dit que je pouvais me faire aider ?

— Aider ?

Il tourna la tête et contempla les reproductions bon marché accrochées au mur. Il glissa un long doigt dans une déchirure de son pantalon et se gratta la jambe.

— Eh bien, que quelqu'un d'autre pourrait écrire à ma place si je lui donne la trame ?

Silence.

— Quelqu'un d'autre ?

Il poussa un profond soupir.

— Oui. Vous, par exemple.

40

Oui, éditeur est l'un des métiers les plus étranges du monde et j'étais presque prête à tout au début de mon entretien avec Theo.

Mais ça ?

Je ne savais quoi répondre. J'étais obligée de lui dire que je devais en toucher deux mots à Olof tout en soulignant que je ne pensais pas que sous-traiter l'écriture soit une possibilité.

Contrairement à ce que pensent beaucoup de lecteurs – et parfois aussi des critiques –, on s'attend à ce que les auteurs écrivent eux-mêmes leurs romans. Il existe des exceptions, mais c'est le plus souvent en amont qu'on décide de faire appel à un prête-plume.

Theo avait reçu une avance de plus d'un million de couronnes – il n'y avait pas de budget pour un coauteur.

Et je n'avais aucune envie d'écrire son bouquin.

Après le départ de Theo, j'en parlai à Olof. Il plongea la tête dans ses mains, soupira et croisa les bras.

— Merde ! J'en étais sûr !

— Ça peut encore s'arranger. Il a besoin d'argent. Ne sous-estime pas l'effet du portefeuille vide sur la créativité.

Il se leva, avança jusqu'à la lucarne, ôta ses lunettes et contempla les toits en silence. Le soleil brillait sur Stockholm et à travers les fenêtres mal isolées on entendait des rires depuis la rue.

— On n'aurait jamais dû publier ce type, maugréa-t-il.

— Le premier livre était bon.

— *Pff*, tout le monde peut écrire *un* livre.

En rentrant une heure plus tard, je rapportai la conversation à Gabriel. Il était installé dans son bureau, la porte ouverte, en robe de chambre bien qu'il soit seize heures, à regarder par la fenêtre.

— C'est vraiment ce qu'il a dit ?

Gabriel pivota sur sa chaise et me dévisagea.

— Je ne plaisante pas. Il a suggéré avec le plus grand sérieux que je termine son bouquin.

Gabriel sursauta, renâcla puis éclata d'un rire interminable.

Je commençai à glousser.

— Est-ce que tu…

Il se pencha en avant, il riait tellement qu'il était incapable de parler. Les larmes coulaient, ses joues bronzées rougirent.

— Je suis désolé, lança-t-il en reprenant ses esprits. C'est si comique au milieu de tous nos malheurs. Il se considère comme un écrivain, mais ne veut pas terminer son propre roman.

Tout à coup nous redevînmes graves. Comme si, à rire comme ça, nous avions commis un crime impardonnable.

Une expression de douleur passa sur le visage de Gabriel. Il m'attira vers lui, je m'assis doucement sur ses genoux. Son peignoir s'ouvrit et je caressai sa poitrine velue.

— J'ai parlé avec les avocats des garçons, commença-t-il.

— Et ?

— Rien de nouveau. Mais ils vont bien.

Je fermai les yeux

— Cette incertitude me rend folle… Quand vont-ils les libérer, à ton avis ?

Il garda le silence un instant.

— Ils ne l'ont pas dit. Mais nous devrions nous préparer à ce que l'un d'entre eux…

— Quoi ?

Gabriel me serra plus fort dans ses bras.

— Lykke, murmura-t-il au creux de mon oreille. Il n'y avait personne d'autre dans la maison cette nuit-là.

Je me libérai de son étreinte, me levai sur des jambes tremblantes.

— Arrête ! Tais-toi ! Comment peux-tu croire que l'un d'eux est coupable ?

— Il ne s'agit pas de ce que je pense, Lykke. Il s'agit de faits.

Je me mis à arpenter la pièce, décochai un coup de pied au coin du tapis qui s'était replié.

— Alors lequel d'entre eux ?

Il répondit après un long silence, comme s'il mettait un point d'honneur à trouver le bon terme.

— Je ne peux croire ça d'aucun d'eux.

— Mais de dire qu'aucun d'entre eux n'est coupable et en même temps que l'un d'entre eux *doit* être coupable, c'est comme dire que les deux le sont.

Il ne répondit pas.

*

Quelques heures plus tard, j'étais dans mon lit, je tournais dans mes draps collants de sueur, fixant l'obscurité, attendant de trouver le sommeil. La respiration de Gabriel était lourde et régulière. Son odeur familière imprégnait la pièce. Je me sentais en sécurité – un point fixe dans mon existence tumultueuse. Dehors, la pluie tombait, les gouttes s'écrasaient contre la vitre, l'eau bruissait dans les gouttières. Le vent d'automne frôlait les coins de la maison, s'insinuait par les interstices et jusqu'à mes joues en de petites bouffées froides.

Je repensai à ma discussion avec Theo, à la frise chronologique indiquant les principaux événements. Je visualisai les dates, les heures. Elles luisaient dans le noir comme si elles cherchaient à transmettre un message caché.

Je me redressai. Tout à coup, je savais ce que j'avais à faire. J'attrapai ma robe de chambre, l'enfilai et marchai vers l'escalier.

Je n'avais bien sûr aucune expérience dans le domaine de la police ni de la justice ; je n'avais jamais lu d'enquête préliminaire, encore moins montré d'intérêt pour l'autorité judiciaire. Une grande partie de mon travail était néanmoins consacrée à la lecture et l'analyse de suites d'événements pour dénicher d'éventuelles incohérences et lacunes.

Pourquoi ne pas faire cela maintenant ?

Sans compter que je me trouvais sur place le soir de la mort de Bonnie et je connaissais tous les invités.

Je contemplai la feuille que je venais de poser sur la table de la cuisine, m'emparai d'un stylo rouge et traçai un long trait – à la lueur de la bougie, la surface blanche semblait onduler. Je me mis à noter les événements de ce soir-là.

17 h 00 Bonnie arrive
18 h 00 Olof et Tuss arrivent ensemble
18 h 30 (environ) Jujje arrive
19 h 00 Le dîner commence

Je réfléchis, me souvins que Bonnie avait protesté contre le rejet catégorique de *Cinquante Nuances de Grey* par Olof. Je fermai les yeux, revis Tuss, pliée de rire dans l'herbe devant la clôture électrique, et Jujje qui se jetait à la rescousse.

Les souvenirs affluaient, Jujje qui tanguait en urinant sur les seringas, Olof, assis sur une chaise, endormi, la pipe à la bouche.

Je continuai à écrire :

1 h 00 (environ) Harry, David et Bonnie descendent à la maisonnette, au bord du lac.

3 h 00 (environ) Bonnie, trempée, revient avec Harry. Ils vont se coucher.

3 h 10 (environ) Retour de David, va se coucher.

3 h 30 Tous les autres vont se coucher.

Et après ? J'avais été réveillée par la musique et le tonnerre. J'avais avalé un antalgique pour apaiser mon mal de tête avant de me diriger vers la stuga.

Je posai la mine sur le papier.

7 h 30 Je me réveille

7 h 40 (environ) Je me rends dans la stuga. Les garçons dorment. La porte est fermée de l'intérieur, toutes les fenêtres aussi. Bonnie est morte. Harry va chercher Gabriel qui confirme son décès. Gabriel appelle la police et une ambulance.

Je passai le doigt sur la frise chronologique, tentai d'expliquer l'incompréhensible, et soudain j'eus l'impression de sentir sa présence, comme si Bonnie se trouvait derrière moi et regardait par-dessus mon épaule.

La flamme vacilla, je frémis.

— On va résoudre cette affaire, chuchotai-je, essayant de voir un signe dans mes annotations.

Deux choses étaient évidentes.

Tout d'abord, Harry et Bonnie étaient revenus du lac avant David.

Pourquoi ?

Rien de ce que les garçons m'avaient raconté après l'homicide de Bonnie ne répondait à cette question. Elle était trempée jusqu'aux os et je ne l'avais pas crue quand elle avait dit s'être entraînée à nager tout habillée.

Par ailleurs – j'hésitai à le reconnaître –, rien ne semblait montrer que quelqu'un d'autre avait pénétré dans la maison pendant la nuit. Mes pensées se tournèrent vers la littérature. Ironie du sort, notre situation ressemblait à un thème classique du roman policier : l'énigme ou le « mystère de la chambre close ». Un assassinat est commis dans un espace fermé à clé ; le but est de découvrir comment le coupable a pu entrer et sortir.

J'allumai mon ordinateur portable et fis une recherche Google. Selon Wikipédia, il existait un nombre incalculable de livres sur le sujet. *Double Assassinat dans la rue Morgue*, une nouvelle d'Edgar Allan Poe écrite au milieu du XIXe siècle, était le premier de la liste, sur laquelle figuraient Arthur Conan Doyle, Agatha Christie, Umberto Eco et le Japonais Soji Shimada qui s'était apparemment spécialisé dans le genre.

Je continuai ma lecture. Une section présentait les solutions possibles à ces mystères, mais mes espoirs furent vite déçus.

Dans les romans, en tout cas les plus anciens, le procédé était tellement tiré par les cheveux qu'il serait tourné en ridicule aujourd'hui par n'importe quelle personne normalement constituée.

Dans une des intrigues, un circassien avait jeté un poignard à travers une fenêtre ouverte, tuant ainsi sa victime sans être découvert. Dans un autre, l'assassin était un singe dressé qui s'était introduit dans la pièce par une fenêtre, et dans un troisième le tueur s'était échappé par la cheminée et avait grimpé sur le toit.

Non, l'histoire de la littérature ne m'était pas d'une grande aide.

J'étais pourtant incapable de lâcher ces énigmes.

Je me connectai au site où j'avais l'habitude de commander des livres, et après quelques recherches, je tombai sur un ouvrage qui semblait passionnant : *Crime Fiction and the Locked Room – The Rise and Fall of a Literary Genre.*

Il s'agissait d'un travail universitaire sur l'histoire de ce genre littéraire.

Ça ne peut pas faire de mal de le lire, songeai-je en l'ajoutant à mon panier virtuel.

Je soufflai la bougie, apportai la frise chronologique dans ma chambre et la rangeai tout au fond du tiroir de ma table de chevet, sous un ouvrage de Clarice Lispector que Gabriel m'avait offert pour le premier anniversaire des enfants.

Une sensation d'impuissance emplit mon corps dès que je m'allongeai dans mon lit. L'espoir – auquel je m'étais accroché si longtemps – m'abandonnait à mesure que la prise de conscience s'enracinait en moi. L'obscurité devenait plus profonde, pénétrait mes poumons, me faisait souffrir.

Dans la ferme de l'Éternité, il n'y avait ni lanceur de couteaux ni singes savants. Aucune création de l'imagination ne viendrait à la rescousse et même si les garçons étaient libérés, les faits demeuraient.

L'un de mes fils avait tué Bonnie Högberg.

MANFRED

Aujourd'hui

41

Je suis de retour dans la salle d'interrogatoire de la prison de Kronoberg. C'est mon deuxième jour de vacances et nous ne sommes toujours pas partis.

Afsaneh me faisait grise mine ce matin. Elle me reprochait de me laisser provoquer trop facilement par Lykke, m'enjoignait d'essayer de lui parler sincèrement.

Ce qui m'a gêné, car Bodil, ma cheffe, m'avait dit exactement la même chose au téléphone dix minutes plus tôt.

— Enfin, Manfred ! avait-elle éructé. Un policier aussi aguerri que toi ne devrait pas se laisser provoquer au point de quitter la salle d'interrogatoire !

Que pouvais-je répondre ? Je savais qu'elle avait raison. Mais la rencontre avec Lykke avait éveillé des sentiments et des souvenirs depuis longtemps enfouis : le divorce d'avec Beatrice, la liaison avec Pirjo et, surtout, l'enquête sur la fille qui ressemblait tant à la mienne.

La porte s'ouvre et Lykke entre, accompagnée d'une surveillante.

— Bonjour, Lykke.

Elle me salue de la tête et s'assied en face de moi. La surveillante, une femme enrobée aux cheveux roux et gras, se tourne vers moi.

— Sonnez quand vous avez terminé.

— Entendu.

Elle ferme la porte, nous laissant seuls.

Lykke semble encore plus maigre et fatiguée qu'hier. Elle joint les mains, les pose sur ses genoux et se tourne vers moi. Son regard semble calme, mais son visage est méfiant.

Je scrute les ecchymoses au niveau de son cou.

— Je voudrais tout d'abord m'excuser, dis-je. Hier, ma réaction n'était pas professionnelle.

Elle hoche la tête.

— Ça a dû être terrible. Vos deux fils en détention provisoire, je ne peux même pas imaginer ce que vous avez traversé.

— Non, vous ne le pouvez pas.

Silence.

— Sachez que nous avons tout fait pour découvrir la vérité, comprendre ce qui est arrivé à Bonnie Högberg.

Elle semble réfléchir, hausse les épaules.

— C'est peut-être le problème. Parfois on s'efforce tellement de faire ce qui est juste que ça devient contre-productif.

Je revois les doigts pâles de David Andersen étreignant son inhalateur, le visage concentré de Harry Andersen lorsqu'il essaie de parler, mais ne parvient à émettre que des syllabes difficilement audibles.

J'entends ma voix comme un écho remontant du passé.

«*Parle plus clairement, on ne comprend rien !*»

Je m'appuie contre le dossier – il faut que je garde mon calme. Tout est à ma portée – les aveux de Lykke, les vacances qui m'attendent et la possibilité de remiser ce chapitre de ma vie dans les recoins les plus sombres de l'oubli.

— Peut-être… Peut-être. Mais nous devons parler de la raison pour laquelle vous êtes ici aujourd'hui.

Lykke ne semble pas m'entendre, elle me répond par une autre question.

— Pourquoi les avez-vous gardés si longtemps ?

— Je… La procureure estimait que…

Elle éclate d'un rire bref.

— Vous allez rejeter la faute sur Susanne Bauer ?

Je me remémore les jumeaux Andersen, affaissés sur leur chaise avec leurs longues jambes étendues devant eux. J'ai presque l'impression qu'ils sont avec nous. Je pense à Pirjo. Je l'imagine, à côté de Lykke, les mains croisées sur la poitrine, ses yeux gris posés sur moi, une réprimande silencieuse.

«*Je distingue les personnes de leurs actes, Manfred.*»

— Nous…, je commence, mais suis incapable de poursuivre.

Ne reste que la douleur cuisante dans la poitrine, à l'endroit habituellement réservé à Aron. Son véritable tombeau, dans le noir près de mon cœur.

MANFRED

Huit ans plus tôt

42

Je fis le tour de mon appartement plongé dans l'obscurité en quête de traces.

Sous mon lit, je découvris un vieux tee-shirt de Pirjo, un vêtement bleu-gris troué le long des coutures avec un logo à peine lisible sur une manche – le flocage en espèce de caoutchouc s'était délité et détaché du tissu.

Je me moquais d'elle quand elle portait ce tee-shirt, je le trouvais hideux ; à présent je plongeais le nez dedans pour inspirer son odeur. Je l'attrapai et continuai dans la salle de bains.

Dans la douche, un rasoir rose, dans le placard, du mascara et une boîte de tampons.

Après avoir fermé l'armoire, je continuai mes recherches dans la cuisine, sans savoir très bien pourquoi je me tourmentais de la sorte.

Les traces de ma liaison aussi brève qu'intense étaient partout : les flocons d'avoine pour son porridge du matin dans le placard, dans le frigo, la confiture d'airelles bio qu'elle insistait pour acheter alors qu'elle coûtait dix couronnes de plus que la marque distributeur, et dans l'évier, la nouvelle brosse à vaisselle en matériaux naturels parce qu'elle ne supportait pas tous les objets en plastique qui traînaient chez moi.

Affalé sur mon unique chaise de cuisine, je réfléchis à la situation. Il y a seulement quelques jours, l'avenir semblait sinon radieux du moins de plus en plus serein. L'un des jumeaux allait avouer le meurtre de Bonnie Högberg, j'en étais convaincu. Pirjo avait commencé à panser certaines plaies de la séparation d'avec Beatrice. Alba, qui était sèche et renfrognée depuis son installation chez sa mère, avait proposé de m'aider à rendre l'appartement un peu plus chaleureux.

Et maintenant, j'étais seul dans mon appartement, sans Pirjo ni Alba.

Une heure passa, peut-être deux. J'essayai d'appeler Alba, sans succès. Je téléphonai à mes autres enfants, mais Alexander rejeta mon appel et Stella m'expliqua à voix basse qu'elle était à la bibliothèque en train de réviser pour un examen et n'avait pas le temps de discuter. J'envisageai d'appeler Pirjo, mais le courage me manqua.

Je n'avais pas la force d'essuyer une nouvelle rebuffade.

J'ouvris une bouteille de chianti, sortis un pot de pesto et un paquet de croissants surgelés, et apportai mes victuailles dans le séjour – on pouvait s'apaiser en mangeant et en buvant, mon corps savait ça depuis longtemps.

Tout va s'arranger... Je tentais de m'en convaincre tandis que j'avalais un verre et vin en étalant une épaisse couche de pâte verte sur un croissant encore à moitié glacé. Je ramassai le catalogue Ikea qui traînait par terre, dénichai un stylo, et me mis à tourner les pages. Mes doigts huileux laissaient des traces sur les hommes et femmes souriants qui se prélassaient dans leur canapé dernier cri, préparaient à manger dans la cuisine immaculée et trinquaient autour de tables au parfait rapport qualité-prix.

J'entourai quelques meubles qui me semblaient pouvoir convenir et cornai les pages.

Une fois terminé, je sortis mon portable et composai le numéro inscrit en quatrième de couverture du catalogue.

Une voix de femme répondit immédiatement.

— Je voudrais commander des meubles pour une livraison à domicile.

Quelques minutes plus tard, j'avais dépensé quinze mille couronnes, mais je ressentais une certaine satisfaction, comme si j'avais vraiment résolu un problème existentiel en consommant du mobilier. Je me dirigeais vers la cuisine pour remplir mon assiette lorsque mon téléphone sonna.

C'était Sture.

Comme à son habitude, il entra dans le vif du sujet sans saluer ni demander s'il me dérangeait.

— Nous avons reçu une plainte des avocats des jumeaux Andersen. Ils disent que tu… (Il se racla la gorge et poursuivit.) as trompé leurs clients au cours des interrogatoires. Et que tu les as soumis à une pression inacceptable.

— Bien sûr que je leur ai foutu la pression. Je n'étais pas censé le faire ?

— Pas en mentant.

— Je n'ai pas menti. Lis le procès-verbal.

Sture soupira.

— Je te crois. Ils veulent nous faire chier, c'est tout.

— Qu'est-ce qui se passe maintenant ?

— Aucune idée, mais je vais me renseigner. *A priori*, il ne se passera rien, mais si l'affaire est renvoyée devant la cour d'assises, je suis sûr qu'ils utiliseront ça contre nous. Sans compter que l'avocate de David Andersen, Jessica Sund, a lancé une campagne sur Internet.

— Une campagne ?

— Lis *Aftonbladet*, tu verras. Elle a lancé un appel soutenu par dix-sept auteurs, juristes et politologues. On passe pour des barbares.

Le téléphone coincé entre l'épaule et l'oreille je retournai dans le séjour, allumai l'ordinateur et ouvris le site du journal *Aftonbladet*.

— Deux minutes.

Je me penchai en avant pour mieux voir et je lus : « Des écrivains majeurs s'élèvent contre des méthodes d'interrogatoire à la limite de la torture – les mineurs voient leurs droits bafoués, affirment de grands politologues. »

*

— Impossible, fit Susanne Bauer. On ne peut pas les garder plus longtemps. Selon le quatrième paragraphe du Code pénal, le suspect doit être libéré dès lors que les conditions de placement en détention provisoire ne sont plus remplies.

Elle avait suspendu sa veste au dossier et s'était levée. À présent, dos à nous, elle regardait fixement la photo de Bonnie Högberg accrochée au milieu du mur.

D'autres images avaient été scotchées autour, comme les pétales d'une fleur – des parents, des amis, des connaissances de Bonnie. Les photos de Harry et David Andersen se trouvaient juste au-dessous de celle de Bonnie, reliées par d'épais traits rouges.

On frappa discrètement à la porte. Susanne se retourna et Nathalie entra, cahier grand format à la main, sur lequel étaient posés en équilibre un gobelet de café et un roulé à la cannelle.

Elle nous salua de la tête et s'assit entre Sture et Pirjo.

— Nous sommes à ça, fit Sture en levant la main droite et approchant le pouce de l'index à quelques millimètres. Tout ce dont nous avons besoin c'est…

— De temps ? l'interrompit Susanne.

— De temps, répéta-t-il.

— Nous n'en avons pas, répondit Susanne en croisant les bras. David et Harry Andersen sont mineurs. Ça fait près de deux mois qu'ils sont privés de liberté. Vendredi se tiendra une audience pour décider de la prolongation ou non de la détention de David, je ne peux pas arriver les mains vides et demander plus de temps. Même si le droit suédois ne fixe pas de limite maximale à la détention provisoire, il m'est de plus en plus difficile d'affirmer que les conditions pour prolonger la détentions sont remplies. Le risque qu'ils échappent à la justice est considéré comme faible, celui qu'ils continuent à commettre des crimes aussi. Par ailleurs, la santé mentale des garçons est compromise et ils manquent un temps scolaire important. Ces arguments pèsent de plus en plus lourd.

— Leur libération peut nuire à l'enquête.

— Bien sûr, répondit Susanne. En théorie. Mais nous avons déjà interrogé les personnes concernées, non ? Et examiné tous les éléments techniques ? Le droit prévoit que l'enquête judiciaire soit menée *avec diligence.*

— Tu trouves qu'on s'est tourné les pouces ? éclata Sture.

— Deux mois… (Susanne se pencha en avant en le pointant du doigt.) Vous avez eu deux mois pour dégotter des preuves qui tiennent pour une mise en accusation. Pourtant, nous ne parvenons pas à prouver que l'un d'eux a commis le meurtre. Sans aveux ou témoignages, on est foutus.

— Attends, là, dis-je. Ce ne serait pas à cause de la tribune d'*Aftonbladet* ? Ou de la plainte des avocats ?

Susanne fit un sourire ironique.

— Non. Ce n'est pas nouveau. Depuis des années la Suède essuie des critiques pour ses conditions de détention provisoire, entre autres par le comité contre la torture de l'ONU. Mais bien sûr, cet article ne nous facilite pas la tâche. Les journalistes me harcèlent depuis ce matin. Et pour ce qui est des plaintes des avocats… Je m'en occupe. Mais que ça ne se reproduise pas.

Le silence se fit.

— C'est comme l'affaire Lindome, lança Sture en tripotant son gobelet vide.

— C'est vrai, fit Susanne.

— Pardon ? demanda Nathalie.

Susanne se tourna vers elle.

— Pour faire court : un vieillard a été assassiné à Lindome, pas loin de Göteborg, en 1990. Deux hommes ont été arrêtés, mais se sont accusés mutuellement. Finalement, les deux ont été libérés, le tribunal étant incapable de trancher sur celui qui disait la vérité.

Silence.

— Harry et David ne peuvent-ils pas être renvoyés tous les deux devant le tribunal pour l'assassinat ? s'enquit Nathalie.

Susanne s'assit, balaya la pièce du regard et secoua la tête.

— Non, il faudrait pouvoir prouver qu'il y avait un consensus entre eux et rien ne va dans ce sens.

— Pourrait-on les attaquer tous les deux pour complicité ?

— Non.

— Pourquoi ? demandai-je.

— On partirait du principe qu'ils sont tous les deux coupables, alors qu'il semble plutôt que l'un d'entre eux soit innocent.

Susanne réunit ses divers documents, en fit une pile soigneuse qu'elle rangea dans une pochette cartonnée.

— C'est totalement absurde, dis-je. Ça ne peut pas être si facile de s'en tirer ? C'est d'un homicide dont on parle. Nous *savons* que l'un d'entre eux est coupable.

— Oui, mais nous ne savons pas lequel, répliqua sèchement Susanne.

Elle ferma la pochette en faisant claquer les élastiques et la rangea dans sa sacoche. Elle se leva, lissa son chemisier et fit un signe de tête à Sture.

— Vous avez deux jours. Tâchez d'en faire bon usage.

43

— Me… me… m… ra… ra… rappelle pas.

Le visage de Harry Andersen était écarlate.

— D'accord, dit Pirjo en se penchant un peu en avant. Ce n'est pas grave, Harry.

Je dus me mordre la langue pour ne pas l'interrompre.

Cet interrogatoire était une farce – Harry mentait comme un arracheur de dents et Pirjo le laissait s'en tirer. Cela faisait des heures que nous le cuisinions et avant lui David avait subi le même sort.

Une de nos deux journées cruciales était en train de s'achever.

Pourtant, je ne l'interrompis pas. Je restai de marbre, espérant qu'elle remarquerait à quel point j'étais maître de mes émotions, ce self control que j'agitais devant son nez comme un drapeau blanc. Peut-être y avait-il encore de l'espoir qu'elle puisse me voir comme celui que je voulais être : celui qui ne distinguait pas la personne de ses actes. Celui qui faisait passer la loi avant la justice et qui savait établir une relation constructive avec les suspects.

Isak Saxon ajusta sa cravate.

— Je crois que nous n'arriverons pas beaucoup plus loin que ça, déclara-t-il en joignant les mains sur la table.

Pirjo opina du chef.

— Nous reviendrons demain, dit-elle. Nous parlerons plus avant.

— Mon client n'a rien à ajouter, renchérit Isak. Il est assez clair que ces interrogatoires ne mènent nulle part.

Une fois dans la cage d'escalier, je pris mon courage à deux mains, espérant ne pas paraître trop pressant.

— Ça ne te dirait pas de passer chez moi ce soir ?

Prijo ralentit et m'interrogea du regard.

— Je ne sais pas Manfred. Est-ce vraiment une bonne idée ?

— Je me disais juste que… – je fis quelques pas de côté pour laisser passer un surveillant pénitentiaire – … tu pourrais me donner quelques conseils d'aménagement intérieur, fis-je, regrettant immédiatement mes ineptes propos.

Pirjo fronça les sourcils. Elle avait l'air sincèrement navrée.

— Je ne suis pas très douée pour ça.

Elle souleva son sac à dos avec un petit sourire. Le tissu s'effilochait et une sangle s'était détachée.

— Je n'ai jamais été intéressée par l'apparence des choses, ajouta-t-elle.

Elle arracha d'un coup sec un des fils qui rebiquait de son sac.

— Mais d'accord, je peux passer. Un petit moment. Vers dix-huit heures.

— Parfait.

Les meubles furent livrés vers dix-sept heures. Enfin, des meubles… en l'état, il s'agissait de cartons plats expédiés par Ikea.

J'ouvris un des paquets, une chaise de cuisine, et étalai la notice de montage par terre. J'ouvris le petit sachet plastique scotché à un des pieds de la chaise, sortis les vis, les boulons et la clé Allen.

Je comptai une fois, puis une deuxième. Il manquait une vis, une foutue petite vis.

Dans la cuisine, je contemplai les crevettes disposées dans le plat de service, ouvris la bouteille de vin et me servis un verre.

Je devrais peut-être commencer par un des autres paquets. Peut-être y aura-t-il une vis de trop que je pourrai utiliser pour ces saloperies de chaises ?

Je retournai dans l'entrée, le verre de vin à la main, en avalai une gorgée et le posai par terre. J'observai les autres colis et jetai mon dévolu sur l'un des plus grands.

La table basse pour le salon.

En déballant le plateau de table, je compris qu'il était beaucoup trop petit – mon salon était aussi grand qu'un gymnase et cette table ressemblait plutôt à un meuble taille enfant.

Bizarre… ça avait l'air parfait dans le catalogue.

Malgré ma bévue, je me mis à l'ouvrage, posai le plateau à l'envers, m'agenouillai par terre et commençai à monter les pieds. Ce n'était pas difficile, mais c'était long. Il aurait fallu quatre mains pour tenir tout en insérant les vis dans les trous pré-perforés.

Après avoir fixé le quatrième pied, je retournai la table, m'appuyai doucement sur la surface lisse.

La table tangua et mon regard se posa sur une planche qui restait dans le carton.

Merde !

Je consultai la notice pour découvrir avec surprise que ce second rectangle de bois, une étagère, devait être monté sur les pieds avant de les visser à la table.

On sonna à la porte.

Je me levai péniblement, jurai dans ma barbe et décochai un coup de pied au carton vide qui atterrit un peu plus loin. J'entendis un cliquetis, un bruit de verre brisé – c'était mon verre, éclaté contre le sol. Une flaque jaune d'or s'étalait sur le plancher.

— Désolée, dit Pirjo, je suis un peu en avance.

— Ce n'est pas grave, mentis-je. Entre.

Je fis un pas de côté pour la laisser passer.

— Oups, tu es occupé, à ce que je vois.

Son regard s'arrêta sur les bris de verre.

— Je…

— J'ai horreur de monter des meubles, fit-elle avec une grimace.

Elle posa son sac à dos dans l'entrée.

Je m'empressai de balayer. Pirjo s'accroupit à côté de moi pour me donner un coup de main ; elle posa délicatement les grands éclats au creux de sa main.

Le verre brisé finit dans la poubelle de la cuisine.

Pirjo aperçut les crevettes.

— Tu sais, je passais en coup de vent.

— Ce n'est pas grave, rétorquai-je rapidement – trop rapidement. On peut quand même manger un petit bout.

Elle ne répondit pas tout de suite.

— Je ne peux pas, je suis invitée à dîner... Je n'aurais pas dû venir. C'était bête. Désolée.

Elle attrapa l'éponge et alla dans l'entrée. Je lui emboîtai le pas, la regardai s'accroupir et éponger le vin – son dos fin, ses boucles qui lui tombaient sur le visage. Son bras musclé qui frottait le sol.

Je pensai à sa peau si douce sous mes doigts, à la cicatrice qui courait le long de son sternum.

— Tu n'es pas obligée...

— Ça ne me dérange pas.

Elle se leva, détourna la tête.

— Manfred, je vais y aller.

— Mais... Les crevettes.

Il y avait tant de choses à dire, des milliers de mots qui n'attendaient que d'être prononcés. Le récit de nuits solitaires qui ne semblaient jamais s'achever, du manque qui brûlait dans ma poitrine. Et bien sûr la sensation cuisante d'avoir été injustement traité – n'avais-je pas fait tout mon possible, peut-être ? N'avais-je pas, sans broncher, toléré ses tentatives insensées de communiquer avec les jumeaux Andersen lors de l'interrogatoire d'aujourd'hui ? N'avais-je pas acheté des meubles comme elle l'avait suggéré ? Préparé à manger et acheté du bon vin ?

Mais ces choses-là ne se disent pas, car l'amour n'est pas une marchandise.

Et le manque d'affection est trop honteux pour être nommé.

44

En allant me coucher, je me dis que tout irait mieux le lendemain matin.

Mais la situation ne s'était pas améliorée, bien au contraire. Au réveil, j'avais reçu un SMS d'Alba.

« Je vais vivre chez maman jusqu'à la fin du trimestre. »

« Pourquoi ? » écrivis-je.

« Je ne supporte pas de croiser tes meufs. »

Mes meufs ?

Alba était tombée sur Pirjo, c'est tout. Ce n'est pas comme si j'avais tout un harem à la maison !

En revanche, Hasse avait établi ses pénates chez Beatrice, ce qui ne semblait pas lui poser problème. Visiblement il n'y avait que papa qui n'avait pas le droit d'avoir de liaison.

« On peut déjeuner ou dîner ensemble pour en parler. »

Mon portable bipa un instant plus tard.

« Non. »

Je me tâtai pour appeler Beatrice et lui en toucher deux mots, mais décidai de m'abstenir. Elle était bavarde et je devais me dépêcher de rejoindre la prison pour les interrogatoires qui allaient être déterminants.

Je chassai ma fille de mes pensées.

Aujourd'hui on le coince, me dis-je en enfilant ma veste. J'observai mon reflet dans le miroir, ajustai ma pochette en soie.

Aujourd'hui, on l'épingle.

*

En apercevant Pirjo qui m'attendait à l'entrée de la prison, je compris à son expression que quelque chose clochait. La honte évidente d'avoir été repoussé la veille au soir s'évanouit et je pressai le pas.

— Qu'y a-t-il, Pirjo ?

— C'est David Andersen. Il a été hospitalisé. Son asthme s'est aggravé, ils ont été obligés de l'emmener ce matin.

— Allons bon !

Je saisis ma collègue par le bras et l'attirai dehors, dans le froid matinal de l'automne.

— J'ai besoin d'une clope.

Je sortis le paquet qui avait migré de sa cachette à la maison vers ma poche intérieure de veste.

Pirjo suivit du regard ma main qui attrapait une cigarette, la portait à ma bouche, l'allumait.

— Je ne savais pas que tu fumais.

— Je ne fume pas.

Elle serra son manteau contre elle, se plaça dos au vent et leva les yeux vers le ciel noir, de mauvais augure.

— Quand revient-il ?
— Je crois qu'ils ne le savent pas.
— Alors on commence par Harry.
— Oui.
Elle se tut et repoussa quelques feuilles mouillées du bout de la chaussure.
— Comment on s'organise ? demanda-t-elle.
— Laisse-moi mener cet interrogatoire.

Harry Andersen paraissait malade – son visage était blême et luisant de sueur, son regard fiévreux. Il avait une main posée sur le ventre, comme s'il souffrait. De l'autre, il se massait la nuque.

Isak Saxon était aussi élégant et calme que d'ordinaire. Il affichait une mine renfrognée, un brin abattue, comme pour communiquer l'inutilité de cet interrogatoire.

— Harry, dis-je. Je sais que tu adorais Bonnie. Que tu lui voulais du bien.

Le garçon cessa de se masser la nuque. Sa main se posa sur ses genoux et il regarda fixement la table.

— *Hmm*.

— Tu estimes que la personne qui l'a tuée mérite d'être sanctionnée, j'en suis sûr.

Il acquiesça d'un hochement de tête.

— Ça n'a pas dû être facile de grandir avec un frère comme David. Les choses étaient si simples pour lui, non ? L'école, les copains… ces mêmes choses pour lesquelles tu devais te battre.

Harry s'agitait sur sa chaise. À la lueur des néons, des perles de sueur scintillaient à la racine de ses cheveux.

— Je ne… ne… ne me sens pas b… bien.

— Je le comprends. Toutes ces années dans l'ombre de David. Tu as été obligé d'entendre à quel point il était génial, intelligent. Personne ne t'a jamais remercié de ce que tu as fait pour lui.

— Je…

— Et quand Bonnie t'a choisi, il ne l'a pas supporté. Il ne pouvait pas te laisser avoir ça.

Harry ne répondit pas, mais sous ses longs cils noirs il me sembla voir des larmes.

— Tu n'as plus besoin de le protéger. Tu peux nous raconter ce qui s'est passé cette nuit-là. Pour Bonnie. Pour toi. Tu mérites mieux que ça. (Je balayai la pièce de la main.) Tu as toute la vie devant toi, Harry. Tu n'as pas à mentir pour David.

Harry se leva d'un bond, s'agrippa à la table des deux mains et l'espace d'un instant, je crus qu'il allait la renverser. Il avait les yeux écarquillés, comme un animal sauvage.

Puis, il vomit. Une cascade de liquide vert se déversa de sa bouche, déferla sur la table et dégoulina sur mes jambes.

*

Armé d'une serviette en papier, j'essayais d'essuyer mon pantalon de costume. Je finis par sortir des toilettes.

Les taches avaient disparu, mais la puanteur flottait encore, comme un rappel de l'interrogatoire raté et de ma misérable existence.

Pirjo m'attendait devant la porte.

— Alors ?

— Fait chier ! Je dois rentrer me changer. On prend quelques minutes pour débriefer ?

— Bien sûr.

Je lui emboîtai le pas dans la salle de conférences.

Pirjo laissa glisser son regard sur les photos au mur.

— Susanne Bauer avait raison. On est foutus.

— Je ne compte pas abandonner.

Elle secoua lentement la tête.

— Personne n'a dit qu'il fallait abandonner, mais nous n'arriverons pas à tirer quoi que ce soit des jumeaux aujourd'hui. Et sans éléments techniques, témoignages ou…

— Je ne compte pas abandonner.

Elle fronça les sourcils, ôta ses lunettes, les posa sur la table et passa le doigt sur la petite marque rouge qu'elles laissaient à la racine de son nez.

— Qu'est-ce que tu entends par là, exactement ?

— On a dû passer à côté de quelque chose.

— Quoi, par exemple ?

Je haussai les épaules.

— On pourrait interroger d'autres personnes ?

— Manfred, *arrête*, chuchota-t-elle. Nathalie et ses collègues ont interrogé tout le monde. Les voisins, les amis, les enseignants. Nous avons parlé avec les parents de Bonnie et tous les invités à la fête. Il n'y a personne d'autre à convoquer.

— On peut toujours convoquer plus de gens.

— Mais ce n'est pas juste, pas éthique. Ce serait peut-être même illégal de tromper la procureure et la cour en affirmant que nous avons d'autres personnes à interroger.

— Pas juste vis-à-vis de qui ? demandai-je en fixant l'image pâlie de Bonnie qui pendait au mur.

45

Oui, je voulais que justice soit faite.

Je voulais rendre justice à l'adolescente qui ne fêterait jamais ses dix-huit ans, elle qui ressemblait tant à ma fille. Je voulais donner à sa famille la seule chose qu'on pouvait leur proposer : la vérité sur ce qui était arrivé à leur fille ce soir-là.

C'était bien sûr une mission très complexe, plus qu'elle n'y paraissait.

J'avais horreur de l'échec, depuis toujours. Je savais aussi qu'un des jumeaux était coupable, qu'ils allaient se mettre à parler – ce n'était qu'une question de temps.

Arrivé chez moi, je me débarrassai de mon costume souillé, le pliai soigneusement et le plaçai dans un sac plastique – inutile d'essayer de le nettoyer avec du savon, je l'amènerais au pressing. Après une douche, j'enfilai un jean et une chemise, m'assis avec l'ordinateur sur les genoux et passai en revue l'enquête préliminaire.

Pirjo avait raison, l'investigation était minutieuse. Rien à dire sur l'analyse du lieu du crime ni de l'autopsie.

Nathalie et ses collègues avaient déjà interrogé la moitié de la commune.

Je fis défiler les procès-verbaux d'interrogatoire – des camarades de classe des jumeaux, des enseignants, des employés de la station-service où Harry travaillait quelques heures par semaine.

Rien d'intéressant.

Je m'appuyai contre le dossier du canapé et fermai les yeux.

Un souvenir du premier interrogatoire de David refit surface. Son expression choquée quand il avait appris qu'il resterait en détention provisoire et ses mots : « *Je ne peux pas rester, j'ai un tournoi d'échecs demain.* »

Je cherchai parmi les interrogatoires une nouvelle fois sans rien trouver. Les doigts tremblants, je sortis mon portable pour appeler Nathalie.

— Salut Manfred. J'ai une réunion dans cinq minutes. C'est rapide ?

— Oui. J'ai besoin de ton aide pour obtenir un nom et un numéro de téléphone.

*

Manne Ljungstedt répondit à la deuxième sonnerie. Sa voix était claire et mélodieuse, presque féminine.

Je me présentai, expliquai la situation et demandai s'il avait quelques minutes à me consacrer.

Il n'avait pas l'air étonné de mon appel, au contraire.

— Je me doutais que vous m'appelleriez. Nous avons passé beaucoup de temps ensemble, David, moi et les autres jeunes du club d'échecs.

— Comment pourriez-vous le décrire ?

Il hésita un instant.

— Très, très intelligent. Avec une bonne vision stratégique. En tout cas dans les échecs.

— Quand vous voyiez-vous ?

— Les mercredis et les dimanches. Nous nous sommes vus le vendredi cette semaine-là. C'est-à-dire la veille du jour où Bonnie a été… Où elle est morte.

Sa voix claire s'éteignit.

— Comment était-il à ce moment-là ?

— David ? Comme d'habitude. Un peu stressé, peut-être ?

— Stressé ?

Manne se racla la gorge.

— Eh bien… Je ne sais pas si vous connaissez bien David, mais il y a beaucoup de choses qui le stressent.

— Quoi par exemple ?

— Tout, répondit-il d'une voix douce. L'école, les tournois d'échecs, ce genre de choses.

*

Sture répondit immédiatement à mon coup de téléphone.

— Quoi ?

— On a oublié d'interroger le coach d'échecs de David. Je viens de lui parler, il m'a dit qu'il avait l'air stressé la veille du jour où Bonnie a été assassinée.

Sture émit un son guttural.

— Ce n'est pas croyable !

— Il va falloir qu'on le convoque. On devrait parler aux autres jeunes du club aussi.

— J'appelle Susanne Bauer de ce pas. Ça devrait suffire pour prolonger la détention provisoire.

LYKKE

Aujourd'hui

46

Manfred semble se rabougrir sur la chaise face à moi – ses larges épaules s'abaissent.

Un rayon de soleil pénètre par la petite fenêtre à barreaux, scintille en rencontrant sa montre et projette un reflet sur le mur à côté de moi.

— Lykke, dit-il lentement. C'était il y a des années.

— Oui, près de huit ans. Quatre-vingt-dix mois. Près de trois mille jours.

Il fait tourner le stylo entre ses doigts boudinés, sans répondre.

— Pendant tout ce temps, nous avons dû vivre avec ce que vous avez fait.

Il pose son stylo, le place parallèlement à la table et me regarde dans les yeux. Les siens sont fatigués, ce sont les yeux d'un vieillard.

— Harry et David ont été libérés, déclare-t-il. Lavés de tout soupçon.

— Au bout de deux mois et demi.

Il hausse les épaules.

— Ce n'est pas si long. Beaucoup de suspects restent plus longtemps que ça. C'est comme ça que fonctionne le système judiciaire.

— Et vous Manfred, vous savez mieux que quiconque manipuler ce système.

Il se tortille, passe une main dans ses cheveux grisonnants.

— C'est faux, conteste-t-il, sans avoir l'air convaincu. Je ne comprends pas pourquoi vous vous êtes mis en tête que je…

— Non, bien sûr que vous ne comprenez pas. Comme il n'y a pas eu de procès, l'enquête préliminaire n'a jamais été rendue publique. Mais j'ai mené ma propre enquête. J'ai parlé avec les garçons, comparé leurs versions. J'ai même consulté un expert juridique, donc je sais de quoi je parle. Vous les avez manipulés. Et vous avez ralenti la procédure pour les garder en détention.

Il ne répond pas.

— Deux enfants ! Vous n'avez pas honte, Manfred Olsson ? Deux garçons, enfermés dans une cellule, sans droit de visite. Apeurés, malades. Et quand ils sont rentrés… Que croyez-vous qu'il soit arrivé ?

Il fronce les sourcils, affiche une expression de douleur.

— Vous pouvez me raconter.

— Je vais le faire, rétorqué-je en pensant aux lignes que j'avais rédigées ce matin.

La joie enivre, elle traverse le corps, le prend d'assaut comme une fièvre.

Mes enfants vont rentrer, pour l'instant, c'est la seule chose qui m'importe. Bien sûr qu'il y aura des épreuves. Bien sûr qu'ils iront mal, l'inverse serait étrange, non ? Ils ont été enfermés pendant des mois, à supporter des traitements inhumains, à souffrir de manière inimaginable.

Je me dis que tout ce dont ils ont besoin c'est de temps et d'amour. De mon amour, le seul amour qui compte vraiment.

Je dois pouvoir les guérir, non ? Après tout, je suis leur mère.

LYKKE

Huit ans plus tôt

47

Le jeudi vingt et un novembre, David et Harry sont sortis de détention provisoire.

J'étais dans la cuisine à travailler sur un manuscrit quand le téléphone de Gabriel avait sonné. Il avait répondu dans son bureau, à l'étage – je n'entendais pas ce qu'il disait, mais quelques minutes plus tard il était descendu en courant, portable à la main, cheveux hirsutes, joues écarlates.

Je ne l'avais pas vu aussi gai depuis des mois. Ou plutôt, pour être honnête, pas depuis la dernière visite de Jujje.

— Quoi ? demandai-je en repoussant la pile de papiers.

— Ils sortent ! (Mon cœur bondit dans ma poitrine.) Je viens de parler avec Jessica Sund, expliqua-t-il en me tirant pour que je me lève. Les garçons ont été blanchis !

Il posa son portable sur la table, me prit dans ses bras et me fit tournoyer.

— Ils sont libres ! poursuivit-il. Ils rentrent à la maison, Lykke. Tous les deux !

J'avais tant de questions, mais je n'arrivais pas à en formuler une seule. Je fondis en larmes.

— Ne pleure pas, ma chérie. Ne pleure pas. C'est fini.

Il me reposa par terre, embrassa mes joues humides.

— Qu'est-ce qui s'est passé ? fis-je entre les sanglots.

Gabriel m'attira dans la salle à manger et me fit m'asseoir sur le canapé. Il s'assit tout contre moi, posa les pieds sur la table basse et appuya la tête contre un vieux coussin.

— Si j'ai bien compris les explications de Jessica, il s'agit plutôt de ce qui ne s'est *pas* passé. Ils n'ont simplement pas assez de preuves contre eux.

— Alors ils n'ont pas arrêté quelqu'un d'autre ?

Il secoua la tête et contempla le plafond. Un instant plus tard, il se mit à arpenter la pièce.

— Enfin ! Nous allons de nouveau être une famille. N'est-ce pas merveilleux ?

— Si, répondis-je, car bien sûr, c'était merveilleux.

Cela faisait plus de deux mois que j'attendais ce jour.

Que je l'espérais, effrayée par ce qui pouvait arriver – que les deux ou l'un, du moins, reste derrière les barreaux et les murs en béton.

Gabriel s'immobilisa au milieu d'un pas. Il leva les bras vers le plafond comme s'il voulait le toucher du bout des doigts.

— Merci mon Dieu, marmonna-t-il.

— Oui, merci mon Dieu.

*

Le soir même, nous sommes allés les chercher à Stockholm.

Il faisait noir, une pluie froide de novembre tombait sur la ville. Les passants se hâtaient sous des parapluies colorés, mais nous avions bien sûr oublié le nôtre – notre empressement était bien trop grand pour penser à des choses pratiques.

Nous allions récupérer nos enfants, c'était presque aussi grandiose que le jour de leur naissance, près de dix-huit ans plus tôt.

David arriva en premier. J'eus un choc en le voyant. Il était tellement maigre que j'avais du mal à le reconnaître. Ses cheveux semblaient emmêlés et je distinguais une grande marque rouge à la commissure de ses lèvres.

Il marchait à pas mal assurés, les yeux rivés sur l'asphalte noir et humide.

— David !

Je m'élançai à sa rencontre.

Il s'arrêta, me regarda, baissa la tête et continua à marcher dans ma direction sans ciller.

Je me jetai dans ses bras, serrai contre moi ce corps amaigri.

— Mon amour, mon enfant chéri !

— Bonjour, fit-il en se dégageant.

Je caressai son visage, suivant la ligne de ses sourcils blonds, de sa mâchoire anguleuse. J'essuyai quelques gouttes de pluie sur son nez pâle, inspectai l'eczéma à la commissure des lèvres.

Il me laissait faire, mais fixait un lampadaire quelques mètres plus loin.

J'effleurai sa peau rouge et irritée au bord des lèvres.

— Qu'est-ce que tu as ici ?

— Une sorte d'infection. À cause de l'inhalateur, trop de cortisone. C'est ce qu'on m'a dit à l'hôpital. On m'a donné une crème.

Gabriel s'approcha, serra David dans ses bras et ébouriffa ses cheveux sales.

— C'est tellement bon de te revoir, mon pote.

Il l'embrassa sur le front. David grimaça.

— Harry devrait arriver d'un moment à l'autre. Tu veux l'attendre ici ou dans la voiture ?

David se figea, nous tourna le dos et s'éloigna d'un pas décidé.

— David ! m'exclamai-je. Mais qu'est-ce que tu fais ?

Il ne répondit pas, mais ralentit le pas.

— Viens ! fit Gabriel.

David s'arrêta, fit volte-face et nous regarda.

— J'attends dans la voiture.

Harry apparut une demi-heure plus tard. Il n'avait pas l'air aussi émacié et épuisé que son frère, mais son regard avait changé. Il était devenu sombre et fuyant.

Après les embrassades et les inévitables larmes, nous nous sommes dirigés vers la voiture. La pluie s'intensifia. Nous avons accéléré le pas, enjambant les flaques d'eau, évitant les petites cascades qui s'étaient formées sous les gouttières.

Harry ouvrit la portière côté passager, se pencha pour entrer et se figea en apercevant son frère.

— Allez, viens, suggérai-je.

Il tourna la tête.

— Je peux prendre le train.

— Dis pas de conneries, maugréa Gabriel en essuyant son front mouillé de pluie.

— Harry, s'il te plaît.

Avec un haussement d'épaules, il s'assit dans la voiture sans saluer David. Nous prîmes la direction de la maison, la pluie battait les vitres, je parlais sans discontinuer, disant à quel point nous avions été inquiets, que nous étions heureux que la police et la procureure prennent enfin conscience de leur innocence. Je leur dis qu'Olof, Tuss et Jujje étaient venus nous voir avec à manger et à boire et que j'avais claqué à porte au nez à une journaliste impertinente.

— Quoi qu'il en soit, tout va s'arranger maintenant. On savait qu'ils finiraient par vous lâcher, mais on ne savait pas quand.

Ni David ni Harry ne répondirent.

Au volant, Gabriel me jeta un coup d'œil furtif. Dans son regard je devinais l'inquiétude, celle que je ressentais moi aussi. Mais nos réactions étaient différentes – il sombrait dans le mutisme tandis que je devenais de plus en plus loquace.

— J'ai fait des lasagnes, annonçai-je.

Les garçons ne répondirent pas. Je continuai :

— Vous pourrez même prendre un verre de vin si vous voulez.

Pas de réaction.

À la maison, Harry prit ses affaires, les fourra dans un sac de sport qu'il balança sur son épaule.

— Je m'installe dans le cabanon du lac.

— C'est ridicule, fit Gabriel, mais Harry s'était déjà éloigné dans l'obscurité.

David regarda vers la fenêtre noire.

— Je prends le canapé, déclara-t-il.

Il marcha lentement vers le salon et s'étendit sur le ventre sur le vieux meuble en velours.

Gabriel et moi restâmes plantés dans l'entrée. Les lasagnes attendaient sur la cuisinière, couvertes de papier aluminium.

Gabriel me caressa le dos.

— Ça va passer, murmura-t-il.

48

Gabriel se trompait.

Cela ne passa pas. Mes enfants n'avaient pas juste attrapé un rhume. Ce n'était pas un petit malentendu, une petite injustice sur laquelle ils étaient prêts à passer l'éponge.

Les jours passèrent, les semaines, sans que Gabriel et moi ne parvenions à surmonter l'abîme insondable qui séparait nos deux fils.

David se levait aux aurores, peu avant six heures – pour une seule raison d'après moi : éviter son frère qui prenait son petit déjeuner plus tard. David se douchait dans la maison principale, Harry dans le sauna. Ils refusaient de dîner ensemble – Harry emportait son plat dans le cabanon du lac. Quand il avait fini, il déposait son assiette, ses couverts et son verre devant la porte d'entrée, sur la terrasse, comme un mendiant, et disparaissait sans dire ni merci ni bonne nuit.

Ils allaient au lycée, mais personne ne savait ce qui s'y passait. À mon avis, ils ne s'adressaient pas plus la parole là-bas qu'ici.

*

Un matin alors que les garçons venaient de partir – en décembre sans doute –, j'ai décidé d'en parler avec Gabriel. Nous nous promenions dans la forêt – le sentier était à peine visible dans la pâle lumière du levant qui filtrait à travers les cimes. Le sol était couvert de givre et les grandes racines qui coupaient le chemin étaient glissantes.

— Il faut qu'on fasse quelque chose, dis-je. Tu ne peux pas parler à David ? Il t'écoute, toi.

C'était vrai – Gabriel était un modèle pour lui. Je crois que son père incarnait tout ce qu'il aspirait à devenir : intellectuel, créatif, auteur adulé. Et – par-dessus tout – Gabriel reconnaissait les efforts de son fils pour devenir comme lui.

Gabriel acquiesça d'un air peiné.

— Qu'est-ce qu'il y a ?

— Je peux essayer.

— Tu crois que c'est peine perdue ?

Gabriel grimaça et s'immobilisa devant un grand sapin. Il passa la main sur une branche blanche de givre, détacha quelques aiguilles.

— Je n'arrive à rien en ce moment.

— Comment ça ?

Il effrita les aiguilles entre le pouce et l'index.

— Je suis incapable d'écrire.

Je contemplai la forêt, inspirai profondément, m'efforçant de dissimuler mon agacement. Gabriel victime du syndrome de la page blanche ? Ça tombait à pic. Juste au moment où notre vie était de nouveau chamboulée.

— Mais si, je sais que tu en es capable.

Les périodes de doute et d'auto-apitoiement faisaient partie du processus de création de Gabriel, ça avait toujours été comme ça. Il suffisait d'attendre que ça passe.

Il secoua la tête.

— Non, c'est impossible. Je ne sais pas si c'est à cause de tout ce qui s'est passé, mais je n'arrive plus à trouver ma voix.

Il me fit face.

— Dans ma tête, c'est silence radio, Lykke. Silence radio.

*

Ce soir-là, j'essayai de parler avec Harry. J'avais déjà tenté, bien sûr, plusieurs fois même, mais j'avais reçu comme seule réponse des grognements. Le seul qui parvenait à communiquer avec lui, c'était Jujje. Ils discutaient des heures à voix basse chaque fois que notre ami passait à la maison.

J'ignore de quoi ils parlaient. Lorsque je demandais à Harry, il répondait « rien de spécial » et quand je demandais à Jujje, il fronçait les sourcils et affirmait que c'était dur pour Harry et qu'il avait besoin de se confier.

— On ne peut pas continuer comme ça, déclarai-je, m'asseyant sur le bord du lit dans le cabanon du lac.

Harry, allongé entre les draps, portable à la main, me décocha un coup d'œil sans répondre. Ses doigts se déplaçaient avec agilité sur les lettres. Je passai la main sur la couverture sale et humide.

— Tu ne peux plus vivre ici, Harry. Les températures vont bientôt descendre au-dessous de zéro, cette maison n'est pas isolée, les radiateurs ne pourront pas la chauffer.

— Je m'en fous.

— Pas pour longtemps. Il va faire un froid de canard ici.

Harry pinça les lèvres, continua à pianoter sur son téléphone.

— Bon. Je ne suis pas idiote, je comprends bien que c'est à cause de David. Alors, installe-toi dans la stuga. David habite dans la maison principale.

Harry posa sur moi un long regard insondable.

— Bonnie y est morte.

Je fermai les yeux.

— On doit tous passer à autre chose.

— David a tué Bonnie dans la stuga, déclara-t-il en baissant son portable. (Il se laissa tomber sur la couverture.) Et il a dit aux flics que c'était moi.

J'hésitai.

— Je ne peux pas le croire.

— Si. Les f… fli… flics l'ont dit. Bien sûr qu'ils ont cru que c'était moi. David est la per… perfect… perfection incarnée. Tout le monde le croit toujours.

J'étais comme anesthésiée lorsque je suis remontée vers la maison principale dans le noir. Le vent glacial s'engouffrait dans mes cheveux, mes chaussures s'enfonçaient dans la boue du pré, mais je le sentais à peine.

David avait-il accusé Harry ?

Je ne pouvais y croire. Bien sûr, David était rusé ; j'imagine qu'il pouvait faire des conneries à l'école et s'en tirer en un tournemain. Mais il avait toujours protégé son frère, l'avait sauvé de bien des mésaventures.

Une autre pensée se faufila dans mon esprit, une pensée que j'avais repoussée depuis que les garçons étaient rentrés – que l'un d'entre eux puisse véritablement être impliqué dans la mort de Bonnie, qu'il n'y avait pas d'autre explication.

Et si David avait dit la vérité ? S'il savait quelque chose, qu'il avait entendu Harry et Bonnie et…

Je m'arrêtai net, tombai à genoux sur le sol froid, enfonçai les mains dans la boue glaciale, creusai jusqu'à avoir des racines de gazon entre les doigts et je hurlai.

Le vent emporta mon cri, l'engloutit en un instant.

Je me relevai, car c'est ce que font les mères, non ?

On se relève, malgré les coups. On continue, on essaie encore, de toutes les manières possibles.

On le fait pour ses enfants.

Après m'être lavée, je suis allée voir David – l'incertitude m'était insupportable et je n'avais plus la force d'attendre que Gabriel ait le courage de lui parler.

David était assis sur le canapé du salon avec un livre, les jambes croisées sur la table basse, la tête reposant sur une couverture pliée. La trace rouge à la commissure des lèvres avait presque disparu.

— Qu'est-ce que tu lis ? demandai-je en jetant un coup d'œil à la bibliothèque débordante de livres.

David me montra la couverture. *À l'est d'Éden*, de John Steinbeck.

Un frisson me parcourut l'échine.

Un classique sur deux frères – jumeaux, même – qui se haïssent et se disputent l'attention de leur père. Le récit trouve son origine dans l'histoire de Caïn et Abel de l'Ancien Testament – à laquelle je refusais de penser puisqu'elle s'achevait par la mort d'Abel de la main de son frère.

Steinbeck n'est pas le seul à avoir puisé dans cette légende biblique. Elle a aussi inspiré d'autres grands noms de la littérature. Shakespeare, lord Byron, Miguel de Unamuno et la Suédoise Marianne Fredriksson.

— Pourquoi ce livre ?

David haussa les épaules.

— Il était au sommet de la pile.

Il montra du doigt un tas de livres qui s'élevait sur un vieux guéridon.

Je m'assis à côté de lui.

— Il faut qu'on parle. Je veux que tu m'avoues la vérité.

— Bien sûr.

— D'après Harry, tu as dit à la police qu'il avait tué Bonnie.

David posa le livre sur son ventre, porta la main à la commissure de ses lèvres, arracha une petite croûte. Une gouttelette de sang apparut sur sa peau blême.

— C'est faux. C'est l'inverse.

— Comment ça ?

— Harry leur a balancé que j'étais coupable.

Je réfléchis, cherchai dans le visage de mon fils des signes de mensonge, mais il affichait la même expression que d'ordinaire : ses yeux bleus croisaient les miens sans ciller, sa voix ne tremblait pas, il semblait détendu.

— Si je comprends bien, tu n'as jamais déclaré que Harry était coupable ?

Il secoua la tête.

— Jamais.

Silence.

— Mais j'ai dit quelque chose comme « je n'ai pas touché Bonnie donc si c'est l'un d'entre nous, c'est forcément Harry ».

Notre conversation s'était plus ou moins arrêtée là, mais les discussions avec David et Harry avaient planté une graine en moi.

— Ils se sont rejeté la faute pendant les interrogatoires, expliquai-je à Gabriel le soir, dans le lit.

— Ça ne m'étonne pas.

Je réfléchis un instant à la manière de formuler mes pensées avant de poursuivre :

— Je crois que la police a utilisé ça.

Gabriel posa son livre et se tourna vers moi.

— Comment ça, utilisé ?

— Eh bien, ils ont fait croire à Harry que David l'avait dénoncé et inversement. J'imagine ces interrogatoires ! Ça a dû être terrible.

Gabriel garda le silence un long moment.

— Ça doit être interdit, non ?

— Sans doute. On devrait peut-être porter plainte ?

— Oui… mais il faut qu'on sache exactement quels propos ont été tenus pendant ces interrogatoires. Tu crois qu'on peut avoir accès aux PV ?

Je serrai la couette contre mon corps – la nuit s'annonçait glaciale. Le givre dessinait déjà des motifs sur les vitres, et les rideaux se gonflaient dans le courant d'air.

— Je ne crois pas. Les procès-verbaux d'interrogatoire ne sont pas publics.

Gabriel se leva du lit, marcha jusqu'à la fenêtre, baissa le store et posa une main sur le radiateur.

— Peut-être qu'il vaut mieux ne pas chercher la petite bête ?

— Pourquoi ?

— Je ne sais pas. Imagine s'ils découvrent un nouvel élément. Imagine si tout recommence.

Il revint vers le lit, se glissa auprès de moi et éteignit la lumière. Je fixai l'obscurité, écoutai le vent siffler le long des murs de la maison.

— Mais alors on ne saura jamais…

— On devrait peut-être tourner la page. C'est peut-être la seule manière pour nous de redevenir une famille.

— Je veux qu'on redevienne une famille.

Il se blottit contre moi, effleura mon sein, laissa glisser sa main vers mon sexe. Sa caresse était si légère, presque distraite, mais elle éveilla quelque chose en moi.

— Moi aussi, renchérit-il.

S'appuyant sur son coude, il m'embrassa la joue.

Je roulai sur le dos, l'attirai vers moi.

— On est fous, lançai-je. La vie est un enfer et nous…

— Chuut, murmura-t-il, et il monta à califourchon sur moi.

49

Gabriel avait sans doute raison, nous devions aller de l'avant, essayer d'oublier.

Mais tant de choses étaient impossibles à oublier – le rire de Bonnie, son entêtement, son audace… Elle aurait pu faire ce qu'elle voulait dans la vie, si cette dernière ne lui avait pas été arrachée. La proximité évidente de David et Harry, qui s'était changée en silence glacial. Et enfin, ma confiance en mes fils, à jamais mâtinée de doute et de méfiance.

Comment pouvais-je les aimer quand l'un d'entre eux avait tué Bonnie ?

Comment les haïr quand l'un d'entre eux était innocent ?

Le problème était apparemment insoluble.

Mais très vite nous eûmes des questions plus concrètes à régler. Quelques jours après ma conversation avec Gabriel, la professeure de suédois des garçons téléphona. Elle s'excusa de nous déranger et expliqua qu'elle voulait parler des absences de Harry.

— Des absences ?

Je me sentis idiote. Moi qui croyais que mes deux fils avaient été assidus depuis leur sortie de détention !

— Harry n'est quasiment pas venu du trimestre.

— Je ne comprends pas. Depuis qu'ils sont sortis de…

— David a été assidu, répondit-elle rapidement, comme si elle voulait m'épargner de prononcer le mot « détention ».

Je soupirai. Je n'étais pas vraiment surprise. Ils refusaient de se regarder ici, pourquoi accepteraient-ils de passer la journée dans la même salle de classe ?

— Je vais lui parler. Il ne va pas très bien en ce moment.

— Je comprends.

— Comment ça se passe pour David ?

Elle ne répondit pas tout de suite.

— Il n'a aucun problème avec le travail scolaire. Il n'a jamais eu de difficultés. Mais il est en retrait et n'a pas l'air de vouloir passer du temps avec ses camarades.

Elle se tut.

— Peut-être qu'il lui faut plus de temps ?

— Oui, peut-être. Le temps guérit la plupart des blessures.

C'étaient des conneries, bien sûr – le temps ne guérit pas les blessures, ce sont les personnes qui le font. Et seulement si elles ont décidé de le faire. Pardonner et passer à autre chose est un acte conscient, un choix, si l'on veut.

Ce n'est pas quelque chose qui arrive seulement parce que le temps passe.

Il s'avère que Harry et David ne voulaient pas guérir leurs blessures, ils étaient bien trop occupés à les raviver.

— Harry, fis-je ce soir-là lorsqu'il vint chercher son dîner.

— *Mmh*, répondit-il en emplissant son assiette de boulettes de viande et de pommes de terre.

Son regard s'arrêta sur un livre posé à côté de la corbeille à pain : *Crime Fiction and the Locked Room – The Rise and Fall of a Literary Genre.*

— Qu'est-ce que c'est ? demanda-t-il.

— Rien. Juste un essai.

— Je peux l'emprunter ?

En temps normal, Harry ne lisait pas beaucoup. Je l'aurais encouragé, mais il s'agissait d'un ouvrage universitaire aride listant tous les livres sur le mystère de la chambre close.

Je n'avais pas eu la force de le terminer, mais j'avais tout de même engrangé certaines informations, notamment que le genre avait connu son âge d'or entre 1920 et le début de la Deuxième Guerre mondiale, que le maître du genre était John Dickson Carr et que la plupart des auteurs venaient du Royaume-Uni.

— Tu peux le prendre, mais je doute qu'il te plaise.

— Hmm, fit-il en glissant le livre sous son bras.

— Harry, pourquoi tu sèches les cours ?

Il lança un long regard vers l'entrée, comme s'il craignait que son frère ne débarque.

— Parce que je… j'arrive plus à encaisser.

— Mais enfin, Harry. Qu'est-ce que tu fais de tes journées ?

— Rien de spécial.

— C'est-à-dire ?

— Je vais au café. Ou à la bibliothèque.

Je soupirai.

— C'est difficile pour toi, je le comprends. Mais si tu ne vas pas en cours, tu n'auras pas les notes pour poursuivre tes études.

— Je ferai une formation pro… professionnelle.

Je ressentis une vive frustration. Un peu trop vive.

— Tu gâches ton avenir !

— Quel avenir ? rétorqua-t-il les yeux baissés sur son assiette.

Il attrapa le ketchup, se servit libéralement.

— Tu plaisantes ? Tu ne comprends pas la chance que tu as ? Bonnie est morte. David et toi étiez à ça de finir derrière les barreaux.

Je levai une main, plaçant le pouce à un centimètre de l'index.

— Tu ne comprends rien, marmonna-t-il, puis il saisit son assiette et fourra une canette de Coca dans la poche de son jogging.

— Chéri !

Je fis un pas vers lui, lui caressai les cheveux.

Il se déroba, me tourna le dos.

— Je redescends.

*

Quelques jours plus tard, un soir, Olof vint nous rendre visite. Avec une surprise.

J'étais dans la cuisine à essayer de comprendre où étaient passés tous les biscuits aux épices lorsqu'une voiture klaxonna.

— C'est Olof et Signe, annonça Gabriel en entrant dans la cuisine.

— Où sont passés les biscuits ? m'enquis-je en passant une main sur une étagère vide. Et qui est Signe ?

— À ton avis ? Je parie que c'est Harry. Et Signe est ma nouvelle éditrice.

Je sortis du garde-manger en fermant la porte derrière moi.

— Et Tuss alors ? Qu'est-ce qui s'est passé ?

— Ce qui se passe toujours, rétorqua-t-il, dos à moi. Elle me trouvait lourd et dictatorial. Et puis elle a reçu une proposition de Bonnier.

Il se dirigea vers l'entrée, je lui emboîtai le pas.

On entendit des pas dans l'escalier menant à la terrasse, puis des coups à la porte.

Gabriel ouvrit.

— Salut ! dit Olof en entrant avec deux sacs à la main.

Il était suivi d'une femme blonde et menue en jean baggy et veste en cuir rouge.

— Signe, fit-elle en souriant.

Elle me serra la main. Je la saluai. Elle semblait à peine plus âgée que Harry et David.

Dans la cuisine, Olof entreprit de déballer ses paquets et nous parla des mets qu'il avait apportés.

— Détrompe-toi, expliqua-t-il à Gabriel. Ce n'est pas du poulet, mais du chapon, un coq castré.

— Et pourquoi on va castrer ces pauvres coqs ? s'enquit Gabriel.

— La viande devient beaucoup plus grasse et…

Je me tournai vers Signe.

— J'ignorais que Tuss était partie. En fait, je travaille aussi pour la maison, mais je ne suis pas très souvent au bureau. Je bosse principalement de chez moi.

En réalité je travaillais presque uniquement chez moi depuis la mort de Bonnie. Je partais du principe que Signe connaissait la situation, mais je n'avais aucune envie d'en parler.

Elle sourit et replaça une barrette qui maintenait ses cheveux fins.

— J'ai commencé hier.

— Super. Qu'est-ce que tu faisais avant ?

— J'ai travaillé quelques années comme éditrice free-lance. Avant ça, j'ai fait des études de littérature et d'écriture.

Le four à micro-ondes sonna.

— Tellement dommage de réchauffer d'aussi bons plats au micro-ondes, déplora Olof en soulevant le plat accueillant le poulet qui n'était pas un poulet.

Le chapon était excellent, le vin qu'Olof avait apporté était tout aussi exceptionnel – apparemment les vignes poussaient sur un versant peu incliné, exposé au sud, dans un sol minéral de la vallée de la Loire.

— Non merci, protesta Olof lorsque Gabriel tenta de remplir de nouveau son verre. Je prends le volant ce soir. Et j'ai un précieux colis avec moi.

Il tapota la tête de Signe qui affichait un sourire froid.

— Alors, comment ça se passe avec le manuscrit de Theodor Broman ? m'interrogea Olof.

— Bien. Un peu trop bien, peut-être.

Olof leva un sourcil, ôta ses lunettes et expira sur les verres.

— *Trop* bien ?

— Il a presque fini. Mais il y a un truc qui cloche. Le texte est trop soigneux, le ton est différent. Je dois dire que je ne reconnais pas sa voix.

Olof frotta ses lunettes contre son pantalon en velours côtelé.

— Alors tu penses que… ?

— Oui. J'en suis sûre. Mais ça ne ferait pas de mal d'avoir un deuxième avis. Tu as le temps ?

— *Hmm*, fit Olof.

Il remit ses lunettes, passa la main sur son front dégarni.

— Je ne suis pas sûr qu'il faille creuser … tant que le livre est prêt à temps. Et qu'il tient la route.

Il esquissa un geste de la main.

Signe avait suivi notre conversation en silence, mais j'étais sûre qu'elle en avait saisi chaque mot et qu'elle avait suffisamment de tact pour s'abstenir de toute question ou commentaire.

— Comment ça se passe pour toi ? interrogea Olof avec un mouvement de tête vers Gabriel.

— Eh bien… je crois que j'arrive enfin à mettre un peu d'ordre dans mon manuscrit, mais ça n'a pas été facile.

Olof marmonna une réponse vague, il savait aussi bien que moi que Gabriel pouvait tomber dans un trou noir pendant l'écriture, un trou d'où il pouvait sortir, certes, ce qui ne le rendait pas moins désagréable.

— Ça doit être épuisant l'écriture autobiographique, fit remarquer Signe.

— Autofictionnelle, corrigea Gabriel, et il se lança dans une longue présentation des possibilités et limites de la fiction.

Olof, qui venait de sortir sa pipe et son tabac, se pencha vers moi et baissa la voix.

— Comment allez-vous vraiment ? demanda-t-il.

— Ça va un peu mieux chaque jour.

Ce n'était pas un mensonge, la vie commençait à retrouver une certaine normalité.

Mais le lendemain, j'étais tombée sur le manuscrit de Gabriel. Ce qui avait tout changé.

50

Le manuscrit n'était pas vraiment caché, il se trouvait au beau milieu du bureau de Gabriel.

Je ne le lisais jamais pendant sa phase d'écriture, il ne le voulait pas. Mais mon regard s'était arrêté sur l'incipit.

On dit que toutes les familles heureuses se ressemblent, mais c'est faux. Notre bonheur était unique, spectaculaire, quasi contre nature. Il suscitait la curiosité, la convoitise. La chute fut d'autant plus brutale.

Un malaise s'empara de moi. La paraphrase de l'incipit d'*Anna Karénine* n'était pas rare en littérature, mais ici – puisqu'il s'agissait évidemment de notre famille – ses implications me donnèrent la chair de poule.

Je m'emparai de la liasse et me laissai tomber dans le fauteuil à oreilles. Gabriel était en ville, il déjeunait avec Kajsa Nilsdotter, une écrivaine de littérature jeunesse qu'il voyait régulièrement et avec qui il discutait littérature. Leurs rencontres traînaient souvent en longueur

– je partis du principe qu'il n'allait pas rentrer tout de suite.

Je commençai à lire en diagonale le manuscrit de trois cents pages.

Gabriel s'était renommé Greger, mais hormis ce détail il décrivait son enfance avec une précision désarmante : le père, un grand homme d'affaires danois, décédé précocement, et Greger – Gabriel donc – élevé par sa mère dans un quartier huppé de Stockholm. Son enfance avait été marquée par l'abondance – d'amour, d'amis, de culture. La seule chose qui manquait c'était le frère ou la sœur dont il avait tant rêvé – ça et l'argent, car sa mère cumulait deux emplois pour subvenir à ses besoins et à ceux de son fils et sauver les apparences.

Je tourne les pages, me familiarise avec l'adolescence de Gabriel. Il y avait de courtes descriptions d'amours hésitantes, mais il s'agissait surtout de son grand amour, celui qu'il portait à la littérature.

Curieuse de savoir ce qu'il avait écrit sur moi, je cherchai la description de notre première rencontre. Je dépassai les pages consacrées à sa première carrière et à son premier mariage avorté. Cent pages plus loin, je trouvai la description de la fête de Forss & Stierna. Toute la soirée, écrivait-il, il avait été entouré de ses collègues. Engagé dans de longues discussions sur la littérature et le cinéma.

Je souris.

C'était faux. Gabriel se tenait seul dans la cuisine de la maison d'édition, en veste froissée et chemise kaki. Ensuite je m'étais avancée vers lui et je lui avais dit…

Je me suis avancé vers elle car elle semblait un peu perdue, penchée vers le ventilateur avec un verre de vin à la main et une cigarette entre l'index et le majeur. Elle affichait un regard blasé, et je ne pus m'empêcher de songer qu'il n'y a que les très jeunes qui pensent pouvoir cacher leur intérêt en affectant l'ennui.

— Où étais-tu ? demandai-je. Je te cherche depuis toujours.

Mais… qu'est-ce que c'était que ça ? C'est *lui* qui était seul, et c'est *moi* qui avais tenu ces propos, pas l'inverse.

J'ignore si je trouvais cela agaçant ou amusant qu'il prenne tant de liberté avec la vérité.

Je poursuivis ma lecture.

Ce fut le coup de foudre, écrivait-il. Il me dépeignait comme tendre, agréable, intellectuelle. Belle aussi, visiblement, car il me comparait trois fois en dix pages à une nymphe des bois.

J'avais terriblement envie de dégainer mon stylo rouge, mais c'était impossible, bien sûr. On s'occuperait des répétitions plus tard. Pour le moment, j'étais surtout gênée par les descriptions que Gabriel faisait de moi, une femme plus pugnace que les autres, soudainement changée en créature charmante.

Ça ne s'arrêtait pas là.

Vingt pages plus tard, les jumeaux – sous sa plume, Adrian et Daniel – venaient de naître. Ce qui contribuait au développement de mon personnage, mon instinct maternel s'avérait « aussi fort que naturel » et je « relevai les défis de la maternité sans crainte ni hésitation ».

Je me souvenais de cette période comme d'un interminable chaos. Je n'avais pas fait une seule nuit complète pendant les deux premières années ; on aurait dit qu'une bombe avait explosé dans la maison ; je déambulais, les cheveux sales, en jogging qui puait la régurgitation. L'absence de sommeil me rendait grincheuse – j'étais constamment en colère contre Gabriel, je lui hurlais dessus pour un rien et quand je ne criais pas, je pleurais.

Gabriel, qui avait toujours rêvé d'une famille, affichait une patience à toute épreuve. Ça, il ne l'écrivait pas, mais concédait que son enfance avec une mère célibataire l'avait sans doute poussé à vouloir passer tant de temps avec ses enfants.

Je continuai la lecture, Gabriel avait bien capté la personnalité des garçons – en exagérant un brin la soif de connaissance de David, peut-être, ainsi que les prestations sportives de Harry. Sans compter qu'il avait supprimé – encore heureux ! – le bégaiement dont Harry avait tellement honte.

Bonnie avait sa place, elle aussi, sous le nom de Bella. Son personnage était plutôt vague, comme un dessin abandonné à l'état d'esquisse. Elle était avide de savoir, belle et s'habillait de manière provocante pour une campagnarde. Cela m'étonna que l'alter ego de Bonnie – elle qui était si forte et si intègre – fût un personnage à ce point insipide.

C'est à peu près à ce stade, à la moitié du manuscrit, que je pris conscience qu'il restait beaucoup de pages pour un texte consacré à l'enfance de Gabriel. Je tournai les pages, en passai trente et plongeai droit dans notre festin d'écrevisses.

Au milieu de la page suivante, mon regard s'arrêta sur une phrase.

Elle gisait là, notre Bella – pâle, immobile, le regard voilé tourné vers le plafond.

Il manquait plus que ça ! pensai-je. *Il a écrit sur le meurtre de Bonnie. Il n'a pas honte !*

Je survolai le reste du manuscrit – il décrivait l'enquête policière, la détention provisoire des garçons. La lecture me mettait mal à l'aise, et en même temps c'était très proche de la réalité. Chaque menu détail, chaque mot échangé, semblait avoir été retranscrit.

C'était justement là le problème.

*

Quand Gabriel rentra, je dévalai l'escalier.

— Tu ne peux pas écrire ça ! m'écriai-je en secouant la liasse devant ses yeux.

Gabriel venait d'ôter son bonnet et ses gants ; il me décocha un regard étonné.

— Qu'est-ce que tu racontes ?

Il se débarrassa de son manteau, l'accrocha à la patère près de la porte d'entrée.

— J'ai lu ton manuscrit. Ce n'était pas prévu, mais…

Je posai le tas de papier sur la console sous le miroir.

— Mais quoi ?

— Ça parle de nous !

— C'est un roman.

— Qui parle de notre famille. Ce livre ne peut pas être publié, tu le comprends bien, non ?

— Désolé. (Il avait l'air fatigué.) Je ne comprends pas. (Il se dirigea vers la cuisine, je lui emboîtai le pas.) Tu le trouves mauvais ?

— Pas du tout.

Il mit de l'eau à chauffer.

— J'ai dénaturé quelque chose ?

Je secouai la tête. Je n'avais pas le courage de lui parler de la nymphe des bois et de mon prétendu instinct maternel.

— Alors, quel est le problème ?

Il sortit deux tasses en terre cuite, y plaça des sachets de thé.

— Le problème c'est que tu racontes l'enquête policière et la détention provisoire. David et Harry n'ont pas donné leur consentement. C'est ma première objection. La seconde est que les lecteurs auront l'impression que l'un d'eux est coupable.

Il versa l'eau brûlante et posa les tasses sur la table.

— Tu te demandes ce que j'ai à dire pour ma défense ?

Je soupirai.

— Premièrement c'est la vérité. Deuxièmement c'est un roman.

— Foutaises ! Ça ne peut pas être à la fois vrai et faux.

— C'est au lecteur d'en décider, répondit-il calmement. La vérité se crée quand le texte rencontre son lecteur.

Son intellectualisation d'un problème que j'interprétais comme très concret me dérangeait.

— Tu as pensé aux conséquences pour les garçons ? Aux yeux du public, ce sont deux adolescents qui ont été soupçonnés d'homicide puis innocentés. Après la lecture de ton roman, les gens considéreront Harry et David comme des assassins.

Il s'installa en face de moi.

— Je ne peux pas mentir sur ce qui s'est passé.

— Tu es obligé d'en faire un roman ?

Il s'agitait, mal à l'aise.

— Oui, Lykke. Je suis obligé.

Il baissa les yeux sur ses mains, les tourna paumes vers le haut, sembla les examiner.

— C'est mon travail. Cela fait partie de moi.

Il leva les mains en signe d'excuse.

— Je ne suis rien si je ne peux pas écrire. C'est la seule chose que je sais faire, la seule chose que j'ai envie de faire. L'écriture est ma seule raison d'être.

*

Deux jours plus tard, j'ai appelé Olof pour discuter du livre de Gabriel. Je savais déjà que ça n'allait pas être facile : le manuscrit était bon, l'intérêt – ou plutôt la curiosité – pour notre situation était grande, et Forss

& Stierna dépendait des recettes que le roman allait engranger.

Olof était également un homme intelligent et beaucoup plus empathique qu'on le pensait. Cela faisait des années que nous travaillions ensemble et il n'était pas indifférent au sort de mes fils.

— Bonjour Lykke.

J'entendais en fond sonore des rires et le ronronnement de la machine à café.

— Tu as cinq minutes ? Je voudrais te parler d'un manuscrit.

— Je t'écoute.

— Le nouveau livre de Gabriel. Le roman autobiographique. Ou plutôt, autofictif. Tu as eu le temps d'y jeter un coup d'œil ?

Une porte se ferma, étouffa les rires et le ronronnement. On entendit un raclement, comme une chaise qu'on traîne sur le sol.

— J'en ai lu des passages. C'est prometteur.

— Olof, je t'en prie. On ne peut pas publier ça.

Silence.

— Tu penses à ce qu'il écrit sur David et Harry ?

— Oui. Le monde entier croira que l'un d'entre eux a tué Bonnie. (Il ne répondit pas. Je poursuivis.) C'est injuste. Ils n'ont pas demandé à ce qu'un livre soit écrit sur le plus grand traumatisme de leur vie.

— On ne peut pas dire qu'il accuse l'un ou l'autre.

— Ce qui en soi est un problème. Tout le monde conclura que l'un d'eux est coupable, ce qui les affectera tous les deux.

— *Hmm*. Mais il a changé les noms.

— Tout le monde les identifiera. Tout le monde.

— *Hmm*...

J'imaginais Olof en train de se tortiller sur sa chaise derrière son bureau débordant de papiers.

— Lykke. Tu me demandes quelque chose qui n'est pas en mon pouvoir.

— C'est-à-dire ?

— Je ne peux pas empêcher la publication de ce livre. Bien sûr, je peux le refuser, mais Gabriel ira voir ailleurs. Chez un éditeur sans aucune considération morale, qui le fera imprimer sans l'ombre d'une hésitation.

— Mais..., chuchotai-je, consciente que la bataille était perdue d'avance.

— La seule personne qui peut empêcher la publication de ce livre, c'est Gabriel. C'est à lui qu'il faut que tu parles, Lykke.

51

Le lendemain matin, un samedi, le sol, les buissons et les arbres de l'Éternité étaient couverts de dix centimètres d'une neige étincelante. Çà et là on apercevait des traces de lièvres et d'oiseaux. Un pâle soleil d'hiver brillait sur le monde vierge, blanc.

— C'est magnifique !

Gabriel était entré dans la cuisine en peignoir et chaussettes en laine et avait allumé la cafetière.

J'acquiesçai d'un hochement de tête, le regard rivé sur le pré. Harry remontait vers la maison, les bras croisés. À chaque pas ses baskets s'enfonçaient dans la neige jusqu'aux chevilles.

— Harry a dû crever de froid cette nuit.

Gabriel secoua la tête.

— S'il est assez con pour s'obstiner à…

Des pas approchaient, David apparut, Gabriel s'interrompit.

— À quoi ? fit David.

— Rien. Tu as vu la neige ?

Il se dirigea d'un pas traînant vers le frigo en bâillant la bouche ouverte, et l'ouvrit.

— Nan, répondit-il en attrapant la bouteille de jus d'orange. Il dévissa le bouchon et but directement au goulot.

Je m'apprêtais à lui suggérer de prendre un verre lorsque la porte s'ouvrit et Harry entra. Je l'entendis enlever ses chaussures puis il arriva dans la cuisine.

Il tourna ostensiblement le dos à son frère.

— Je me les pèle dans cette cabane, maugréa-t-il.

— Personne ne te force à dormir là-bas.

J'essayai de le convaincre :

— Je t'en prie, viens t'installer ici. Ou dans la stuga.

Sans répondre, il s'empara d'une tranche de pain et disparut dans le salon. David, à l'inverse, prit tout son temps, beurra deux tartines, y déposa jambon, fromage, concombre, et s'assit.

— Tu n'avais pas un tournoi d'échecs aujourd'hui ? lui demandai-je.

David secoua la tête et mordit dans sa tartine. Ses mâchoires travaillaient lentement. Son regard était rivé sur la couverture ouatée devant la fenêtre.

— Ah bon ? Je croyais que…

— J'ai quitté le club.

Gabriel me jeta un coup d'œil et intervint :

— Pourquoi ?

David haussa les épaules.

— Pas envie.

— Je pensais que tu voulais miser sur les échecs.

— Y a que les cons qui ne changent pas d'avis.

Les garçons partis et la table débarrassée, je frappai chez Gabriel.

— Entre !

Je passai la porte, la fermai. Assis devant son ordinateur, il regardait par la fenêtre. Le temps s'était assombri, de gros flocons laineux tombaient.

— Ça ne peut pas continuer comme ça. Harry sèche les cours et Dieu sait comment il va s'en sortir dans la cabane du lac quand les températures auront baissé. David est fuyant. Les échecs étaient son seul centre d'intérêt, hormis les cours, et il refuse d'aller au club. Comment peut-on vivre comme ça ? Comment va-t-on fêter Noël s'ils sont incapables de s'adresser la parole ?

— Tu veux que j'intervienne ? demanda Gabriel sans se retourner.

Je me laissai tomber dans le vieux fauteuil, laissant glisser la main sur l'accoudoir élimé.

— On doit leur parler. On doit leur faire comprendre que la police les a montés l'un contre l'autre.

Les épaules de Gabriel se haussèrent imperceptiblement puis il expira longuement.

— J'ai tellement peur, murmura-t-il d'une voix tremblante.

— De quoi ?

Il se retourna et me contempla, le regard sombre, le visage tordu de douleur.

— Si ça devenait encore pire ? À cause de nous.

— Tu crois vraiment que ça peut être pire, Gabriel ?

*

Ah, comme j'étais naïve ! Je n'imaginais pas que la situation puisse s'envenimer davantage. Le pire était déjà censé être arrivé – Bonnie était morte, les garçons avaient passé deux mois dans un endroit si atroce que je n'osais pas me le représenter.

Mais la vie suit son cours, sans considération pour la souffrance qu'elle impose aux gens. Des choses adviennent, des événements terribles, inimaginables – qui n'existent, pense-t-on, que dans les journaux et à la télé.

Ce soir-là nous avions essayé de parler aux garçons.

— Je veux que vous vous asseyiez à table, ordonna Gabriel au moment où ils venaient chercher leur dîner dans la cuisine.

— Pourquoi ? fit David avec une moue.

— Parce que je vous le demande.

Avec un haussement d'épaules, David s'assit sur la chaise la plus proche du mur. Il remua ses pâtes du bout de la fourchette et contempla son reflet dans la fenêtre noire.

Harry restait planté au milieu de la pièce, l'assiette à la main. Ses cheveux noirs devenus bien trop longs dissimulaient son visage.

— Toi aussi, Harry, fit Gabriel.

— Je préfère rester debout.

— Ce n'est pas mon problème, rétorqua Gabriel.

— Je t'en prie, Harry, dis-je. On a besoin de vous parler.

— De quoi ? s'enquit Harry.

— Assieds-toi !

Harry posa les fesses sur le bord de la chaise, tournant le dos à David.

Mon portable sonna. Je le sortis de ma poche, décidée à ne pas répondre, mais en voyant le numéro de la maison d'édition je me tournai vers Gabriel.

— Une petite minute. Je crois que c'est Olof.

Je courus répondre dans l'entrée. Ce n'était pas Olof, mais Signe, la nouvelle éditrice de Gabriel.

— Écoute, je suis très occupée, je peux te rappeler plus tard ?

— Je voudrais te parler de quelque chose.

— Bien sûr, mais…

— De la manière dont Gabriel me traite. Moi et les autres éditrices.

Je coulai un regard dans la cuisine.

— Je sais comment il peut être. Et je comprends ta colère, mais je pense qu'il vaut mieux que tu en parles avec Olof. En plus, je n'ai vraiment pas le temps là tout de suite…

— Mais…

Je mis fin à l'appel et retournai dans la cuisine.

— C'était qui ? interrogea Gabriel.

Je secouai la tête.

— C'était Signe. Elle voulait me parler de toi.

— De moi ?

Gabriel leva les sourcils.

— Ne me dis pas que tu as encore fait une connerie ?

— Pas du tout ! Enfin, je ne crois pas. À moins que…

Je soupirai.

— Bon, on verra ça plus tard.

Je me tournai vers mes fils, me raclai la gorge.

— On ne peut pas continuer à vivre dans ces conditions. Il faut qu'on trouve une manière de cohabiter et de tourner la page.

Ni Harry ni David ne répondirent, mais Harry esquissa une grimace qui indiquait clairement ce qu'il pensait de mon commentaire.

Gabriel se posta en bout de table, posa le regard sur David, puis Harry.

— Vous vous rendez compte de la chance qu'on a de pouvoir compter les uns sur les autres ? Il y a tellement de gens qui n'ont pas de famille. Ni parents, ni frères et sœurs. Le lien qui nous unit est unique, la relation que nous entretenons durera pour toujours.

Il marqua une pause avant de continuer.

— À moins que vous ne la détruisiez délibérément.

— À partir de maintenant, je veux que nous prenions nos repas ensemble, affirmai-je.

— Vous ne pouvez pas me donner des ordres, siffla Harry.

— Détrompe-toi ! m'écriai-je (Il abattit la main sur la table avec une telle force que les assiettes bondirent.) Tant que vous êtes mineurs et que vous vivez sous notre toit, vous respectez nos règles.

Le silence tomba de nouveau.

Je m'approchai de la table, tirai la chaise à côté de David et m'y assis.

— Nous portons aussi le deuil de Bonnie, dis-je, mais nous ne pouvons pas rester les bras croisés alors que vous détruisez votre vie. (Pause.) Et les nôtres.

Harry me regardait à la dérobée, sous sa frange.

— Alors quoi ? Je dois accepter que David m'ait dénoncé, c'est tout ?

— Hé ho, je n'ai dénoncé personne, se rebiffa David sans quitter des yeux la fenêtre.

— Si. Tu as dit que j'avais t… tu… tué Bonnie. Et que je suis quelqu'un de violent. Tout le monde te croit toujours parce que tu es Monsieur parfait.

— Menteur ! (David se tourna lentement vers Harry, le visage si tendu, si plein de haine que je ne le reconnaissais pas.) Chaque fois que tu étais dans la merde, je t'ai tiré d'affaire. Pas cette fois ! Tu as mis Bonnie dans ton pieu et tu l'as tuée.

Harry bondit de sa chaise.

— Espèce de p…psy… psychopathe jaloux ! T'as la rage parce qu'elle a refusé tes avances.

David repoussa l'assiette avec une telle force qu'elle se fracassa contre le sol. Spaghettis et sauce tomate maculaient le carrelage. Il se leva et fit quelques pas vers son frère.

— Qu'est-ce qui s'est passé, hein ? cria-t-il. T'as eu une panne ?

Le visage de Harry s'assombrit, il balança son poing vers son frère qui se baissa d'un mouvement étonnement leste. Il toussa et fit quelques pas vers l'entrée.

— Je vais te faire la peau, connard ! hurla Harry, et il se précipita à ses trousses.

La porte s'ouvrit et les garçons disparurent dans le noir.

52

Gabriel et moi nous sommes précipités derrière eux, mais leur avance était considérable, ils n'avaient même pas pris leurs chaussures et ils étaient bien plus rapides que nous.

Quand je suis sortie sur la terrasse, ils étaient déjà à mi-chemin vers le lac. Leurs silhouettes sombres se découpaient sur la neige blanche, j'entendais les cris étouffés.

Gabriel enfilait difficilement ses chaussures.

— Dépêche-toi, Gabriel !

Je dévalai les marches devant la maison. Mes bottes en caoutchouc glissaient dans la neige, je manquais à chaque pas de tomber, mais je ne ralentis pas la cadence.

C'était une question de vie ou de mort. La vie ou la mort de mes enfants.

L'air était froid et humide, mes bras se couvrirent de chair de poule. Quelques flocons de neige voletaient comme des insectes solitaires lors d'une soirée tardive d'été. Au milieu du pré, je trébuchai et me retrouvai les quatre fers en l'air. La neige était moelleuse, mais mon épaule heurta une pierre et un éclair de douleur se propagea dans mon bras.

Je me levai et continuai vers le lac.

Des pas derrière moi ; Gabriel m'avait rattrapée. Nous courûmes en silence, lui devant, moi derrière. Nous n'avions ni le temps ni l'énergie de parler. On n'entendait que nos pas et nos respirations – et les hurlements au loin, qui me rappelaient les glapissements d'animaux blessés.

En approchant du cabanon du lac, je les aperçus sur le ponton.

David était étendu sur le ventre et Harry s'acharnait sur sa tête à coups de pied. Je m'égosillai :

— Harry ! Arrête !

Il s'immobilisa un instant, leva la tête et nous dévisagea. Il lança de nouveau son pied contre le corps inanimé de son frère, avec une telle violence qu'il le fit tomber du ponton sur la glace. Harry s'assit sur le bois et le martela des pieds.

La fine couche de glace céda avec un craquement au moment où Gabriel et moi arrivions sur le ponton. Le corps de David fut englouti par l'eau noire.

Quelques bulles d'air remontèrent à la surface où elles flottèrent quelques secondes avant d'éclater.

Gabriel se jeta à l'eau – elle n'était pas très profonde, lui arrivait à la poitrine. Il avança, brisant la glace de ses poings, puis plongea.

Le silence se fit.

Je me tournai vers Harry.

— Qu'est-ce que tu as fait ?

Il tourna les talons sans répondre et se dirigea vers la maison principale. Il disparut dans l'obscurité et je restai immobile à fixer les empreintes de ses pieds nus dans la neige.

Je concentrai de nouveau mon attention sur le lac, contemplai sans y croire l'abysse béant qui avait avalé mon fils et l'homme que j'aimais. Tout à coup, la glace se brisa environ un mètre plus loin et Gabriel sortit avec David dans les bras.

Le corps maigre de mon fils semblait désarticulé, sa peau blanche comme la neige. Au-dessus de l'œil, je discernai une plaie béante.

— Aide-moi, haletait Gabriel en progressant dans l'eau vers le ponton.

Je me précipitai vers eux, saisis David par le bras – il était glacé.

Gabriel se hissa sur le ponton et nous réussîmes à remonter David.

Mon mari se pencha sur notre fils, posa l'oreille contre son cœur, mais mon regard était happé par son œil – ou plutôt ce qui avait été un œil. Il ne restait qu'une masse sanglante et collante.

— Est-ce qu'il est en vie ? murmurai-je.

MANFRED

Aujourd'hui

53

Je contemple Lykke tandis que je digère ses mots.

Je me doutais bien que la détention avait été éprouvante pour les jumeaux – pour les parents aussi, d'ailleurs. Mais je pensais que la vie de la famille Andersen avait repris son cours une fois les jumeaux libérés. Ils étaient en liberté et, d'une certaine manière, innocentés, puisque l'information judiciaire n'avait pas abouti à un procès.

J'ai honte de ne jamais avoir réfléchi à ce qui leur était arrivé. Au cours des mois qui avaient suivi leur libération, une seule pensée m'avait obsédé : notre échec retentissant. Nous étions tellement sûrs d'obtenir des aveux, que la vérité était là, à portée de main. Qu'il nous suffisait de les travailler un peu au corps, de faire émerger la vérité cachée sous des couches de mensonges.

— Comment ça s'est passé pour David ? demandé-je.

— Il s'est rétabli. Mais il a perdu la vue à l'œil droit.

Lykke me contemple et pour la première fois depuis le début des interrogatoires, je décèle une sorte d'intérêt dans ses yeux fatigués, comme si elle surveillait avec curiosité ma réaction.

Je réfléchis un instant.

— Vous n'avez pas porté plainte pour coups et blessures ?

Elle esquisse un sourire narquois.

— Pourquoi aurait-on voulu vous impliquer ? Vous aviez déjà détruit nos vies. La dernière chose que nous voulions c'était avoir de nouveau un fils en détention.

Elle marqua une courte pause et continua :

— Nous avons dit aux médecins à l'hôpital que c'était un accident, que David était tombé du ponton, que son visage avait heurté le bois et qu'il était tombé à travers la glace.

— Et ils vous ont crus ?

Elle haussa les épaules.

— Ils n'ont pas remis en question notre explication. David n'a jamais raconté ce qui s'était vraiment passé.

— Les garçons se sont réconciliés depuis ?

Le visage de Lykke était dénué d'expression, ses yeux, brillants.

— Non. Jamais. Ils se sont à peine parlé pendant huit ans. Gabriel et moi avons vraiment essayé, mais... (Elle secoua la tête et baissa les yeux sur la table.) David a déménagé juste après le bac. Il est allé à Stockholm, a pris mon nom de jeune fille et s'est lancé dans des études de médecine.

Elle sourit tristement.

— Lui qui avait toujours été littéraire est devenu scientifique. Je crois qu'il ressentait le besoin de prendre de la distance vis-à-vis de sa vie d'avant, de ce qu'il était. Mais tout s'est bien passé pour lui. Il a presque fini ses études et il est fiancé avec une fille qui s'appelle Fanny.

— Et Harry ?

Elle ne répond pas tout de suite.

— Harry a eu quelques offres d'emploi. Mais dès que l'employeur comprenait qui il était, il ne voulait plus l'embaucher. Je comprends, j'aurais fait pareil si j'avais lu le livre de Gabriel.

— Désolé. Je ne l'ai pas lu. Mais il a été salué par la critique.

Elle hoche la tête et regarde par la fenêtre.

— Certes, fit-elle d'une voix monocorde.

— Quel est son titre déjà ?

— *Chaos*.

Elle cherche mon regard.

— Harry ne s'est jamais remis. Il vit toujours à la maison. Ne voit presque personne.

Je jette un coup d'œil à ma montre : treize heures quinze.

— J'aurais besoin de quelques heures de pause, dis-je. Je vais leur demander de vous apporter votre déjeuner et on poursuivra cet après-midi, entendu ?

Elle hoche la tête sans rien dire.

*

— Qu'est-ce que tu racontes ? demande Afsaneh. L'entretien devrait déjà être terminé.

Je regarde les valises enfin prêtes dans l'entrée. Les jouets de Nadja sont éparpillés par terre. Une poupée aux jambes arrachées est enfoncée la tête la première dans un camion de pompier rouge. Juste à côté, une boîte de slime ouverte a déversé son contenu vert et gluant sur le tapis.

— Il faut que j'y retourne, je n'en ai pas pour longtemps, me justifié-je en prenant une bouchée de la salade de thon qu'Afsaneh a préparée et qui explique pourquoi je déjeune à la maison et pas au travail.

C'est plus facile de limiter les calories de la sorte.

— Tu me promets que vous aurez fini ce soir ? demande-t-elle en plaçant ses mains menues sur ses hanches.

— Je ne peux rien promettre.

— Bon sang, je savais que ça finirait comme ça !

— Ce n'est pas ma faute.

— Non, rien n'est jamais ta faute.

Elle se retourne, ouvre le lave-vaisselle et commence à ranger la vaisselle dans les placards.

— Tu sais, j'en ai ras le cul de ton boulot !

Je ne réponds pas. Que dire ? Elle l'a déjà dit cent fois, et avant elle Beatrice disait la même chose. L'histoire se répète et je suis incapable d'y changer quoi que ce soit.

C'est mon impression en tout cas.

— Vous pourriez partir sans moi, je vous rejoins.

Afsaneh ferme le placard, se retourne et se laisse tomber sur une chaise en face de moi.

— Ça vaut peut-être mieux, soupire-t-elle.

— Allez-y, vous n'avez aucune raison de rester là à m'attendre.

Ses yeux sombres sont posés sur moi.

— Nadja joue chez Pontus, elle revient vers quinze heures. On pourrait prendre le ferry de dix-sept heures. Mais je ne pense pas pouvoir apporter toutes les valises.

Elle jette un coup d'œil aux bagages.

— Prends le plus important, j'arrive avec le reste.

Elle hoche lentement la tête.

— OK, on fait comme ça.

— Afsaneh, je suis désolé.

Elle sourit prudemment et ses yeux prennent vie.

— Ne t'en fais pas.

Voilà la plus grande qualité d'Afsaneh. Elle peut monter sur ses grands chevaux, mais la colère disparaît aussi vite qu'elle est venue, comme lorsqu'on éteint une lampe.

La petite ride qui barre son front se creuse.

— Et *toi*, ça va ? s'inquiète-t-elle.

— Oui. Enfin, je ne sais pas. C'est juste cette affaire qui m'obsède.

— Tu peux m'en parler, si tu veux.

Je n'ai pas le droit, mais je le fais quand même. Tous les policiers sont tenus au secret professionnel, mais si nous ne pouvions pas ouvrir notre cœur de temps en temps, nous finirions tous à l'asile. La plupart des policiers se confient parfois à leurs proches.

Elle écoute en silence, se penche en arrière et croise les mains sur ses genoux.

— Alors ils ont failli s'entretuer ?

J'acquiesce.

— Merde alors ! Mais ce n'est pas ta faute, tu n'as fait que ton travail.

— Ça dépend du point de vue. Elle n'a pas complètement tort, nous n'avons pas été très réglo pendant ces interrogatoires. Et la dernière prolongation de la détention provisoire a été validée sur un raisonnement qui ne tenait qu'à moitié la route. On a argué qu'on devait entendre les camarades du club d'échecs de David. Mais c'étaient des conneries.

— Attends, vous ne les avez pas interrogés ?

— Si, bien sûr, mais ça n'a rien donné. On le savait depuis le début. On voulait simplement les garder pour leur soutirer des aveux.

— Vous ? Tu veux dire tes collègues, la procureure et toi ?

Je soupire.

— Je le savais, mais j'ai convaincu la procureure et les collègues que c'était nécessaire.

Elle garde le silence un long moment.

— L'erreur est humaine. Tu ne devrais pas être aussi dur envers toi-même.

Ses mots me rappellent ceux de Pirjo. Elle m'a sorti quelque chose dans le genre, une fois.

— Et l'auteur, reprend-elle. Il était vraiment obligé de l'écrire, ce bouquin ?

— À qui le dis-tu ! Ils étaient tous plus bizarres les uns que les autres, dans cette bande. La famille Andersen, cet éditeur condescendant. Sans parler de l'agent littéraire, Jujje quelque chose, on avait l'impression qu'il allait nous faire les poches à chaque fois qu'on lui parlait. Il me rappelait les types qu'on coffre pour trafic de stupéfiants.

— Et maintenant, Lykke Andersen est soupçonnée d'homicide.

Je hoche la tête.

— Et tu penses obtenir des aveux de sa part ?

— Espérons-le. Et au plus vite.

— Tu ne t'es pas demandé pourquoi elle voulait te parler à tout prix ?

— J'imagine qu'elle est allée au plus simple puisque je connais son histoire. J'étais là il y a huit ans. Elle n'a pas besoin de tout m'expliquer.

— *Hmm.*

— Quoi ?

— J'ai l'impression qu'elle cherche à obtenir quelque chose de toi.

— Quoi, par exemple ?

Elle lève les sourcils.

— Je ne sais pas. Qu'est-ce que tu peux lui donner ?

54

Je suis en route vers le commissariat lorsque Bodil m'appelle.

— Comment ça se passe, Manfred ?

— Couci-couça. Lykke Andersen me rebat les oreilles avec cette vieille histoire de l'assassinat de Bonnie Högberg. On n'a même pas encore abordé les événements du soir de la Saint-Jean. Je la revois dans quelques minutes, j'espère pouvoir conclure l'interrogatoire aujourd'hui.

— Je l'espère aussi, j'ai assez perdu de temps avec cette affaire.

— Je comprends.

En prononçant ces mots, je songe que Bodil aurait pu penser à ma situation, pour une fois. C'est moi qui suis obligé d'interrompre mes vacances pour passer des heures en tête à tête avec Lykke Andersen.

— D'ailleurs, je t'ai envoyé le rapport des techniciens, dit-elle. Tu peux le parcourir avant l'interrogatoire.

— Entendu.

— Sans surprise, tout porte à croire qu'elle est coupable.

*

Lykke est assise sur la chaise, les mains sur la table, le visage inexpressif lorsque j'entre dans la pièce.

— Bonjour.

J'ôte ma veste, la suspends au dossier de la chaise, m'assieds face à elle et sors mon calepin.

— Bonjour.

— Vous avez déjeuné ?

— Oui.

J'ai une soudaine envie de lui demander si ça lui a plu – comme j'aurais fait avec une amie. Cette réaction m'étonne, car je garde habituellement mes distances avec les suspects ; je reste professionnel, ce qui implique selon moi que je n'aborde que les sujets en lien avec l'enquête. Mais d'une certaine manière, les heures passées dans cette pièce exiguë et son récit nous ont rapprochés.

Je me demande si c'est ce qu'elle cherche. Si elle a une idée derrière la tête comme l'a suggéré Afsaneh.

— Et vous ?

— Pardon ?

— Vous avez mangé ?

J'ouvre mon bloc-notes, sors un stylo et réfléchis. Je pense à ce que me disait Pirjo quand nous enquêtions sur la mort de Bonnie, elle était persuadée d'être plus douée que moi pour interroger les suspects parce qu'elle était capable de les mettre en confiance.

J'y ai beaucoup pensé au cours des années, j'ai réfléchi à notre vision diamétralement opposée de notre rôle dans la salle d'interrogatoire.

— Oui. Je suis rentré manger. Ma femme, Afsaneh, avait préparé une salade de thon.

Le regard de Lykke prend vie, son visage se détend et un vague sourire se dessine sur son visage.

— Une salade de thon ?

— Oui, je suis au régime.

Elle acquiesce.

— C'est beau d'avoir une personne qui cuisine pour vous, quelqu'un qui vous aime suffisamment pour vous aider à compter les calories.

— Oui.

— Vous êtes heureux ? questionne-t-elle prudemment.

Je suis sur la corde raide, je le sens. J'hésite avant de répondre, je serre mon stylo dans mon poing et réfléchis à mes options.

— Très. Deuxième mariage.

— Oh ! Des enfants ?

Je hoche la tête, la regarde droit dans les yeux. Une étrange sensation se diffuse dans mon corps, une vague de chaleur emplit ma poitrine.

— Une fille, elle a quatre ans. J'ai trois grands enfants aussi.

Elle cligne plusieurs fois des yeux.

— Ah, si on pouvait tout recommencer !

Elle pose les coudes sur la table et cale son menton entre ses mains.

Je ne réponds pas. Je ne trouve rien d'intelligent à dire. Comment Lykke pourrait-elle tout recommencer ? Sa vie est brisée, nous le savons tous les deux.

— Et si nous parlions de…, commençai-je.

Elle se redresse un brin, lève les mains en signe d'excuse.

— Oui, pardonnez-moi. Je vous ai assez fait attendre avec mes bavardages. Vous voulez savoir ce qui s'est passé à la soirée de la Saint-Jean ?

— Oui.

Elle semble hésiter, se frotte les mains.

— Avez-vous déjà vécu un moment où votre existence a été complètement bouleversée, où vous avez dû remettre en question tout ce que vous avez toujours cru savoir ?

Je pense au soir où Beatrice est rentrée, écarlate, essoufflée et m'a annoncé qu'elle allait demander le divorce. Puis à ce matin de printemps où Nadja est passée par la fenêtre et a failli mourir.

— Oui, dis-je. Bien sûr.

— C'est exactement ce qui s'est passé le soir de la Saint-Jean.

LYKKE

Une semaine plus tôt

55

— Qu’est-ce que tu en penses ?

Je jetai un coup d’œil à Gabriel.

La chemise en lin mauve était fripée et lui serrait la taille. Ses épais cheveux étaient devenus gris, les mains qui boutonnaient la chemise étaient osseuses et ses veines ressortaient sous sa peau fine.

Pourtant il était toujours bel homme, en tout cas à mes yeux. Les années ne lui avaient pas ôté son charisme, elles l’avaient juste entamé un brin. Son regard était limpide, ses traits réguliers. Ses facultés intellectuelles intactes.

— C’est parfait, répondis-je.

— La chemise est un peu juste, non ?

— Mets un tee-shirt si tu ne te sens pas à l’aise.

Gabriel ouvrit l’armoire, fouilla, me montra un tee-shirt gris en coton, soupira et le mit de côté

— Un tee-shirt. Ce n’est pas un peu informel ?

— Enfin, Gabriel ! Il n’y a qu’Olof, Jujje et les garçons.

— Et Fanny.

— Peu importe. Ce n'est pas comme si tu allais passer à la télé.

Je regrettai immédiatement ma remarque, car ça faisait des années que Gabriel n'était pas passé à la télé, ni même n'avait été interviewé dans un journal digne de ce nom. Après *Chaos*, sa carrière avait subi un coup d'arrêt.

Son dernier roman, *Cœur de béton*, avait été mentionné en passant dans une critique consacrée à plusieurs ouvrages – le genre d'article connu comme une « fosse commune » dans le milieu. Sans compter que le recueil d'essais *Nager avec les babouins* ne s'était vendu qu'à mille cinq cents exemplaires.

À bien y réfléchir, on pourrait dire que *Chaos* avait signé le début de la fin. Le livre avait suscité l'attention, s'était bien vendu – la soif d'authenticité, voire de commérages, des lecteurs semblait insatiable. Mais les critiques avaient été gênés par ce qu'ils voyaient comme l'expression d'un égocentrisme masculin, doublé d'un manque d'égards. « Plus rien n'est sacré quand Gabriel Andersen dévoile l'abîme dans lequel sa famille est plongée », avait écrit Dagens Nyheter, arguant que *Chaos* était une « exploitation sordide de la mort d'une jeune femme » et « faisait de ses fils des suspects ».

J'imagine que beaucoup de lecteurs partageaient cet avis.

Une journaliste culturelle à la radio accusait Gabriel de « s'adonner à un nombrilisme répugnant ». Elle ajoutait que Knausgård l'avait beaucoup mieux fait, bien avant lui. Quelques blogueurs, plutôt des blogueuses d'ailleurs, avaient renchéri en traitant Gabriel de « gros porc» parce qu'il avait écrit qu'une écrivaine anonyme «lui faisait faire des rêves torrides, ce qui ne lui était pas arrivé depuis l'adolescence».

Dans l'impitoyable monde de la littérature, un écrivain est jugé à l'aune de son dernier ouvrage – et Gabriel, qui avait autrefois enchaîné les best-sellers salués par une critique unanime, se retrouvait relégué dans les recoins les plus sombres du silence et de l'oubli. Les invitations se faisaient rares, les bourses aussi. Sans parler des droits d'auteur qui avaient depuis longtemps cessé d'engraisser son compte en banque.

Son intervention au Salon du livre de Göteborg avait été un fiasco – cinq personnes seulement avaient daigné faire acte de présence dans la gigantesque salle de séminaire où Gabriel et Olof devaient débattre du thème «le postmodernisme est mort – vive le postmodernisme!» Au bout de quelques minutes, une femme âgée en déambulateur s'était éclipsée en chuchotant à la cantonade:

— Désolée. Je me suis trompée de salle.

Quand Gabriel, posté à côté de la petite table devant la pièce, attendait pour dédicacer ses livres, un homme armé d'un appareil photo avait déboulé.

Gabriel avait soulevé un de ses livres avec un sourire de circonstance, mais l'homme avait secoué la tête.

— Excusez-moi, mais pourriez-vous vous décaler un peu? Je voulais prendre ça en photo…

Il montra du doigt l'affiche derrière eux, un grand poster coloré représentant un rhinocéros enveloppé dans un drapeau arc-en-ciel surmontant l'inscription «ON T'AIME» en gras.

Je croisais de plus en plus souvent des auteurs et des éditeurs qui disaient :

— Gabriel Andersen ? Ça me dit quelque chose. Il n'a pas écrit un livre ?

Les plus jeunes se grattaient la tête et concédaient, avec embarras, qu'ils n'avaient jamais entendu parler de lui.

— Il était acteur, non ? Politicien ? Musicien ?

Un jeune d'une vingtaine d'années qui postulait comme rédacteur web dans la maison d'édition l'avait même confondu avec un footballeur, quand Olof m'avait présentée comme éditrice et femme de Gabriel Andersen.

— Arsenal, non ? Attendez, ne dites rien… (Son regard fixait le plafond comme s'il cherchait dans sa mémoire.) Attaquant, il était attaquant dans les années quatre-vingt-dix !

Je cachais ces incidents à Gabriel ; je voulais l'épargner. Je pouvais porter la honte à sa place. Par ailleurs, sa célébrité n'avait jamais eu d'importance à mes yeux, même si j'appréciais ce qui venait avec – les voyages, les fêtes et la sensation grisante d'avoir été choisie.

En un sens, Gabriel ne pouvait s'en prendre qu'à lui-même ; il savait écrire, peut-être était-ce la seule chose pour laquelle il était doué. Mais les lecteurs n'avaient que faire de ses textes de plus en plus expérimentaux et Gabriel refusait d'écrire le genre de bouquins qui se vend.

Olof lui avait plusieurs fois suggéré d'entamer la rédaction d'un roman à suspense, ou pourquoi pas un roman relationnel ? Avec *Souvenirs* il avait montré sa parfaite maîtrise du genre.

Gabriel avait refusé, et s'était senti insulté.

À ses yeux, les romans sur Helene et Siv n'étaient pas des romans relationnels. Il s'agissait de miroirs de la société où les relations étaient utilisées de manière métaphorique, voire des romans sociaux, ou encore des romans engagés, mais *pas* des romans relationnels.

Par ailleurs, impossible pour lui de revenir en arrière, d'écrire les mêmes romans qu'il y a dix ou vingt ans dans l'unique but de vendre – ce serait mentir à ses lecteurs, se prostituer –, et il était beaucoup de choses, mais certainement pas une putain.

Je le regardai de nouveau.

Il avait ouvert les boutons de sa chemise. Il avait l'air agacé, ses mains tremblaient légèrement.

Je ressentis une soudaine tendresse, je m'avançai vers lui.

— Arrête, Gabriel.

Je déposai un baiser sur sa bouche puis reboutonnai sa chemise. Il se balançait d'un pied à l'autre.

— C'est parfait. Tu es élégant.

Son visage s'adoucit, il m'attira contre lui et m'enlaça la taille. Il exécuta quelques pas de danse. Je me laissai entraîner en gloussant, la joue contre son épaule.

Il s'arrêta au milieu de la pièce.

Il me regarda un moment sans un mot puis se pencha vers moi et m'embrassa. La pointe de sa langue glissa entre mes dents. Elle avait un goût de café et de dentifrice.

Je me laissai embrasser, sentant la chaleur emplir ma poitrine, je lui caressai le dos et songeai que j'avais eu de la chance d'avoir pu le garder.

Nous avions perdu beaucoup de choses, mais nous étions toujours ensemble.

Après la publication de *Chaos*, j'étais tellement en colère. Il avait fallu pas moins de trois ans de thérapie de couple pour que je lui pardonne. Et quand j'avais fini par le faire, ce n'était pas parce que j'avais changé d'avis sur son roman – je pensais toujours qu'il n'aurait jamais dû voir le jour – mais parce que je n'avais plus le courage de lui en vouloir. Nous avions déjà perdu tant de choses, je voulais préserver ce qui nous restait : nos enfants, notre couple, notre ferme.

J'avoue qu'il me faisait aussi un peu de peine. Je trouvais peut-être que sa carrière avortée était une sanction suffisante.

Il s'appuya contre moi. Fort. Son haleine contre ma nuque.

— Après toutes ces années, soupirai-je.

— Oui, après toutes ces années.

Je terminais de dresser la table dans le jardin lorsque David et Fanny arrivèrent. Je les entendis klaxonner, posai la pile d'assiettes et allai à leur rencontre.

Gabriel m'avait précédée au portail. Il donna une accolade à Fanny, ébouriffa ses cheveux bruns coupés à la garçonne.

— Bonjour David.

Je serrai mon fils longuement dans mes bras. Le garçon frêle s'était changé en jeune homme mince et élancé. Ses cheveux étaient coupés court, ce qui les faisait sembler plus sombre. Les cicatrices autour de son œil avaient pâli, mais les profonds sillons et les traces laissées par les points de suture devenaient visibles quand le soleil éclairait son visage de côté.

— Bonjour maman.

Fanny me tendit un bouquet de fleurs des champs.

— Magnifique !

Je touchai du doigt une marguerite.

— Je me suis dit qu'on pouvait les utiliser pour décorer le mât.

Son regard glissa sur moi.

— Quelle robe sublime !

— Elle appartenait à ma mère, répondis-je en baissant les yeux sur la robe en dentelle couleur crème, rehaussée de perles. J'en ai hérité quand elle nous a quittés.

— Oh, fit Fanny, mes condoléances.

Je secouai la tête.

— Ne t'inquiète pas, ça fait des années.

Fanny hocha la tête, regarda David à la dérobée et me montra sa main en souriant.

Je me penchai en avant pour mieux voir la bague – un simple anneau en or blanc serti d'un petit diamant.

— Magnifique !

Gabriel avança la main et effleura le bijou de l'index.

— Oui, très élégant, sans être prétentieux.

David se plaça à côté de Fanny, tendit la main près de la sienne. Son anneau était également en or blanc, mais très simple.

Une sensation mélancolique s'empara de moi ; je me remémorai le jour de mes fiançailles avec Gabriel – une journée d'été, pas si différente de celle-ci, l'année qui avait suivi la naissance des garçons. Je ne me rappelle plus ce que je pensais, ce que j'attendais de la vie. Pas des choses extraordinaires – la richesse, les exploits – mais pas une famille si divisée que mes fils supportaient à peine de se voir.

— Elle est un peu grande, commenta David. Je dois sans doute la faire ajuster.

— Il l'a déjà fait tomber plusieurs fois, ajouta Fanny avec un petit rire.

*

Fanny et David avaient décoré le mât de la Saint-Jean pendant que je préparais les plats dans la cuisine. Les bocaux de hareng mariné étaient disposés en rang, les pommes de terre nouvelles bouillaient sur la cuisinière. Sur un plat de service, j'avais disposé du saumon décoré d'aneth et de rondelles de citron.

Gabriel entra, s'approcha de moi, posa les mains sur mes épaules et m'embrassa le cou.

— Tu te rends compte, notre fils est fiancé, chuchota-t-il.

Je me tournai et le serrai dans mes bras.

— Je l'adore. Elle est absolument charmante.

Fanny et David s'étaient rencontrés en fac de médecine. Ils étaient ensemble depuis environ deux ans. David avait presque terminé ses études et Fanny avait encore deux ans à faire. Quand elle n'étudiait pas, elle faisait de l'escalade. Elle avait essayé de convaincre David de s'y mettre, mais je n'étais pas sûre qu'elle y parvienne – il n'était pas du genre athlétique.

— Oui, elle est parfaite. Mais j'ai toujours cru que David allait rencontrer un autre genre de femme.

— C'est-à-dire ?

Je m'écartai de lui pour aller vérifier la cuisson des pommes de terre.

— Eh bien… Une femme un peu plus intellectuelle.

— Fanny est brillante !

Je plantai le couteau dans une pomme de terre.

— Ce n'est pas vraiment la même chose.

Je posai la fourchette, mis le couvercle et me retournai.

— Ils se complètent, c'est bien.

Harry entra dans la cuisine. Il s'approcha de la fenêtre et contempla la scène qui se jouait dans le jardin – David et Fanny ornaient de fleurs les deux grandes couronnes qui coifferaient le mât de la Saint-Jean.

Il gardait le silence, son dos large immobile sous son tee-shirt usé, ses mains reposant lourdement sur le bord de la fenêtre.

— Va les saluer, Harry.

Il me foudroya du regard.

— Harry ! fit Gabriel.

Il haussa les épaules et se dirigea à pas traînants vers l'entrée. Gabriel me contempla, se plaça à côté de moi et prit ma main dans la sienne.

Nous regardâmes par la fenêtre sans rien dire – spectateurs muets de notre propre tragédie, celle qui avait commencé en cette chaude soirée d'août près de huit ans plus tôt.

Harry sortit, il marcha lentement sur l'herbe, les yeux rivés au sol, les mains enfoncées dans les poches de son jean.

Fanny l'aperçut, posa la couronne dans l'herbe et vint à sa rencontre.

Ils se donnèrent une rapide accolade, échangèrent quelques mots. Gabriel me serra la main, je serrai la sienne et fermai les yeux. Les rares fois où les garçons s'étaient vus depuis le jour fatidique où Harry avait été à deux doigts de tuer son frère, j'avais nourri un espoir naïf qu'ils se réconcilient. Chaque fois, la déception avait été la même.

Pendant plusieurs années, David n'était venu à l'Éternité que pour l'anniversaire de Gabriel, le mien et pour Noël. Même pour ces célébrations, il avait fallu batailler pour le convaincre de mettre les pieds ici. J'imagine que c'est grâce à Fanny s'il était venu aujourd'hui. Elle semblait l'avoir apaisé. Depuis leur rencontre, il venait nous rendre visite plus souvent.

Je regardai de nouveau par la fenêtre.

David était assis sur l'une des chaises que nous avions sorties, penché sur une couronne de fleurs, un bouquet de campanules à la main. Il ne regarda pas son frère, je pense qu'il ne prononça pas un mot.

Harry tourna lentement le dos à David et Fanny, puis son regard rencontra le mien.

56

Nous avions tout essayé – parlé avec les garçons, supplié, essayé de les convaincre d'aller voir un psychologue pour régler leurs problèmes.

En vain.

Il arrivait que Gabriel et moi nous disputions à ce propos.

— Laisse-les, disait-il. Ça passera avec le temps.

— Ça fait des années, rétorquai-je.

Parfois, quand la peine ou la colère étaient trop fortes, je ne pouvais m'empêcher de mentionner *Chaos*, même si je m'étais convaincue d'avoir tourné la page.

— Tu n'aurais jamais dû écrire ce bouquin de merde !

— C'est un roman, je n'avais pas l'ambition de raconter la vérité. Et puis, le conflit entre les garçons est beaucoup plus profond que ça, je n'ai fait que révéler ce qui existait déjà.

Et le raconter à la moitié de la Suède, pensais-je.

Certes, Gabriel avait raison, les garçons étaient en froid avant la publication du livre, il n'empêche que le roman avait rendu nos existences encore plus difficiles.

David devait être celui qui avait géré la situation le plus constructivement – il avait déménagé, changé de nom de famille, s'était bâti une nouvelle vie, une vie meilleure. J'étais très heureuse pour lui.

La situation était plus difficile pour Harry – il avait arrêté le lycée et était au chômage. Nous essayions de lui trouver des tâches qui aient du sens pour lui ici, mais une fois que tout le bois avait été coupé et rentré, les mauvaises herbes arrachées dans les plates-bandes et la voiture lavée, il ne restait pas grand-chose à faire.

Chaos avait aussi changé mon quotidien et celui de Gabriel.

Si un habitant des environs était passé à côté de l'information que l'un de nos fils était un assassin, aucun doute ne subsistait désormais plus pour personne. On nous foudroyait du regard à la supérette, les conversations s'interrompaient quand nous nous approchions, les gens s'écartaient comme devant des pestiférés. Nous recevions des appels anonymes et des lettres de menace nous exhortant à déménager et ne plus jamais revenir.

— On s'en fout ! lançait Gabriel. On ne les connaît pas.

Il n'avait pas tort, ce n'étaient pas nos amis, mais au moins, avant la mort de Bonnie et la parution du livre, ils ne nous haïssaient pas.

Lors de mes courses en ville, il arrivait que je croise un des parents de Bonnie. Un jour, Lena Högberg avait surgi au rayon fruits et légumes du supermarché. Elle avait choisi une aubergine et l'avait soupesée dans sa main potelée. D'un bond, je m'étais réfugiée au rayon épicerie, poussant le chariot devant moi, je m'étais recroquevillée près des cacahuètes, étranglée par les bouffées d'angoisse.

C'est plus dur pour elle que pour moi, me dis-je. *Bonnie est partie pour toujours.*

À une autre occasion, j'avais croisé Stefan Högberg, avec un paquet sous le bras, au beau milieu du pont Skeppsbron, dans le centre historique de Stockholm, tandis que je rentrais du travail. Je me demandai ce qu'il faisait là.

Il m'avait aperçue une seconde avant que je le voie.

Je m'étais figée, serrant dans mon poing le sac en tissu lourd de manuscrits. Campé sur ses pieds, il me dévisageait, visiblement sans la moindre intention de bouger. C'était à la fois surréaliste et effrayant – nous étions restés au moins dix secondes à nous fixer, puis j'avais baissé les yeux et fui dans une ruelle, la queue entre les jambes.

Après coup, j'ai songé que j'aurais dû aller le voir, lui parler peut-être. Ce n'était pas quelqu'un de méchant, c'était un papa qui avait perdu son seul enfant. Et moi, je n'avais rien fait de mal, si ? J'avais juste mis au monde deux garçons, deux hommes, dont l'un avait tué sa fille.

Dont l'un...

Voilà une autre des raisons qui me tenaient en éveil, je ne savais toujours pas qui avait tué Bonnie. Si j'avais su, j'aurais pu pardonner et tourner la page, j'en suis sûre. Parce que j'aimais mes fils, quoi qu'ils aient fait, et cet amour était plus grand et plus fort que tout. Le temps avait passé, mais Gabriel et moi flottions toujours dans un océan d'incertitudes.

— J'ai arrêté de gamberger, rétorquait Gabriel quand je m'ouvrais à lui. Je crois que j'ai accepté qu'on ne saura jamais.

— Si seulement je pouvais lâcher prise aussi facilement.

— Qu'est-ce que ça changerait de savoir ? demandait-il en me regardant tristement. Ça ne ferait pas revenir Bonnie.

Non, elle ne reviendrait pas, elle ne pourrait jamais profiter de tous les instants qu'elle avait perdus. Les joies, les peines, les moments d'agacement inévitables pour lesquels nous déployons tant d'énergie – le lave-vaisselle qui fait des siennes, les cadeaux de Noël qu'il faut acheter, les conflits au travail. Elle n'aurait jamais d'enfants, ne déplorerait jamais ses premiers cheveux gris ou ne se déciderait jamais, après bien des tracas, à quitter cette relation dysfonctionnelle dans laquelle elle s'était tellement investie.

Bonnie aurait à jamais dix-sept ans.

*

Jujje et Olof arrivèrent presque en même temps.

Gabriel et moi allâmes les saluer et donner un coup de main à Olof qui venait de se faire opérer de la hanche et avait besoin d'aide pour marcher.

— Lykke ! fit Olof en brandissant sa béquille par la portière ouverte. Tu es rayonnante, comme d'habitude !

Je laissai passer le mensonge, saisis la béquille et répondis qu'il n'était pas si mal non plus, tandis qu'il s'extrayait de sa nouvelle Fiat – qu'il avait achetée à contrecœur lorsque sa vieille épave était tombée en morceaux.

Il me tendit un panier. Je soulevai la nappe de lin et découvris un tas de petits œufs frais.

— Oh ! Adorables !

— Ce sont des œufs de caille. Tu te rappelles Bernadette, l'éditrice de non-fiction free-lance avec laquelle on travaillait sur les livres de jardinage ?

Je hochai la tête, caressai du bout des doigts les coquilles lisses et fraîches.

— Elle a fini par réaliser son rêve, expliqua-t-il en glissant ses lunettes dans une poche de gilet et son tabac à pipe dans l'autre. Elle a acheté une maison à la campagne où elle élève des cailles. Tu sais qu'elles pondent plus d'un œuf par jour ?

— Non, je ne savais pas.

Je lui tendis sa béquille.

Jujje nous rejoignit, tout sourire, tapa dans le dos de Gabriel et repoussa les mèches grisonnantes qui lui tombaient devant les yeux.

La sueur perlait sur son front bronzé et sa chemise était maculée de grandes taches humides à la poitrine.

— Panne de clim, fit-il en voyant mon regard. Un vrai sauna là-dedans. J'ai dû perdre au moins deux kilos entre Stockholm et Södertälje. (Il indiqua la Tesla bleu marine.) On paie ça une fortune et cette bagnole n'est même pas foutue de fonctionner.

Je contemplai l'onéreuse automobile – sur la banquette arrière, deux rehausseurs pour enfants et quelques jouets.

Près de cinq ans plus tôt, Jujje était devenu père de deux fillettes – rien de bien étonnant en soi, si ce n'est qu'il avait eu ses enfants avec deux femmes différentes sans qu'elles soient au courant de la situation. Sans compter que les fillettes étaient nées à trois mois d'écart seulement. Pour finir, l'une des mamans était une éditorialiste influente qui travaillait pour un média conservateur tandis que l'autre était une députée d'extrême gauche.

Jujje, habitué à avoir une vie privée compliquée, gérait la situation du mieux qu'il pouvait. C'était un super papa, il adorait ses enfants qui vivaient chez lui une semaine sur deux. Et les petites s'adulaient, même si leurs mères refusaient de se rencontrer.

— Hum, fit Olof en caressant son ventre dodu. (Il jeta un regard suspicieux à la Tesla.) J'ai entendu qu'elles peuvent prendre feu.

— Bien sûr, rétorqua Jujje en haussant les épaules. Si on fonce tout droit dans un rocher.

— *Pff!*

Olof et Jujje ne s'étaient jamais vraiment appréciés, et le temps n'avait rien fait à l'affaire. La seule raison pour laquelle ils acceptaient la compagnie d'un de l'autre c'est qu'ils étaient invités chez nous.

— Venez, dis-je. Nous allons hisser le mât.

*

J'avais prévu des marque-places à table – pas que nous soyons particulièrement formels, mais je voulais éviter les problèmes au cours du repas. David serait à une extrémité, Harry à l'autre. Je m'étais placée au milieu pour avoir vue sur toutes les conversations et pouvoir intervenir si elles touchaient des sujets sensibles ou si les garçons commençaient à se disputer.

Fanny m'aida à sortir les plats tandis que Gabriel et Jujje dressaient le traditionnel mât – il était plutôt sobre, environ deux mètres de haut et décoré de branches et feuilles de bouleau. Les deux couronnes étaient garnies des fleurs de Fanny.

À côté du lilas, David discutait avec Olof, un verre de vin à la main.

— La médecine interne ? dit Olof. J'ai connu une femme qui…

Fanny posa le saladier de pommes de terre fumantes entre deux bouquets de fleurs, y plaça des couverts de service et me sourit timidement.

— Quelle jolie table, Lykke !

— Merci, répondis-je en effleurant son bras.

Je me tournai vers la maison. Harry était appuyé contre le mur, il semblait examiner ses ongles, comme s'il y cherchait des saletés, mais je savais que sa posture nonchalante et son expression indifférente n'étaient qu'une façade. Là-bas, à bonne distance de nous, il gardait le contrôle – il pouvait suivre tout ce qui se passait sur la pelouse sans être obligé de participer aux conversations.

— On a oublié quelque chose ? demanda Fanny en posant les mains sur les hanches, le dos légèrement cambré.

Après un coup d'œil à la table, je répondis :

— Les eaux-de-vie, dans le congélateur.

— Je vais les chercher !

Elle se dirigea vers la maison à pas légers, sa robe vaporeuse voletant autour de ses mollets graciles.

Harry la suivit du regard quand elle passa devant lui.

57

Les premières heures s'étaient bien passées, aussi bien que possible. On aurait pu se croire à n'importe quelle fête suédoise de la Saint-Jean.

Les plats se vidaient, les bouteilles aussi. Le soleil descendait sur l'Éternité et dans l'air se mêlaient les effluves de l'été avec ceux des boulettes de viande tout juste sorties du four et l'odeur âcre de l'alcool.

L'humidité était de plus en plus palpable, l'herbe se parait de rosée, les essaims d'insectes tourbillonnaient autour de nos têtes.

Jujje et David discutaient des tendances dans l'édition.

— La *sick litt*, déclara Jujje. On est noyé dans la *sick litt* en ce moment.

— La *sick litt* ?

David semblait perdu.

— Tu sais, les malades qui racontent leur vie. J'ai deux auteurs cancéreux et un autre qui a perdu ses quatre membres dans un accident de travail.

— Ça alors, fit David.

— Je peux peut-être te consulter pour les questions médicales si…

Je me tournai vers Gabriel et Olof qui parlaient d'Ali Hizami, le poète dont j'étais l'éditrice depuis longtemps.

— … mais bien sûr, j'ai été étonné qu'il soit entré à l'Académie suédoise, disait Olof.

— Pourquoi ?

— Bah. On peut dire ce qu'on veut, mais c'est vraiment une littérature très confidentielle et politique. Je pensais qu'ils choisiraient quelqu'un de moins…

— Controversé, suggéra Gabriel.

Olof hocha la tête.

— Surtout vu le bordel à l'Académie !

L'année suivant la parution de *Chaos*, Ali Hizami avait publié son recueil de poèmes *Ode à la rentabilité* qui avait été remarqué et salué par la critique. Le quotidien *Svenska Dagbladet* avait écrit qu'il « interrogeait les limites de la société capitaliste tout en examinant et repoussant les contraintes de la langue ».

Ali, qui venait de quitter sa caravane à proximité de la décharge pour retourner chez sa mère, avait versé quelques larmes de bonheur quand je le lui avais raconté.

Gabriel remplit les verres.

— Non merci, je conduis, annonça Fanny, qui faisait de son mieux pour entretenir la conversation avec Harry. Il répondait par monosyllabes, le dos voûté, le regard dans son assiette.

David, qui semblait peu intéressé par la *sick litt*, faisait tourner sa trop grande bague de fiançailles en jetant des coups d'œil furtifs à son frère.

Une heure plus tard, on débarrassait la table.

— … de nos jours, il faut être une célébrité ou avoir dix mille followers pour devenir écrivain, marmonnait Gabriel.

— *O tempora, o mores !* répondit Olof en suçant sa pipe, les yeux rivés sur l'eau limpide du lac, le regard vide.

— Vous n'êtes pas mieux que les autres maisons, rétorqua Gabriel.

Il vida son verre cul sec et le posa sur la table avec un claquement.

Je me tournai vers lui. Il affichait un air renfrogné, sa chemise mauve était tachée de gras au niveau du ventre.

— Comment ça ? rétorqua Olof.

— Forss & Stierna va publier ce rappeur, là.

— Qui donc ? s'enquit Fanny, tout à coup curieuse.

— Kadde, celui qui a gagné les MTV Music Awards.

— Mais…, fit Fanny, pantoise. Ce n'est pas lui qui a tué deux hommes par balle ?

— Ce n'est pas prouvé. Il n'a jamais été condamné.

— Je rêve ! Tu n'as jamais écouté ses textes ? C'est une vraie racaille ! Vous publiez aussi cette blogueuse.

— Fukme, oui. Elle n'est pas blogueuse, mais youtubeuse.

— Fukme, grommela Gabriel. *Fuck me*, c'est quoi ce nom de merde ? Comment s'intitule son bouquin, déjà ?

Jujje, en face de moi, se réveilla.

— *Ainsi je me scarifie*, ricana-t-il en levant un couteau. (Il devint grave, se caressa le menton piqueté d'une barbe naissante.) Il a été vendu à cent mille exemplaires en grand format.

Ses yeux se mouillèrent, comme toujours lorsque la conversation portait sur les chiffres de vente et les sommes faramineuses.

— Voilà, concéda Gabriel. Et pourquoi un tel succès de librairie ? Parce qu'elle est célèbre. Et ça grâce à une série télévisée à la con où de jeunes crétins passent leur temps à se rouler des pelles sur une île au large du Mexique.

Olof baissa sa pipe, sembla hésiter.

— Tu sais, il est franchement pas mal son texte.

— Tu déconnes ? objecta Gabriel. Je l'ai entendue à la radio. Elle s'exprime comme une gosse de cinq ans. Si c'est elle qui a écrit ce bouquin, je me…

— Gabriel, l'interrompis-je. Tu ne veux pas aller chercher une bouteille d'eau ?

Il m'ignora.

— Elle a écrit ce bouquin *toute seule*, insista Olof.

— Comme Theodor Broman ! Laisse-moi rire !

Gabriel cracha ce nom comme un fruit au goût amer.

À mesure que Gabriel était tombé dans l'oubli, Theo avait consolidé sa position comme l'écrivain vedette de Forss & Stierna. Il semblait guéri du syndrome de la page blanche dont j'avais moi-même été témoin et il publiait un best-seller par an, avec la régularité d'une horloge. Les critiques étaient souvent tièdes, voire absentes, mais il était adulé des lecteurs. Ce qui avait son importance.

Sans lui, la maison d'édition aurait mis la clé sous la porte. J'aurais été au chômage et Gabriel n'aurait pas pu publier ses derniers romans – choses qu'il n'aimait pas qu'on lui rappelle. Theo incarnait tout ce que Gabriel méprisait : le boom du livre audio, ce qu'il considérait comme une infantilisation de l'édition, et la mort de la critique littéraire percutante.

Mais une maison ne peut garder ses auteurs confidentiels que si elle publie aussi les écrivains à succès. Les choses avaient toujours été ainsi, alors il y avait peu de raisons pour que ça change.

— Tout le monde sait que Theodor Broman n'écrit pas ses livres, rétorqua Gabriel.

— Tu te trompes, répondit Olof du tac au tac. (Il frappa sa pipe contre la table.) Lykke l'aide beaucoup, je le reconnais, mais il écrit lui-même ses textes.

Je hochai la tête.

Theo avait effectivement besoin d'aide, surtout avec la langue. Mais pour autant que je sache, il n'avait pas de prête-plume. Hormis pour *Le Coupable inconnu*, bien sûr – le livre qu'il avait pondu l'année de la mort de Bonnie. Sans en être sûre, je le soupçonnais d'avoir été aidé. Le roman avait été fini à temps à la grande joie de la maison.

Mais je n'avais jamais vu la couleur de la fameuse grosse prime qu'Olof avait promis de me verser.

Je me tournai de nouveau vers Gabriel.

— Chéri, une bouteille d'eau, s'il te plaît.

Jujje, qui ne semblait pas remarquer à quel point la situation était tendue, continuait à parler de Fukme.

— Tu sais ce qu'elle m'a sorti quand je l'ai croisée à la Foire du livre l'an dernier ? Que c'était injuste qu'elle ne puisse pas intituler son livre « LOL ».

— Les acronymes, ça ne marche pas, fit Olof en étouffant un bâillement.

— *Mais*, répondit Jujje en levant l'index. Elle trouvait que sa proposition aurait dû être validée vu que Gabriel avait intitulé son livre *Chaos*.

Il éclata de rire, se frotta les yeux d'une main. Ses épaisses chaînes en argent cliquetaient autour de ses poignets.

— Vous comprenez ? ricana-t-il. *Chaos* comme K.-O. !

Gabriel posa ses couverts sur son assiette, le visage cramoisi.

Ce n'était pas facile d'avoir perdu son aura dans un milieu comme celui-là.

La nuit tomba. Une nuit fraîche, bleu clair.

Les branchages du grand poirier découpaient le ciel clair. La lune se leva sur le lac – son reflet rond et laiteux flottait nonchalamment sur l'eau. Nous avions allumé des photophores, Gabriel avait sorti des couvertures. Autour de nous, la nature semblait retenir son souffle, comme si elle prenait son élan avant l'aurore qui n'allait pas tarder, c'était impossible de ne pas penser à cette nuit d'août, huit ans plus tôt.

Je regardai Fanny – David lui donna un baiser, caressa ses courts cheveux bruns.

Si Bonnie avait vécu, elle aurait eu le même âge que Fanny…

Si tout avait été différent, c'est peut-être elle qui aurait eu une alliance au doigt et aurait reçu un baiser d'un de mes fils.

Vers une heure, Fanny prit congé. Elle devait rendre visite à ses parents à Borlänge le lendemain et devait attraper le train du matin. David allait dormir dans son ancienne chambre dans la stuga – nous l'avions repeinte et avions changé le lit. Jujje devait le ramener en ville le lendemain.

Je la serrai longuement dans mes bras.

— Sois prudente sur la route. Attention aux animaux sauvages, il y en a beaucoup par ici.

— Je ferai attention, répondit-elle, et elle prit congé des convives.

David l'embrassa sur la bouche et sortit les clés de voiture de sa poche.

— À lundi ! lança-t-il.

Nous sommes restés un petit moment dans le jardin, mais les moustiques se pressaient autour de nous et l'air était si humide et froid que les couvertures ne suffisaient plus.

Gabriel s'était assis à côté de Jujje. Ils discutaient à voix basse d'un sujet que je n'arrivais pas vraiment à saisir. Olof et David parlaient de l'impact des nouveaux services de streaming sur l'édition et le cinéma, mais les répliques étaient de plus en plus espacées et interrompues par de longs bâillements.

Harry déchirait des brins d'herbe en minuscules morceaux qu'il plantait dans une fente de la table – ils se tenaient là, au garde-à-vous, tels des soldats de plomb.

— Netflix, dit Olof en planquant sa main sur sa bouche pour étouffer un bâillement. Je mise sur eux, leur plateforme est la meilleure. Sans compter qu'ils produisent leurs propres séries. La nouvelle série policière *Les Filles et la nuit* ! C'est absolument brillant.

Il fronça les sourcils et ajouta :

— Bien que ce soit du polar. (Il s'étira.) Mon cher David, je suis navré, mais il se fait tard et je ne suis plus tout jeune. J'ai besoin de quelques heures de sommeil.

Il se leva, grimaça et attrapa sa béquille.

Quand il se tourna vers moi, son visage s'adoucit.

— Merci pour cette excellente soirée, c'était délicieux et sympathique, comme toujours.

Jujje l'imita.

— Je vais me coucher aussi. Va falloir que j'amène cette foutue bagnole au garage demain matin.

*

Assise sur mon lit, je regardais fixement les rais de lumière qui encadraient les stores. La nuit de juin filtrait par la fenêtre et je savais que je ne réussirais pas à m'endormir.

Gabriel ronflait à côté de moi et depuis la cuisine j'entendais des raclements de chaise.

Harry veillait. Comme toujours la nuit.

Il jouait à des jeux vidéo, regardait des films, s'avalait des repas complets – nous avions parlé avec lui des milliers de fois, mais il ne voulait pas, ou ne pouvait pas arrêter.

Je me levai, m'enveloppai dans un châle et descendis dans la cuisine pour me préparer une tisane qu'on disait calmante.

Harry enleva ses écouteurs et rabattit l'écran de son ordinateur en me voyant arriver.

— Quoi ? demanda-t-il.

Je remplis la bouilloire sifflante, la posai sur la cuisinière, sortis une tasse et un sachet de tisane et me tournai vers lui.

— Va te coucher.

— Je ne peux pas dormir dans la stuga.

— Tu y dors depuis trois ans.

Les premières années après la mort de Bonnie, il avait refusé d'y mettre les pieds. Il avait fini par capituler et s'était installé dans son ancienne chambre.

Il débrancha le fil du chargeur et grimaça.

— Pas quand i… i… il est là.

— Bon sang, Harry ! Ça fait huit ans. Vous devez pouvoir dormir une nuit dans la même maison.

Il me jeta un regard noir, se leva et se dirigea lentement vers la porte, l'ordinateur sous le bras.

Je versai l'eau fumante dans la tasse, y trempai le sachet de thé. Par la fenêtre, j'observai Harry qui marchait vers la stuga. Quelques instants plus tard, la lumière s'alluma dans la cuisine. De larges bandes dorées illuminèrent les touffes d'herbe et les buissons le long de la façade.

Après avoir jeté le sachet, je bus ma tisane à petites gorgées.

J'ignore combien de temps je suis restée debout comme ça, peut-être quelques minutes, puis j'ai entendu un bruit sec suivi d'un fracas assourdi. Ensuite des éclats de voix.

Je posai ma tasse dans l'évier, elle bascula, déversant du liquide brûlant sur mes doigts. Qu'importe ! Je me précipitai dans l'entrée, enfilai mes baskets et fonçai vers la stuga.

Je n'avais qu'une seule idée en tête : *ils vont s'entre-tuer. Cette fois ils vont s'entretuer.*

58

Quand j'ouvris la porte, je vis deux chaises renversées et, près d'elles, l'ordinateur de Harry. L'écran s'était détaché, quelques câbles pendaient comme les tendons d'un animal dépecé.

— Harry ! David !

Des cris retentissaient dans la chambre de David. J'y pénétrai d'un bond.

Ils se dévisageaient, enragés.

— Tu n'oseras pas, cracha David.

Je me précipitai vers eux.

— Arrêtez !

Harry me regarda, tourna la tête vers son frère.

— Vous me gâchez la vie, murmurai-je. Vous ne comprenez pas ? Allez régler vos différends ailleurs !

Harry recula de quelques pas.

David pointa sur lui un doigt tremblant.

— Putain, mais c'est un vrai psychopathe ! Il m'a poussé et je…

Il approcha la main gauche de l'arrière de sa tête et l'observa. Une goutte de sang luisait dans sa paume.

Il se tut, le visage crispé.

— Ce n'est rien, dis-je en inspectant son crâne. Ça se voit à peine.

— Ce n'est pas ça. C'est la bague. Je l'ai perdue.

*

— Quelque part par ici !

David indiquait un interstice entre les lattes.

Le plancher était vieux de près d'un siècle et à certains endroits les planches s'étaient écartées de plusieurs millimètres.

— Elle a dû glisser dans une fente ! Elle n'est pas par terre et je l'avais encore il y a deux minutes. Avant que ce malade mental…

Il laissa sa phrase en suspens.

Harry quitta la chambre. On entendit un craquement quand il se laissa tomber sur la banquette à barreaux de la cuisine.

— Allez, on cherche une dernière fois, suggérai-je.

— J'ai regardé partout.

Avec un soupir, je m'agenouillai, baissai la tête vers le sol pour essayer de regarder dans une fente.

— Fait chier, marmonna-t-il. Merde ! Fanny va me faire la peau. Elle m'avait dit de la déposer dans une bijouterie tout de suite. J'aurais dû l'écouter.

— Du calme, on va la trouver. Je ne vois rien, il fait trop sombre.

David se pencha, alluma la lampe de poche de son portable et la braqua dans ma direction. Je scrutai l'intérieur de la fente – la maigre lumière qui se faufilait entre les planches n'était pas très utile. Je ne voyais que de la poussière.

Je bougeai la tête et fouillai du regard une autre ouverture. Je me redressai et rencontrai son regard.

— Tu es sûr que c'était là ?

— Oui. Quelque part par ici. (Il poussa un long soupir.) Bon sang ! Elle a disparu ! Bordel de merde !

Il se mit à arpenter la chambre d'un pas vif, s'arrêta près de la tête de lit, se pencha en avant et laissa courir ses doigts sur le sol. Il se leva, traversa la pièce, s'accroupit et fit de même.

— Les planches. Si on arrache les clous, on peut les soulever. Ça suffira peut-être d'en enlever quelques-unes. On pourra les remettre facilement.

— Entendu, dis-je après un instant de réflexion. On s'en charge demain.

— Non. Il faut qu'on retrouve la bague maintenant.

— Enfin, David, tu sais quelle heure il est ?

— Demande à papa de m'aider si tu es trop crevée !

Je me levai, secouai la tête.

— Il dort et je ne pense pas qu'il se réveille très tôt.

— Bon, bon.

— Tu peux aller chercher la boîte à outils ?

J'hésitai. Bien sûr que je pouvais aller la chercher, elle se trouvait dans un des placards de la cuisine, mais je ne comprenais pas bien l'urgence. La bague n'allait pas se volatiliser pendant la nuit. Nous pourrions la chercher le lendemain.

— Je t'en prie, maman.

— D’accord, acceptai-je en maudissant ma sensiblerie. J’y vais.

Je retournai dans la maison récupérer la grosse boîte à outils et ressortis à pas de loup.

David m’attendait devant la porte. Il me prit la mallette des mains avec un regard reconnaissant. Harry était toujours assis sur la banquette, voûté sur son ordinateur cassé.

David s’engouffra dans la chambre. Quand j’entrai derrière lui, il avait déjà sorti un marteau et un pied-de-biche et s’était mis à l’ouvrage. Un crissement se fit entendre au moment où le bois libéra le vieux clou rouillé.

— Commençons par cette planche, déclara-t-il. Les fentes sont les plus larges tout autour.

— On devrait peut-être décaler le lit ?

Je poussai le meuble de quelques dizaines de centimètres vers le mur.

David se leva, posa le clou sur la table de chevet et traversa la pièce pour arracher celui de l’autre côté.

Il était moins lâche, David tira de toutes ses forces. Il lui fallut plusieurs minutes avant de parvenir à l’arracher.

Harry apparut dans l’embrasure, la curiosité avait pris le dessus, mais il refusait toujours de nous adresser la parole. Il regarda David se lever pour déposer les clous sur la table de chevet.

David inspecta la planche.

— Si je soulève de ce côté, tu peux peut-être…

Il indiqua l'autre côté de la latte en me regardant. Je me tournai vers son frère.

— Harry, tu pourrais quand même nous donner un coup de main.

Ce dernier s'avança à contrecœur.

David se pencha en avant, glissa le pied-de-biche dans l'ouverture entre les deux planches et fit levier. La planche se détacha avec un craquement, levant un petit nuage de poussière. Une odeur de terre humide envahit la chambre. Harry empoigna l'autre extrémité et ensemble ils soulevèrent la planche et la posèrent sur le côté.

Je plongeai le regard dans l'ouverture – environ une quinzaine de centimètres de large sur trois mètres de long. Des lambourdes étaient placées à intervalles réguliers entre lesquelles on distinguait l'isolant – des copeaux, de la vieille mousse et des journaux en boule. Quelques emballages de bonbons qui s'étaient immiscés sous le parquet traînaient à côté d'une poutre transversale.

David s'agenouilla, plongea les deux mains dans les matériaux d'isolation, le regard concentré, le front luisant de sueur.

Il s'immobilisa, son visage s'illumina d'un grand sourire et il brandit la bague entre le pouce et l'index. Elle scintillait à la lueur de la lampe en laiton.

— Incroyable ! m'exclamai-je.

Il enfila la bague et me regarda dans les yeux.

— Merci, dit-il. Merci.

Puis il se tourna vers Harry sans dire un mot.

— Vous pouvez replacer la latte, s'il vous plaît ? demandai-je. Je ne veux pas que vous tombiez dans ce trou.

Je reculai d'un pas pour laisser de la place aux garçons, mais au moment où ils allaient saisir la planche, mon regard s'arrêta sur un autre objet au fond de l'espace béant, un objet métallique qui reflétait la lumière du plafonnier.

— Attendez !

Je m'avançai, tendis le bras.

Je tenais entre les doigts un petit objet rond, de un centimètre de diamètre pour trois ou quatre millimètres d'épaisseur.

— Qu'est-ce que c'est ? s'enquit David en s'approchant.

Je retournai la petite pièce métallique.

C'était un bouton.

Le métal brillant était rehaussé d'une écrevisse en émail rouge.

MANFRED

Aujourd'hui

59

— Je ne comprends pas, dis-je en dévisageant Lykke.

Ses joues sont écarlates, ses yeux baignés de larmes et elle secoue lentement la tête.

— Le bouton. Je l'ai reconnu immédiatement. Il venait de la chemise que Gabriel portait le soir du festin d'écrevisses où Bonnie a été tuée. Une chemise d'une laideur sans nom, d'ailleurs. Elle était unique, aussi. Jamais vu un vêtement pareil, ni avant ni après.

Elle affiche un air de dégoût.

Je continue de la fixer et je comprends peu à peu ce qu'elle essaie de communiquer.

— Vous insinuez que…

Elle hoche la tête, s'empare d'un mouchoir posé à côté de la tasse de café vide et se mouche.

— Gabriel a dû perdre son bouton dans la chambre où dormait Bonnie.

Je tente de me remémorer les conclusions des techniciens huit ans plus tôt.

— Mes collègues ont retourné cette maison. Ils ont cherché pendant deux jours. S'il y avait eu un bouton, ils l'auraient trouvé.

Elle secoue de nouveau la tête.

— Il était sous les lattes du plancher. Si je ne m'abuse, ils ne les ont pas soulevées.

Je réfléchis aux possibilités.

— Le bouton aurait pu tomber là à un autre moment ?

— Non. Il venait d'acheter la chemise. Il l'a déballée le soir de la fête.

— Gabriel s'est peut-être rendu dans la stuga pendant le dîner ? Il a pu quitter la table et…

— Non. Personne n'y est entré. La porte était fermée à clé, les garçons fermaient toujours. Ni Gabriel ni moi n'avions la clé.

Je revois le corps sans vie de Bonnie et je me souviens des yeux gris de Pirjo si tristes quand elle la regardait, et la voix de la légiste qui expliquait qu'elle était sans doute morte par asphyxie.

— Je suis quasiment sûre que ça s'est passé comme ça, explique Lykke. Gabriel s'est réveillé au milieu de la nuit, peut-être parce qu'il était dérangé par la musique. Il est sorti pour leur dire d'éteindre, mais en chemin il a vu que la fenêtre de la chambre de Bonnie était ouverte.

Je ne l'interromps pas, je ne prends pas de notes. Je suis trop concentré sur le récit de Lykke.

— Il l'a vue là, nue dans son lit, poursuit-elle. Et… je ne sais pas ce qui lui est passé par la tête. Il était rond comme une queue de pelle, mais ce n'est pas une excuse. Il n'a jamais été violent, d'après ce que je sais. Mais que sait-on des autres ? Que sait-on des gens qu'on aime ?

Elle hausse les épaules et semble s'affaisser un peu.

— Ou qu'on *croit* aimer, se corrige-t-elle. Je croyais qu'il était fidèle aussi, pendant plusieurs années j'en ai été convaincue. Bien qu'il y ait eu des signes : toutes ces jeunes éditrices qui allaient et venaient, toutes ces autrices qu'il était obligé de fréquenter. J'imagine que je ne voulais pas voir, je ne voulais pas comprendre. Et quand j'ai ouvert les yeux, je n'avais plus la force de réagir.

Elle se tait, se frotte les mains et regarde par la fenêtre.

— La fenêtre de la stuga est basse, il n'avait qu'à entrer. J'imagine qu'il a tenté une approche et qu'elle a essayé de se défendre. Bien sûr, à ses yeux, il devait être un vieux porc. C'est peut-être à ce moment-là que le bouton s'est détaché et est tombé entre les lattes.

— Les garçons n'ont rien entendu. Comment est-ce possible ?

— La musique était à fond. Et ils avaient bu…

Je m'efforce de me représenter la scène, l'enchaînement d'événements, en essayant de donner du crédit à ses dires.

— Je vois. Bien sûr. C'est possible que Gabriel soit entré dans la chambre de Bonnie et y ait perdu son bouton. Mais il ne peut pas avoir tué Bonnie. Quand on l'a découverte, les fenêtres étaient fermées de l'intérieur avec un loquet. Le coupable devait se trouver dans le bâtiment après l'assassinat.

Elle pousse un profond soupir.

— C'est ce que je pensais aussi. Je n'ai pas compris tout de suite. C'est Harry qui nous a donné la solution.

LYKKE

Une semaine plus tôt

60

— Papa ne peut pas avoir…, fit David, mais il laissa la phrase en suspens.

Il était livide, les poings serrés.

Harry s'appuya contre le mur, se laissa glisser jusqu'au sol où il resta assis. Il bascula la tête en arrière, fixa le plafond.

— Ce salopard !

Je contemplai le trou dans le sol, la planche à côté, puis le bouton qui reposait toujours dans ma main. Le métal lisse contre ma peau était devenu chaud. L'écrevisse en émail semblait presque phosphorescente.

— Le bouton a dû se retrouver là d'une autre manière.

— Oui, approuva David du tac au tac. Il l'a peut-être perdu, Bonnie l'a ramassé et…

— Tu t'entends parler ? C'est com… comp… complètement con ce que tu racontes !

Harry appuya le front contre ses genoux. Ses épaules étaient secouées de soubresauts, j'ignorais s'il sanglotait ou était tout simplement choqué.

— Ce n'est pas possible…, reprit son frère. Il ne *peut pas* l'avoir blessée. La porte était fermée. Les fenêtres aussi.

Harry redressa lentement la tête.

— Ah bon, tu crois ça ?

Il se leva, marcha vers la fenêtre, l'ouvrit grand. L'un des ventaux claqua contre la façade.

— Qu'est-ce que tu fais ? demandai-je.

Il ne répondit pas. D'un pas leste, il passa par la fenêtre et se retrouva dehors. Les mains reposant sur le rebord, il nous regarda.

— La police m'a demandé si Bonnie et moi nous étions déshabillés sur le ponton. Apparemment elle avait plein de boutons de moustique sur le haut du corps.

Il marqua une pause avant de poursuivre.

— J'ai dit que non. On n'a pas en… enlevé nos vêtements. Mais je crois qu'elle dormait la fenêtre ouverte. C'est là qu'elle s'est fait piquer. Après… il est arrivé. Il est en… entré.

Harry passa une jambe par la fenêtre, puis l'autre ; il était de nouveau à l'intérieur. Il se posta à un mètre du lit et l'observa en silence.

David eut un haussement d'épaules.

— Ah oui ? Et comment il est sorti ?

Harry se tourna vers lui. Il n'y avait plus d'hostilité dans son regard, simplement une grande concentration.

— Par le même chemin, expliqua-t-il en joignant le geste à la parole.

Il nous regarda depuis l'extérieur, poussa le premier vantail de la fenêtre qui se ferma avec un claquement étouffé.

— Puis il a fait comme ça.

Il rabattit le deuxième ventail, appuya dessus pour s'assurer que la fenêtre était bien fermée et s'éloigna dans la nuit bleu clair.

— Qu'est-ce qu'il fout ? marmonna David.

On entendit des pas devant la stuga, ils s'éloignèrent et se rapprochèrent. La porte d'entrée s'ouvrit ; Harry entra dans la chambre, un livre à la main.

— Le lendemain, annonça-t-il. On est le lendemain matin, d'accord ?

David haussa de nouveau les épaules.

— Maman en… entre et trouve Bonnie, OK ?

Personne ne dit rien.

— La fenêtre était fermée, non ? poursuivit Harry.

— Oui, elle était fermée.

— Mais est-ce que le loquet était rabattu ?

Harry marcha jusqu'à la fenêtre et fit glisser son doigt sur la pièce de métal.

Je réfléchis.

— Je dois avouer que je n'ai pas regardé. J'ai seulement vu que la fenêtre était fermée. Et que Bonnie était…

Harry opina du chef.

— Maman, tu te souviens de m'avoir demandé d'aller chercher papa ?

— Oui.

— Et quand on est revenus, il est allé dans la chambre et David, toi et moi, on est restés dans la cuisine.

Les paupières closes, je revis David, en larmes, assis sur la banquette. Ses mots me revinrent.

« Fais quelque chose ! On doit l'aider ! On ne peut pas juste... Elle ne peut pas juste... »

Puis : Gabriel qui surgit en peignoir, les cheveux humides, avec Harry sur les talons. Gabriel qui nous ordonne de rester dans la cuisine avant de se précipiter dans la chambre de David. Et nous, nous obéissons, car c'est ce que nous avons toujours fait. Harry s'assoit sur la banquette à côté de David et nous restons là jusqu'à ce que Gabriel ressorte.

Un grand froid se diffusa dans ma poitrine. Je pris une profonde inspiration, mais l'air ne semblait pas entrer dans mes poumons, puis une sensation de nausée m'envahit.

Harry avait raison, Gabriel était resté seul avec Bonnie pendant au moins une ou deux minutes – je ne me rappelais pas bien, c'était comme si le temps s'était suspendu.

— Il a fe… fe… fermé le loquet, expliqua Harry. Peut-être même qu'il l'a essuyé, car je ne pense pas qu'ils aient trouvé d'empreintes digitales dessus. (Pause.) Il a tué Bonnie. Papa a tué Bonnie, nous avons été accusés et il n'a rien dit ! Il nous aurait laissé c… croupir en prison si on ne nous avait pas libérés.

Le silence se fit. Je regardai David, puis Harry qui était toujours devant la fenêtre, le livre à la main.

— Comment… ?

Il leva le livre.

— Il y avait une affaire pa… pareille là-dedans.

Je lus le titre.

Crime Fiction and the Locked Room – The Rise and Fall of a Literary Genre.

J'ai couru à travers la nuit claire, serrant dans mon poing le bouton. J'entendais les pas de mes fils juste derrière moi.

— Maman ! cria David. Attends !

Je ne répondis pas.

Je refusais d'y croire. C'était impossible. Gabriel n'était pas un assassin, c'était mon mari, le père de mes enfants, l'homme qui faisait tout pour sa famille. L'écrivain jadis adulé tombé dans un oubli aussi indigne qu'injuste.

Le bouton, songeai-je. *C'est la clé du mystère*. Et peut-être, peut-être n'était-ce pas le bon bouton. Qui sait ? Il y avait peut-être des boutons similaires. Quelqu'un aurait pu en perdre un dans l'ancienne chambre de David…

Je grimpai quatre à quatre les marches du perron, ouvris la porte et montai à l'étage sans retirer mes chaussures.

— Maman ! fit Harry, mais je ne répondis pas.

Arrivée à l'étage, j'ouvris la porte étroite qui menait au grenier et je gravis le vieil escalier de guingois.

Il faisait frais et sombre dans cet espace exigu, un courant d'air me caressait le dos. Je pressai l'interrupteur, la lumière inonda la pièce. Le plafond en soupente était couvert de lambris blanc. Au fond s'empilaient de grands cartons.

J'ai lu ce qui était soigneusement inscrit sur les étiquettes collées aux cartons. *Décorations de Noël*, *Vêtements d'enfants*, *Livres Gabriel 2013-2015*. Puis je vis ce que je cherchais.

Vêtements, etc.

Je descendis les cartons posés au-dessus, l'un après l'autre, et les posai sur le parquet poussiéreux.

Harry entra, puis David.

— Qu'est-ce que tu fabriques ? demanda David.

J'ouvris la boîte avec une rage telle que le carton humide se déchira. Je sortis les vêtements – ma robe années soixante à fleurs, cadeau de ma mère. Une fourrure synthétique que je ne porterais plus jamais, je le savais. La parka déchirée de Gabriel que je voulais faire recoudre, mais que je n'ai jamais réussi à amener chez le couturier.

Je l'aperçus – la grosse écrevisse au milieu du dos, semblable à une tache de sang.

Je pris le vêtement, le levai vers la lumière, observai le bouton et le comparai avec ceux de la chemise.

Ils étaient identiques.

Et là, à l'endroit où aurait dû se trouver le bouton supérieur, pendait un fil nu.

MANFRED

Aujourd'hui

61

Je plonge mon regard dans les yeux bleus de Lykke. Est-il possible qu'elle dise vrai ? Que nous ayons raté quelque chose d'aussi fondamental lorsque nous travaillions sur l'affaire ?

Je sais déjà la réponse. Bien sûr que oui. L'erreur est humaine – même dans la police. La seule différence étant que les nôtres peuvent avoir des conséquences funestes.

Je pense à David et Harry, aux heures passées en salle d'interrogatoire où je les ai poussés dans leurs retranchements.

Je pense à leurs longs mois de détention provisoire, avec interdiction de parler à quiconque à l'exception des surveillants et de leur avocat. Aux journaux, dont la lecture leur était refusée, aux émissions de télé qu'ils ne pouvaient visionner, à leur famille qu'ils ne pouvaient appeler.

Et je comprends enfin ce que ressent Lykke et les raisons pour lesquelles elle a insisté pour me parler personnellement, sans son avocat.

— Mon mari a assassiné Bonnie Högberg, déclare-t-elle en joignant les mains sur ses genoux.

Sa voix est basse, son regard fixe, son visage tranquille. Elle pourrait aussi bien parler de la météo ou de sa voiture.

— C'était extrêmement difficile à accepter, poursuit-elle. Mais l'homicide, le meurtre, qu'importe la manière dont on qualifie cet acte, n'est pas le pire. Pas pour moi, pas en tant que mère.

— Qu'est-ce qui peut être pire que tuer quelqu'un d'aussi jeune ?

Elle me contemple longuement. Je devine sa réponse avant même qu'elle ouvre la bouche.

— En faire porter la responsabilité à ses propres enfants.

LYKKE

Aujourd'hui

62

Des enfants adultes.

Ces mots sont contradictoires, non ?

Peut-on être adulte et enfant en même temps ?

Bien sûr, rétorquais-tu. Tes enfants seront toujours des enfants. Tu seras toujours leur parent, quel que soit leur âge. Tu porteras en toi tous les âges de leur vie, tu verras le bambin dans le visage ridé de leur maturité. Tu reconnaîtras la démarche saccadée de ton fils de cinq ans dans les pas hâtifs du jeune actif qui court d'une réunion à l'autre. Tu flaireras son angoisse et sa peur, car ces sensations sont et demeurent les mêmes.

C'est à toi de les apaiser.

En es-tu capable ?

Je te trouvais si beau quand tu prononçais ces mots. Ces mots résumaient si bien tout ce que j'avais toujours pensé, tout ce en quoi j'avais cru. Lors de notre rencontre, j'étais tombée amoureuse de l'homme en face de moi, mais aussi de tes mots – ces mots qui séduisent et qui leurrent.

Être parent est le travail le plus difficile qui soit, disais-tu. C'est pour cela qu'on est deux. Un papa, une maman, un enfant. Deux papas, un enfant. Une maman, une grand-mère, un enfant. Peu importe la constellation tant qu'il y a quelqu'un avec qui partager le défi, quelqu'un en qui tu as pleinement confiance.

La famille est la fondation sur laquelle reposent toutes les civilisations, continuais-tu. La famille est le début et la fin, et tout le reste. En tant que parent, tu n'es qu'un lien entre le passé et l'avenir, et la seule chose que tu ne peux pas faire c'est te briser – autrement, la chaîne se rompt.

C'est ce que tu affirmais. Ce sont tes mots.

Maintenant, je me dis : tu t'es brisé, tu as fauté. Tu as laissé cela se faire sans même essayer de l'arrêter.

Tu voulais te briser.

Je pose le stylo et contemple le texte.

Il y a tant de choses à dire, tant de moments de vie à retranscrire. Raconter, c'est mon objectif.

Quand *Chaos* a été publié, Gabriel a pris le pouvoir sur le récit, s'est approprié l'histoire du début jusqu'à la fin. À travers son livre – un roman, mais pas que –, il a fait de nos enfants des suspects aux yeux de tous ceux qui voulaient le lire, et ils étaient nombreux.

À présent, je compte bien lui arracher ce pouvoir – je vais écrire ma propre version de ce qui s'est passé à l'Éternité.

Des pas résonnent devant ma cellule, une seconde plus tard on entend un crissement métallique. Une clé pénètre dans la serrure et la porte s'ouvre.

Sara se tient dans l'embrasure. Ses cheveux blond vénitien sont attachés, elle a l'air fatiguée.

— Il est revenu, indique-t-elle. Vous allez poursuivre l'interrogatoire.

Je regarde par la petite fenêtre.

Le crépuscule est descendu sur Stockholm. Le soir d'été si clair, unique, est enfin arrivé, prenant la suite de la journée.

Manfred entre, m'adresse un signe de tête, tire la chaise, ôte sa veste et la suspend au dossier. Puis il s'assied en face de moi et remonte ses manches.

Son visage a changé, il paraît plus jeune. Sa posture semble plus détendue, son visage curieux est dénué d'hostilité.

— Vous avez dîné ? me demande-t-il.

Je hoche la tête.

— Je ne peux pas dire que c'était bon.

L'ombre d'un sourire passe sur ses lèvres.

— Je n'ai jamais eu l'occasion de goûter la nourriture de la prison, mais j'imagine que ce n'est pas de la haute gastronomie.

Il sort son bloc-notes, tripote l'enregistreur et prononce les phrases habituelles. Puis il se penche en arrière sur sa chaise.

— Alors, dit-il.

— Alors.

— Vous voulez bien me raconter ce qui s'est passé ?

J'acquiesce, contemple mes mains. Mes ongles sont sales – du sang ou juste de la crasse, je l'ignore.

— J'ai rangé la chemise dans le carton et nous sommes descendus dans la cuisine. David et Harry étaient outrés. (J'hésite avant de continuer.) Je n'arrivais toujours pas à y croire. Nous nous sommes assis autour de la table et avons commencé à réfléchir. Nous avons passé en revue la suite des événements, plusieurs fois. Je suis même allée chercher mes annotations.

— Des annotations ?

— Oui. Quand les garçons étaient en détention, j'ai écrit tout ce qui s'était passé le soir de la mort de Bonnie. J'imagine que je me croyais capable de déduire qui l'avait tuée.

Je ne peux m'empêcher de rire.

— Comment pouvais-je penser que j'allais trouver la réponse alors que vous aviez travaillé des mois sur l'affaire sans découvrir le coupable ! Quoi qu'il en soit, j'ai comparé mes notes avec nos souvenirs. Elles étayaient notre hypothèse.

— Qu'est-il arrivé ensuite ?

Je regarde à nouveau par la fenêtre, essayant de me représenter l'Éternité à cet instant – le parfum des roses dans l'air frais du soir, la sensation de l'herbe humide et sans doute un peu trop longue sous mes pieds nus.

— Ensuite… il est descendu. Nous avions dû le réveiller, car j'ai entendu des pas dans l'escalier. Quelques instants plus tard, il était planté sur le seuil.

LYKKE

Une semaine plus tôt

63

— Qu'est-ce que vous foutez ? Vous avez vu l'heure qu'il est ?

Gabriel nous dévisageait en se grattant l'entrejambe. Il était en caleçon, les plis de l'oreiller lui barraient la joue. Il se tenait à l'encadrement de la porte.

— Et si vous voulez absolument vous lever, vous pourriez au moins arrêter ce boucan. J'essaie de dormir, moi !

Puis, comme s'il venait de percevoir l'étrangeté de la situation – ça faisait des années que Harry, David et moi n'avions pas été assis ensemble à une table – il ajouta :

— Il s'est passé quelque chose ?

Personne ne répondit, mais j'avançai la main vers Gabriel et l'ouvris lentement.

Il secoua la tête, fit quelques pas vers nous, se pencha en avant et observa le bouton au creux de ma paume.

— Je suis en train de rater un truc ?

Il haussa les épaules.

— Regarde de plus près.

Gabriel sembla hésiter, mais s'exécuta. Il s'approcha, saisit le bouton entre le pouce et l'index, le leva vers la lumière, le tourna dans tous les sens en l'examinant. Il le posa sur la table. Il roula et fut bloqué par une large brèche dans le bois.

— Un bouton. Et alors ?

— Tu le reconnais ? demandai-je, et à cet instant j'espérais encore qu'il pourrait me donner une explication plausible à ce qui s'était passé.

Tu sais, ce bouton est tombé ce soir-là. Je l'ai rangé dans ma poche. Et plus tard, bien plus tard, lorsque nous avons repeint la chambre de David, il a dû glisser de ma poche et...

— Oui, dit-il. Il vient de cette chemise qui m'a attiré tant de moqueries. La chemise écrevisse.

Son regard se posait sur chacun d'entre nous, alternativement.

— Pourquoi ?

— Tu sais où on l'a trouvé ?

— Qu'est-ce que j'en sais ? Vous êtes là en pleine nuit à observer un putain de bouton comme si c'était une boule de cristal ! Comment pourrais-je savoir où vous avez déterré ce truc ?

— On l'a littéralement déterré sous le plancher de mon ancienne chambre, fit David.

— Sous le plancher ? Allons bon ! Et pourquoi ?

— Parce que j'avais perdu ma bague entre les lattes, poursuivit David en fixant son père. On a détaché une planche. Et on l'a trouvé là. Il avait dû tomber dans une fente pas loin du lit.

Le visage de Gabriel blêmit, il recula de quelques pas, nous tourna le dos et s'appuya des deux mains sur le plan de travail.

— Tu l'as perdu dans la chambre le soir où tu as tué Bonnie, continua David.

Je contemplai mon fils – il avait prononcé ces mots sans une seconde d'hésitation. Il était bien plus courageux que moi.

Gabriel secoua la tête.

— Ce sont des conneries, rétorqua-t-il, mais sa voix était rauque et faible, comme s'il savait que la bataille était perdue d'avance.

J'ai éclaté en sanglots.

Des larmes chaudes et salées coulaient le long de mes joues et un gémissement a jailli de ma poitrine.

— Lykke, fit Gabriel dans un râle, toujours dos à nous. Ma Lykke. Ce n'est pas vrai. Je ne l'ai pas tuée. Ça ne s'est pas passé comme ça.

— Comment ça s'est passé, alors ? s'enquit David.

— Je voulais juste... je voulais lui parler, lui demander de baisser cette putain de musique. Mais elle s'est mise à beugler, comme si...

Il fit un mouvement avec les bras et se retourna vers nous.

À cet instant, au moment où Gabriel reconnaissait qu'il était entré dans la chambre de Bonnie, Harry avait bondi de sa chaise. Il se rua sur son père et le bouscula.

Gabriel tomba en arrière avec fracas, sa tête heurta le grille-pain et il poussa un cri.

— Aïe ! Bordel !

David sauta sur ses pieds, se précipita vers son père et écarta Harry. Je crus d'abord qu'il voulait les séparer, mais l'instant suivant il se jeta sur Gabriel, lui décocha un coup de poing dans le visage avec un rugissement.

— Arrêtez ! hurlai-je. Vous allez vous entretuer ! Arrêtez !

MANFRED

Aujourd'hui

64

Les pieds remontés sur la chaise, penchée en avant, Lykke examine ses mains.

— J'étais obligée de les arrêter, dit-elle. Autrement ils se seraient entretués.

— Alors qu'est-ce que vous avez fait ?

— J'ai essayé de les séparer. Cé n'était pas facile. Trois hommes adultes. Et moi.

Elle hausse les épaules.

— J'ai réussi à faire lâcher Gabriel, poursuit-elle. Et j'ai hurlé à Harry de reculer. Il m'a obéi. C'est là que Gabriel m'a prise par le cou.

Elle lève les mains vers son cou.

— Mes pieds ont décollé du sol. Il serrait tellement fort que ma vue s'est obscurcie. Je pensais que j'allais mourir asphyxiée, j'en étais persuadée. J'ai tâtonné autour de moi et par miracle j'ai attrapé un couteau posé près de la cuisinière.

Elle se tait.

— Et ensuite ?

Elle plongea la tête dans les mains.

— Je me rappelle que mes pieds touchaient de nouveau le sol. Je crois qu'il n'avait plus la force de me soulever. Mais il me serrait toujours le cou. Alors j'ai fait la seule chose que je pouvais pour sauver ma vie.

J'attends ses aveux.

— Je lui ai planté la lame dans la poitrine, poursuit-elle.

Elle se redresse et me regarde dans les yeux.

— Je ne le regrette pas. Parce que si je ne l'avais pas fait, je serais morte.

*

Je consulte l'heure quand je quitte la prison : vingt et une heures trente.

C'est un peu trop tard pour appeler Bodil, mais je sais qu'elle aimerait que je la tienne au courant. Sans compter qu'elle n'a pas de vie en dehors du travail, c'est bien connu.

Je monte en voiture, sors du garage, m'arrête sur le bord du trottoir. J'attrape mon portable, baisse la vitre pour humer le soir d'été.

Elle répond au bout de une sonnerie.

— Comment ça s'est passé ?

— On a un aveu.

Silence.

Je regarde par la fenêtre. Un homme promène un teckel boiteux. Le chien fait une halte près d'un lampadaire, lève la patte, urine.

— Bien joué, Manfred ! Félicitations.

— Mais on penche du côté de la légitime défense.

— Hum, ça ne m'étonne pas.

— J'aimerais parler aux témoins.

— Nous les avons déjà entendus.

— Oui, j'ai lu les rapports. Mais j'aimerais leur poser quelques questions complémentaires.

— Aux fils ? Ils ont perdu la mémoire, tous les deux ! peste Bodil.

— Ils protègent leur mère. Ce n'est pas eux que je veux interroger, mais les deux autres personnes présentes à la soirée de la Saint-Jean. L'éditeur et l'agent littéraire.

— Je croyais que tu voulais partir en vacances.

Je contemple la rue quasi déserte, où le promeneur et son chien disparaissent à l'ombre d'un grand érable.

Je pense à Nadja et Afsaneh qui se sont déjà installées dans la maison sur l'île. Puis je ferme les yeux et je revois Lykke aussi clairement qu'il y a une demi-heure.

Non, ce n'est pas seulement ma faute si nous ne sommes pas parvenus à identifier le coupable il y a huit ans. Ce n'est pas seulement ma faute si sa famille a été si durement touchée, mais je peux au moins essayer de réparer les choses.

C'est le moins que je puisse faire pour elle.

— Donne-moi encore quelques jours.

— J'en étais sûre. On peut te sortir du commissariat, mais on ne peut pas…

Je ne la laisse pas terminer sa phrase.

*

De retour chez moi, je téléphone à Afsaneh pour lui annoncer que je dois rester encore quelques jours en ville.

— Ah bon, d'accord, dit-elle, sans aucune marque de surprise.

Sa réaction me met mal à l'aise, j'ai parfois l'impression qu'elle me connaît mieux que moi-même, ce qui signifie soit qu'elle est voyante, soit que je me connais très mal.

— Et vous, comment ça va ?

— Bien. Nadja a passé sa journée à barboter.

— Et toi tu as passé ta journée à la surveiller.

— Exactement, soupire-t-elle.

Rien de plus beau que les enfants qui se baignent, c'est l'incarnation de l'été suédois, la joie, la vie.

Mais c'est aussi un danger. Et nous qui avons été à un cheveu de perdre Nadja ne prenons aucun risque. La mer, les structures à grimper et les voitures – contre lesquelles les petits corps de bambins n'ont aucune chance –, les dangers sont infinis. Et c'est notre boulot, en tant que parents, de prévenir les accidents, de les empêcher.

— Comment ça se passe pour toi ? demande-t-elle. Tu tiens ton régime ?

Je jette un coup d'œil au croissant en train de décongeler dans mon assiette.

— À peu près.

Elle ne semble pas percevoir l'ambiguïté dans ma voix.

— Et le travail ?

— Bien… Elle a tué son mari.

— Lykke Andersen ?

— Oui.

— On ne le savait pas déjà ?

— Si, mais elle a avoué.

— Alors… pourquoi ?

J'entends Nadja s'égosiller au loin.

— Deux secondes, prévient Afsaneh, et l'instant d'après je les entends parler à voix basse. La voix de ma fille est criarde, celle de ma femme douce, apaisante.

— Voilà, annonce-t-elle quand elle est de retour. Pourquoi l'a-t-elle tué ?

— La raison immédiate est qu'il était en train de l'étrangler.

— Mais qu'est-ce qu'ils ont, les gens ? soupire-t-elle. Je n'ai pas une once de compassion pour les hommes qui agressent les femmes !

— Ce n'est pas aussi simple que ça.

— Oh que si ! riposte-t-elle, et elle se lance dans un long discours sur les violences conjugales.

Les insultes fusent, mêlées de statistiques.

Afsaneh sait de quoi elle parle, elle a consacré des recherches à ce sujet. Elle cite des pourcentages et des articles scientifiques, nomme des politiciens qui ont voté des lois absurdes, compare avec d'autres pays et fait des parallèles historiques.

Mais je n'entends plus ses mots. Je ne vois plus la cuisine autour de moi. Ses contours se sont effacés, substitués par le visage bouffi de larmes de Lykke et ses mains qu'elle tordait sur ses genoux.

— C’est ma faute, dis-je au milieu du monologue d’Afsaneh.

Elle se tait.

— Quoi ?

Elle dit cela en passant, comme si elle n’avait pas compris ma remarque.

— C’est ma faute.

— Bien sûr que non ! (Je devine un agacement dans sa voix.) Comment ça pourrait être *ta* faute ?

Je n’hésite qu’un instant avant de tout lui raconter. Ma confiance en ma femme est quasiment illimitée. Et le besoin de me confesser est beaucoup plus envahissant que la crainte qu’elle trahisse mon secret.

65

Lorsque je me réveille le jour suivant, la culpabilité brûle à l'endroit habituel, au niveau du sternum.

La sensation est étonnamment familière – c'est la même culpabilité que quand Nadja est tombée par la fenêtre. Et la même sensation d'insuffisance que lorsque Aron est mort. J'aurais volontiers accepté de prendre sa place.

— Aurais-je pu empêcher ça ?

Je pose la question à haute voix, à moi-même, tout en coupant des carottes en bâtonnets avant de les placer dans un verre d'eau.

Oui, répond cet autre qui est aussi moi. *Absolument. Si tu n'avais pas été un tel connard égocentrique. Si tu n'avais pas passé ton temps à essayer d'impressionner Pirjo pour obtenir des aveux. Si tu avais réfléchi de manière originale.*

Je prends ma douche, m'habille et croque mes carottes en me rasant. Elles ont un goût de moisissure et se logent entre mes dents, mais à cet instant j'ai l'impression que je ne vaux pas mieux.

En route vers le commissariat je téléphone à Samira Khan, la légiste qui a autopsié Bonnie Högberg.

— Manfred ! s'écrie-t-elle d'une voix enjouée. Comment ça va ?

— Bien, bien.

— Et Nadja ?

Samira et moi bossions sur la même enquête quand Nadja était à l'hôpital. C'est elle qui m'a convaincu que tout allait bien se passer, que ma fille se rétablirait. J'avais choisi de lui faire confiance, elle est médecin, après tout.

— Elle se porte comme un charme.

— Les enfants sont merveilleux, fit-elle, et j'entendis presque son sourire.

— À qui le dis-tu ! (J'enlève mes lunettes et entre dans le parking du commissariat.) Écoute, j'ai une question à te poser.

— Bien sûr.

— Il s'agit de l'enquête sur l'homicide de Bonnie Högberg.

Silence.

— C'était il y a longtemps, commente-t-elle. Il faudrait que je retrouve le compte rendu de l'autopsie.

— Non, c'est une question plus générale.

— Très bien, Manfred. En quoi puis-je t'aider ?

*

Jujje Holm se penche en arrière dans sa chaise et croise mon regard.

Il porte une chemise et un jean râpé. Ses cheveux clairsemés sont attachés en queue-de-cheval et sa barbe naissance est plus grise que brune.

— Merci d'être venu aussi vite, déclaré-je.

Il grimace.

— C'était moins une. Ma bagnole est au garage. Sinon je serais déjà à Fårö avec les gamines à l'heure qu'il est.

Je sors le compte rendu d'interrogatoire.

— Je voudrais vous poser quelques questions complémentaires sur les circonstances de la mort de Gabriel Andersen.

Il hoche la tête et regarde par la fenêtre. Il frotte d'une main son grand tatouage pâli qui orne son cou.

— Pauvre bougre.

Je cherche les notes que j'ai prises dans le compte rendu.

— Si j'ai bien compris, Olof Forss et vous êtes arrivés à la maison vers trois heures du matin.

— Oui. Nous nous sommes réveillés. Ou plutôt, Olof s'est réveillé à cause du bruit. Il m'a secoué.

— Du bruit ?

Il se gratte la barbe, sans cesser de regarder dehors. Une grosse bague en forme de tête de mort scintille à son index.

— Ils criaient. Hurlaient.

— Donc vous êtes montés.

Il acquiesce et tourne la tête vers moi. Ses yeux sont devenus brillants.

— Nous avons enfilé nos habits et sommes sortis. Quand nous sommes entrés dans la cuisine, Gabriel gisait par terre dans une… (Il écarte les bras en signe de désespoir.) Une mare de sang. Une vraie boucherie. L'odeur était épouvantable.

Il baisse les yeux, essuie quelques larmes du revers de la main.

— Voici un plan de la cuisine.

Je pousse une feuille vers lui.

Jujje s'avance pour mieux voir, observe le dessin avec la silhouette du corps sans vie de Gabriel.

— Pouvez-vous me montrer où se trouvaient les autres ?

Il a un infime haussement d'épaules.

— Lykke était à peu près ici, dit-il en indiquant un point à environ deux mètres à droite du corps. Elle tenait le couteau à la main.

— D'accord. Et les garçons ?

— Ils étaient penchés sur Gabriel. Ou plutôt, David était à califourchon sur lui. Ils essayaient de le réanimer.

— Comment étaient-ils ?

— Comment ça ?

— Est-ce qu'ils étaient blessés ? Ensanglantés ?

Son regard se perd au plafond.

— Ils étaient habillés, comme s'ils ne s'étaient pas couchés. Et ils étaient couverts de sang, oui. David faisait un massage cardiaque à Gabriel. Vous savez, il est médecin, il devait faire ce qu'il pouvait pour le sauver. Mais chaque fois qu'il appuyait sur sa poitrine, le sang coulait de plus belle. C'était atroce.

Il ferme les yeux, affichant une mine de dégoût.

— Étaient-ils blessés ?

— Les garçons ? Aucune idée. Je n'ai pas vu. Vous pouvez demander à Olof.

— C'est prévu.

Une expression de douleur se forme sur le visage de Jujje.

— C'est une aubaine pour lui et la maison d'édition.

— Pardon ? Je ne comprends pas.

Il secoue la tête.

— Vous voulez que je vous explique ce qui va se passer ?

— Volontiers.

— Gabriel n'avait plus aucune valeur pour la maison. Pas vivant, en tout cas. Il n'écrivait plus ce que les gens avaient envie de lire. Mais mort, c'est une autre histoire. Les ventes de ses premiers romans vont exploser. Et l'éditeur va s'en assurer. Rien n'a autant de succès qu'un auteur qui vient de décéder.

— Je vois. Revenons aux événements de la soirée de la Saint-Jean. Lykke. Était-elle blessée ?

— Je ne sais pas trop.

— Il est écrit dans le compte rendu que… (Je cherche les paragraphes que j'ai surlignés.) Que vous avez vu des marques sur son cou.

— Oui, c'est ça. Des marques rouges. Des marques de strangulation.

— Des marques rouges ou des traces de sang ?

Il secoue la tête, l'air accablé.

— Des traces de sang, je pense.

Olof arrive juste après le départ de Jujje.

— J'ai vingt minutes, dit-il en s'asseyant sur la chaise en face de moi.

— Ça prendra le temps qu'il faudra.

Il me fusille du regard, manipule la tige de sa pipe qui dépasse de sa poche de poitrine.

— Vous ne pouvez pas fumer ici.

— Merci, je ne suis pas idiot.

Je l'observe. Ses tempes se sont dégarnies encore un peu plus, ses joues paraissent plus lourdes, plus charnues. Sa petite bouche rouge me fait penser à une tomate cerise. Ses lunettes sont sales et la poignée de la canne sur laquelle il s'appuie est recouverte de ruban de masquage.

— Gabriel Andersen, déclaré-je.

— Grand Dieu oui, c'est une tragédie cette histoire.

— Qu'est-ce qui vous a réveillé exactement la nuit de la Saint-Jean ?

Il fronce les sourcils.

— Il y avait un boucan pas croyable là-haut. Et puis… j'ai eu l'impression d'entendre Lykke m'appeler, juste devant la porte, mais j'ai dû rêver parce qu'elle n'a pas quitté la maison.

Je prends des notes dans mon calepin.

— Et ensuite ?

— Ensuite j'ai réveillé Jujje. J'étais sûr que Harry et David se battaient, ça n'aurait pas été la première fois. Alors nous avons sauté dans nos fringues et sommes montés en courant pour voir ce qui se passait.

— C'est là que vous avez vu Gabriel ?

— Oui, mort dans la cuisine. Les garçons essayaient de le réanimer.

— Et Lykke ?

— Elle se trouvait un peu plus loin.

Il secoue lentement la tête.

— Vous avez vu si elle était blessée ?

Il garde le silence un instant avant de répondre, cligne des yeux.

— Je n'ai pas pensé à ça. C'était le chaos. Mais elle avait… (Il approche la main de son cou.) Des traces rouges au niveau du cou.

— Des hématomes ou des traces de sang ?

— Je l'ignore. J'ai juste remarqué qu'elle avait des traces à cet endroit-là.

Je réfléchis à ce que m'a dit Jujje Holm tout à l'heure.

— La mort de Gabriel… Quelles sont les conséquences pour la maison d'édition ?

Il hausse les épaules.

— C'est évidemment une grosse perte, tant pour moi personnellement que pour la maison d'édition.

— D'après Jujje, sa disparition peut avoir des retombées positives pour la maison.

— Ah bon ? C'est ce qu'il pense ? fit Olof.

Sa bouche forme une petite moue.

— C'est vrai ?

Il me dévisage en silence, remonte ses lunettes sur son nez et secoue la tête.

— Non. Enfin ça dépend. On ne peut pas prédire dans quelle mesure la mort d'un auteur va impacter les ventes. Mais insinuer que ça profitera à la maison est d'un cynisme ! Cela en dit long sur lui.

Il se tait, consulte sa montre.

— Vous devez comprendre que Jujje Holm n'a pas les mêmes intérêts que moi, poursuit-il. Quand on se voit dans le cadre professionnel, c'est souvent pour négocier un contrat. Cet homme n'est pas un négociateur facile. Et en privé il est…

Il marque une pause, me toise du regard.

— Insupportable. Imbu de lui. Superficiel. Inculte.

— Allons bon !

Il ne répond pas.

— Et Lykke ? dis-je. Quelles vont être les conséquences du décès de Gabriel pour elle ?

— Ah Lykke ! La pauvre petite n'a jamais fait de mal à une mouche. Elle méritait mieux, pour être honnête.

— Mieux que quoi ?

Il pousse un profond soupir, croise les doigts sur son proéminent abdomen.

— Que Gabriel. Je pense à ses histoires avec les femmes. Ça, en plus de tout ce que la famille a eu à subir depuis… la mort de cette adolescente.

— Avec qui Gabriel avait-il une aventure ?

Olof fronce les sourcils.

— Avec qui n'avait-il pas une aventure ? Déjà, quand il a rencontré Lykke, il avait une relation avec sa logeuse. On pourrait considérer qu'elle était sa mécène, elle était propriétaire d'une grande maison sur l'île de Djurgården et le laissait y vivre quasi gratuitement.

Il soupire, secoue la tête et reprend :

— Il couchait avec ses éditrices. Et avec un nombre non négligeable d'autrices de la maison d'édition. Il essayait, en tout cas, ce qui créait des problèmes au travail. J'avais eu des auteurs compliqués avant lui, ça oui, mais avec Gabriel, c'était doublement sensible. Il était tellement sympathique. Tout le monde l'adorait, même les femmes qu'il séduisait avant de les larguer. Sans compter que Forss & Stierna avait besoin de lui. Je ne vais pas vous mentir. Jusqu'à ce qu'il commence à écrire ses étranges bouquins sans intrigue.

Il s'affaisse un peu sur sa chaise, fixe le regard quelque part dans le vide et poursuit :

— Une éditrice, Tuss, est tombée enceinte et a menacé d'en parler à Lykke.

— Tuss ? Vous voulez dire Teresa Schwarz, qui était au festin d'écrevisses ?

— Oui, elle-même. Mais finalement elle a gardé le silence. Je le lui ai demandé.

— Comment ça ?

— Vous ne comprenez pas. Ça aurait fait scandale.

Si, je comprends, et ça m'attriste.

— Quoi qu'il en soit, elle n'a pas gardé l'enfant, a trouvé un autre poste dans une plus grande maison d'édition. Mais une autre des éditrices de Gabriel, Signe, plus coriace, a vraiment essayé de contacter Lykke pour lui raconter que Gabriel la draguait lourdement. Mais la relation entre Harry et David était au plus mal et cette histoire n'a jamais eu de suites.

— Et vous n'avez rien fait ?

Olof hausse les épaules.

— Pourquoi j'aurais fait quelque chose ? Je partais du principe que Lykke était au courant du comportement de son mari et qu'elle n'avait pas envie ou pas la force d'en discuter.

— Vous n'en avez pas parlé au moment de l'homicide de Bonnie Högberg.

— Je n'en voyais vraiment pas l'utilité. Gabriel était un Casanova, pas un assassin.

Je le contemple longuement. S'il savait ce qu'affirme Lykke ! Mais je ne peux pas en parler maintenant. Nous aurons le temps plus tard, lorsque nous aurons déterminé les circonstances exactes de la mort de Gabriel.

66

Lykke semble apaisée lorsqu'elle s'assied en face de moi dans la salle d'interrogatoire. Son visage est détendu, ses yeux ne sont plus rouges et gonflés.

— Bonjour.

— Bonjour.

Je regarde l'enregistreur et je choisis de lui parler quelques instants avant de l'allumer. Je ne l'avais pas prévu, mais cette décision me rassérène, presque comme si quelqu'un d'autre l'avait prise à ma place. Quelqu'un de plus malin et perspicace que moi.

— Je voudrais que nous revenions sur quelques détails de la mort de Gabriel, dis-je.

— D'accord.

— Pourriez-vous me raconter précisément ce qui s'est passé quand il vous a attrapée par le cou.

Elle acquiesce.

— Il m'a soulevée. J'ai eu un voile noir sur les yeux et… (Elle lève les mains.) J'ai tâtonné, je cherchais quelque chose… je suis tombée sur le couteau. Juste après, une seconde ou deux, j'ai senti le sol sous mes pieds. Mais il serrait toujours ma gorge aussi fort. Je croyais que j'allais mourir, j'en étais persuadée. Alors…

Elle baisse la tête.

— Je lui ai planté le couteau dans la poitrine.

— Combien de fois ?

— Une fois. Une seule fois. J'ai dû tomber au mauvais endroit, car il n'y avait aucune résistance.

— Le couteau a touché le cœur. L'hémorragie lui a été fatale en quelques minutes.

Elle acquiesce sans lever les yeux.

— C'est terrible, murmure-t-elle. Mais c'était pour sauver ma propre vie.

Je garde le silence un instant.

— Il y a une chose que je ne comprends pas.

Elle redresse la tête, croise mon regard.

— Jujje a affirmé que vous aviez des traces de sang autour du cou.

Elle fronce les sourcils.

— Ah bon ?

— Oui. Et si Gabriel vous a serré le cou *avant* de recevoir le coup de couteau, je ne comprends pas pourquoi vous auriez eu du sang à cet endroit.

Elle pâlit sous son bronzage, passe la main sur les hématomes qui se sont estompés ; ne restent que des nuances jaunâtres tirant sur le vert.

— J'ai dû…, commence-t-elle, puis elle s'interrompt.

Nous demeurons un moment sans parler.

— Peut-être qu'il a mal vu, suggère-t-elle. Il a peut-être pris les hématomes pour du sang.

— C'est ce que je pensais d'abord. Mais j'ai parlé à la légiste et généralement l'hématome apparaît au bout d'un bon moment. En outre, Olof a affirmé vous avoir entendue l'appeler quand il dormait dans la cabane près du lac. Il avait l'impression que vous étiez juste devant.

Lykke ne répond pas. Ses yeux me fixent. Et à cet instant je comprends qu'elle sait.

Elle sait que je sais.

Elle regarde l'enregistreur. L'écran est noir, la diode qui indique que l'enregistrement est en cours est éteinte.

— Olof a dû se faire des idées. Et peut-être que je me suis touché le cou. Mes mains étaient pleines de sang.

— Peut-être, dis-je. Et ensuite vous vous êtes lavé les mains et le visage. Parce que dans le rapport de la médecin légiste il n'était pas question de sang à cet endroit-là.

*

Bodil est assise à son bureau en jupe et chemisier jaune clair. Ses cheveux bruns coupés en carré court brillent dans les rayons du soleil du matin qui pénètrent par la fenêtre.

Elle repousse son ordinateur portable et m'observe au-dessus de ses lunettes de lecture.

— Manfred ! Assieds-toi, je t'en prie.

Elle indique la chaise devant le bureau.

Je m'exécute, mais je suis obligé de me tenir au dossier parce que mon genou me brûle lorsque je tourne la jambe.

Son front se plisse. Elle me jauge du regard et esquisse un sourire.

— Tu as maigri, non ?

— Ça se voit ?

— Tu suis quel régime ? Cétogène ? LCHF ?

— Je bouffe des carottes. Principalement des carottes.

— Aïe. Pas marrant.

— Les régimes, ce n'est pas censé être marrant, si ?

Elle penche la tête sur le côté et replace le pot à crayons d'une main – c'est le genre de choses qu'elle fait : replacer des objets, épousseter des grains de poussière invisibles. Bodil est la personne la plus maniaque que je connaisse.

— Je ne sais pas… Il y a beaucoup d'aliments qui sont à la fois bons et sains.

Je ne réponds pas – Bodil est maigre comme un clou. Que sait-elle du surpoids ? *Ça la concerne aussi peu que la nourriture et le sexe*, me dis-je, et je l'imagine devant sa télé dans son appartement immaculé, en lavallière et avec un bol de salade sans vinaigrette sur les genoux.

— J'ai terminé, dis-je. Les interrogatoires. Le régime c'est un projet de vie, je crois.

— Et ?

— Ne soyons pas trop pressés. Vous avez de nouveau interrogé les jumeaux Andersen ?

— Oui. Ils confirment la version de Lykke. Dès qu'on leur a expliqué qu'elle avait reconnu les faits et que cela penchait vers la légitime défense, ils se sont souvenus de tout. Ils l'ont vue tuer son mari. Ils ont aussi parlé du bouton qui, d'après eux, prouve qu'il a tué Bonnie Högberg. Il a été expédié à l'Institut national de police scientifique. La chemise aussi. Les techniciens n'ont évidemment pas eu le temps de l'examiner, mais ils pensent que le bouton appartenait à la chemise que portait Gabriel.

Je marque une pause, masse mon genou douloureux.

— L'examen de la scène de crime étaye le témoignage de Lykke. On a retrouvé ses empreintes sur le couteau. Ses vêtements étaient tachés du sang de Gabriel. Et le parquet de la chambre de la stuga était ouvert, comme elle l'avait décrit.

— Mais ?

Bodil écarquille légèrement les yeux.

— Je t'envoie le rapport ce soir.

Bodil a un petit rire.

— Bien tenté. Tu sais que je ne peux pas attendre aussi longtemps.

— Tu ne peux pas ou tu ne veux pas ?

Elle sourit et s'étire comme un chat.

LYKKE

Aujourd'hui

67

Tu as tué une enfant qui allait devenir une jeune femme. Tu lui as volé son avenir sans sourciller. Tous les instants, tous les jours, toutes les années, tu les lui as arrachés. Tous les espoirs, toutes les inquiétudes, tous les rêves, tu les as éteints.

Et après avoir commis ce crime impardonnable, odieux, tu as pointé du doigt nos fils.

Je me rappelle tes propos quand ils sont nés – qu'ils nous sont arrivés comme un don, la promesse de quelque chose de plus grand que la vie elle-même. Tu n'étais pas préparé, as-tu dit, et incapable de deviner l'ampleur de l'amour, de la tristesse, de la peur qui suivraient.

Ce n'étaient que des mots et les mots ne sont rien – ils sont plus légers que le vent, plus superficiels que la brume du matin sur l'Éternité. Nous les oublions aussi vite que la pluie d'été qui interrompt en un instant une journée ensoleillée.

Mais les mots, lorsqu'ils sont accolés, inscrits dans un ensemble, peuvent expliquer ce que nous ne parvenons pas à comprendre.

« C'est la raison pour laquelle j'ai écrit ce livre », as-tu raconté. Le livre qui a scellé le destin de nos enfants.

Il est vrai, as-tu déclaré. Peut-être pas chaque ligne, chaque paragraphe. Mais le récit que forment les mots est aussi proche que possible de la vérité.

Tu mentais – je ne le comprenais pas alors, ce qui me rend complice.

On m'affirme que tu étais fou, qu'un individu qui a toute sa tête ne peut pas se comporter ainsi.

Je ne suis pas naïve.

Ce n'était pas la folie qui t'a poussé à trahir et tuer. C'était l'indifférence. L'indifférence face aux individus et aux événements qui ne t'étaient pas favorables.

Comment nomme-t-on cela ? Je parlerais sans doute de cruauté.

J'entends des cliquetis de clés et la lourde porte s'ouvre. Je dépose délicatement mon stylo près du bloc-notes sur le petit bureau et me retourne.

Sara est entrée, elle est plantée là, à m'observer.

— Vous êtes libre, dit-elle. Le procureur a levé la détention provisoire. Votre avocate vous demande de l'appeler immédiatement.

Je regarde autour de moi dans ma cellule, observe la couchette, les vêtements soigneusement pliés sur l'étagère à côté et Sara avec son air impatient.

— Je ne comprends pas.

— Vous pouvez partir, annonce-t-elle en levant les yeux au ciel.

Je me mets debout au ralenti, le cœur battant.

Mes jambes flageolent.

— Comme ça ?

— Oui, comme ça. Félicitations ! Et maintenant, si vous mettiez le turbo ?

*

Une heure plus tard, David et Fanny viennent me chercher devant la prison. De gros nuages noirs se sont amoncelés dans le ciel de Stockholm, le vent chaud et étouffant charrie un sac en plastique et quelques mégots.

Fanny est heureuse, elle me serre longuement dans ses bras.

David pleure, il sanglote si fort que je distingue à peine ses paroles. Ses mots sont engloutis par les hoquets et les sécrétions, son corps tremble quand je l'étreins contre moi.

Mais il y a un mot que j'entends, un mot qui traverse les pleurs.

Maman.

Il le répète comme un mantra.

Fanny conduit, c'est mieux ainsi, nous sommes tous d'accord. Elle est calme, tient fermement le volant, concentrée. Elle ne se laissera pas submerger par les émotions, ne foncera pas dans un arbre, ne sera pas forcée de s'arrêter pour vomir.

En chemin vers l'Éternité nous parlons à demi-mot de ce qui s'est passé. Nous essayons de comprendre l'incompréhensible.

— Mon avocate était surprise, commenté-je en repensant à ma conversation avec Fariba une demi-heure plus tôt.

— Pourquoi ? s'enquiert Fanny. C'était de la légitime défense. C'est évident non ?

Je laisse mon regard courir sur les nuages mauves qui surplombent le paysage verdoyant. Çà et là paissent des vaches, les grands corps brun et blanc me sont si familiers – on dirait presque qu'ils saluent mon retour.

Une goutte de pluie s'écrase sur le pare-brise, puis une deuxième. Mais le ciel semble retenir ses précipitations parce que l'orage que nous craignions n'advient pas.

— Peut-être. Mais elle a trouvé que c'était une très mauvaise idée quand je lui ai expliqué que je voulais être en tête à tête avec Manfred Olsson pendant les interrogatoires. Elle pensait que ça allait mal se terminer. Que ce type de procédure n'avait jamais bénéficié à aucun de ses clients.

— Et pourquoi ne voulais-tu pas qu'elle t'accompagne ?

Je jette un coup d'œil à David, assis à l'arrière.

Ses yeux sont fermés, mais les larmes coulent sur ses joues pâles. Il a une main posée en corolle sur son crâne rasé.

— Parce qu'il était le seul à pouvoir comprendre.

Harry nous accueille à la grille. Il porte une vieille chemise de flanelle à carreaux et un jean déchiré.

Il ne prononce pas un mot, mais il me serre longuement dans ses bras. Fanny a également droit à une accolade, mais lorsqu'il se retrouve face à David, il se fige.

Puis il y a comme un déclic. Ils tendent les bras et se touchent. Cela ressemble plus à des tapes affectueuses qu'à une embrassade, mais ils se touchent, volontairement, pour la première fois depuis des années.

Fanny cuisine un mélange de restes et de trouvailles de fond de frigo.

Les nuages menaçants sont toujours là, mais nous décidons de tenter notre chance et de manger dehors. Harry met la table dans le jardin, David débouche une bouteille de vin.

Nous discutons maladroitement, comme lorsque la vie a basculé à jamais. Fanny parle de son job étudiant dans une maison de retraite, des personnes âgées avec qui elle a des affinités, celles qu'elle apprécie moins. Harry parle de la voiture qu'il a prévu d'acheter, qui ne requiert qu'une petite rénovation pour être comme neuve. David reste silencieux à nous regarder.

Puis le soleil se couche, les nuages noirs ont été chassés et la nuit est pareille à celle de la semaine dernière, lorsque nous nous sommes rassemblés pour fêter la Saint-Jean.

— Tu penses beau…beaucoup à lui ? demande Harry en me regardant.

— Oui.

Les mots que l'autrice Märta Tikkanen prononça après le décès de son mari me reviennent : il me manque souvent, mais à aucun moment je n'aurais voulu qu'il revienne.

Pendant plusieurs années, j'ai eu l'impression de payer un prix raisonnable pour tout ce que Gabriel et moi avions – notre famille, notre vie de privilégiés, nos invitations dans les plus beaux salons et notre belle maison. J'ai réussi à me convaincre que son égocentrisme, son refus du compromis n'avaient pas grande importance. Je lui ai même pardonné *Chaos*, ainsi que ses infidélités – car je me doutais bien qu'il y avait d'autres femmes.

Il ne me quittera jamais, pensais-je. *Ces femmes ne sont rien pour lui, c'est moi qu'il aime. Et la famille est la chose la plus importante pour lui au monde*.

Personne ne dit rien. Fanny regarde le lac, Harry triture une déchirure dans la nappe.

— Je ne comprends toujours pas qu'il ait fait ça, déclare David.

— Est-ce qu'on peut vraiment comprendre ce genre de choses ? demande Fanny en serrant son gilet contre elle.

Je ne réponds pas, mais je songe que c'est peut-être ça qui détermine le mal véritable. Qu'on ne peut le comprendre.

Il se suffit à lui-même.

— Que se passe-t-il maintenant ?

— Je ne sais pas vraiment. Mais je ne suis plus soupçonnée de crime. Pour ce qui est de l'homicide de Bonnie, Fariba m'a fait comprendre que la police risque de nous interroger à nouveau. J'imagine qu'ils veulent clarifier ce qui s'est passé. Mais Gabriel est mort donc il ne pourra pas y avoir de procès.

Je prononce les derniers mots dans un souffle, si bas qu'on les entend à peine.

Mon mari – le père, l'écrivain, le menteur, l'assassin – est mort.

Environ une heure plus tard, tout le monde va se coucher. Tout le monde sauf moi.

Je les suis du regard lorsqu'ils s'éloignent vers la stuga dans la nuit claire. Harry le premier, suivi de près par David et Fanny. J'entends leurs voix étouffées, mais je ne distingue pas les mots. Le ton semble cordial et les pas dans l'herbe légers.

Ils ne se disputeront pas, ne se battront pas ce soir. Sans doute plus jamais.

Je me fais un thé dans la cuisine, passe la main sur le plan de travail.

— C'est ici que tu es mort, je murmure. Et tu l'as mérité.

Je m'autorise à penser à ce qui est arrivé cette nuit-là. Je me rappelle comme l'expression sur le visage de Gabriel a changé quand il a compris que nous savions.

Je voulais juste... lui parler. Lui demander de baisser cette putain de musique.

Je revois Harry qui bondit de sa chaise, se jeter sur lui et le pousser vers le plan de travail. Et David qui l'a imité quelques secondes plus tard.

LYKKE

Une semaine plus tôt

68

— Arrêtez ! Vous allez vous entretuer ! Arrêtez !

Ni Harry ni David ne semblaient m'entendre. Harry était à un mètre de son père. David décocha un coup de poing qui toucha Gabriel en pleine joue.

Quelle était la probabilité que j'arrive à les séparer ? Trois hommes adultes qui se battent à la vie à la mort.

Non, je n'avais aucune chance, j'avais besoin d'aide. Et cette aide se trouvait dans le cabanon, sous la forme de Jujje et Olof.

Je me précipitai dans l'entrée, enfilai mes baskets à la hâte, ouvris la porte et me jetai dans le jardin sans fermer derrière moi. En dévalant le pré, j'entendais les bruits des coups et les hurlements depuis la cuisine. Chacun de mes pas, chacune de mes respirations me semblait déterminante. *Seigneur, faites que ça ne soit pas trop tard.*

J'étais presque arrivée au bord du lac lorsque j'entendis un hurlement dans la maison. Je m'arrêtai et hurlai de toutes mes forces.

— Olof ! Jujje ! À l'aide !

On entendit sur le lac l'écho de mon cri.

L'instant d'après, un rugissement comme je n'en avais jamais entendu auparavant transperça l'air. On aurait cru un animal à l'agonie. Je me figeai, me retournai. Une minute d'hésitation.

Ils sont en train de s'entretuer, me dis-je. *S'il arrive quelque chose à un des garçons, je ne me le pardonnerai jamais.*

C'était suffisant, je ne fis pas d'analyse plus approfondie. Je remontai en courant vers la maison en espérant que mes hôtes m'avaient entendue.

Les hautes herbes s'enroulaient autour de mes mollets, les touffes me faisaient trébucher, je manquai plusieurs fois de tomber. L'effort me brûlait la poitrine, de ma gorge sortit une plainte.

Je montai l'escalier de la terrasse en deux pas, entrai dans la maison.

Gabriel gisait sur le dos dans la cuisine, dans une mare de sang. Son visage était pâle, sa bouche et ses yeux ouverts. À côté de lui, le grand couteau de cuisine que j'avais acheté quelques mois plus tôt, dont la lame ne rouille ni ne s'émousse. Le sang s'écoulait par saccades d'une plaie à la poitrine – à chaque battement de cœur, ou chaque respiration, il se vidait un peu plus de son sang, de sa vie.

Debout à côté de lui, David et Harry le regardaient. Ils se retournèrent au même moment, dans un mouvement parfaitement synchronisé. Nos regards se rencontrèrent.

J'ai enregistré la scène – mon mari mourant, mes fils couverts de sang, ces garçons qui avaient tant subi.

— Fais quelque chose, dis-je à David.

Il secoua la tête.

— C'est trop tard. Il a perdu trop de sang. Le couteau a dû toucher le cœur.

J'ignore combien de temps je suis restée immobile – plusieurs secondes ? Minutes ? Le choc était paralysant, j'étais incapable de bouger, de penser.

Puis, ce fut comme si une autre partie de mon cerveau avait pris le relais, la partie analytique, lucide. Je comprenais bien ce qui allait se passer, nous l'avions déjà vécu. La police allait arriver, une enquête serait diligentée. Les moulins de la justice allaient commencer à tourner, aussi lents qu'inflexibles.

Il faudrait bien désigner un coupable.

Ça ne serait pas un de mes fils.

Pas cette fois.

J'ai ramassé le couteau, j'ai essuyé le manche sur ma robe. Quelques perles se sont détachées de la manche et ont roulé par terre.

— Harry. Viens.

Il sembla hésiter puis s'approcha de moi.

— Serre-moi le cou, dis-je en posant le couteau sur la table.

— M… mais…

Son regard hésitait entre David et moi.

— Fais ce que je dis.

— Mais pourquoi ?

— Vous ne comprenez pas ? Je ne peux pas vous laisser porter le chapeau ! Ce n'est pas juste, pas après tout ce qui s'est passé. Nous devons faire croire que Gabriel s'en est pris à moi.

Harry croisa le regard de son frère. Puis il secoua la tête.

— Je ne p… peux pas.

— Si, tu le peux. Fais-moi confiance !

Il plaça ses mains autour de mon cou et appuya doucement. Ses doigts étaient glissants de sang et il lâcha prise.

— Plus fort.

— Et si je…

— *Plus fort !*

Il ferma les yeux, détourna la tête et serra avec une telle force qu'un voile noir passa devant mes yeux. Au bout de quelques secondes, il retira ses mains et eut un sanglot.

Je repris difficilement mon souffle, toussai et m'accroupis dans la mare de sang devant Gabriel. Mes jambes se dérobèrent, je dus m'asseoir. Je sentais le tissu de la robe absorber le liquide chaud.

Harry me prit par les bras et m'aida à me relever.

— Pardon, maman. *Pardon.*

— Ne t'inquiète pas, Harry. (J'eus une nouvelle quinte de toux.) Écoutez-moi. Voilà comment ça s'est passé. Gabriel et moi étions devant le plan de travail. Il m'a prise par le cou et m'a soulevée. J'ai attrapé le couteau et je l'ai planté dans sa poitrine.

Ils ne répondirent pas.

— On va vous interroger ! criai-je, la voix étranglée de sanglots. Vous devez savoir quoi dire. Vous devez raconter qu'il a essayé de me tuer et que j'ai agi en légitime défense.

Silence.

— Je ne peux pas dire que tu l'as tué, gémit David. Je ne peux pas mentir. Tu imagines si tu finis en prison ? Ce sera ma faute.

— Pourquoi devrait-on le protéger ? demanda Harry en regardant le corps sans vie de son père.

— Ce n'est pas lui que vous protégez. C'est moi.

Harry et David se regardèrent.

— Et maintenant, vous allez faire tout ce que vous pouvez pour le réanimer.

David secoua la tête.

— Il est déjà…

— Fais-le !

Ils m'obéirent, s'approchèrent de Gabriel. David s'assit à califourchon sur le corps de son père et commença les compressions thoraciques. À chaque pression, le sang coulait de plus belle.

Je saisis le couteau, le serrai dans mon poing en me demandant si je devais redescendre à la cabane du lac ou appeler la police. Je n'eus pas à choisir car au même moment on entendit des pas.

La porte d'entrée s'ouvrit.

David me regarda. Harry aussi. Devinant la panique dans leurs yeux, je leur fis un petit signe de tête.

Jujje fit irruption dans la cuisine.

— Mon Dieu ! fit-il en nous apercevant. Bordel de merde !

Il noua les mains derrière sa nuque, commença à marcher en rond, marcha dans le sang sans s'en rendre compte. Ses semelles laissèrent des traces collantes devant la table où les bouteilles vides du dîner de la veille se dressaient encore à côté des vases de fleurs d'été.

Olof arriva juste après en boitant.

Il s'arrêta net, mais ne prononça mot. Il détourna le visage et resta immobile, les lunettes dans une main et l'autre reposant sur sa hanche nouvellement opérée. Puis il se tourna et posa sur moi un regard d'étonnement mêlé de haine.

— Il est mort, déclarai-je.

Je m'avançai vers l'évier, posai le couteau sur le plan de travail et ouvris le robinet. Je me rinçai le visage et le cou car l'odeur du sang de Gabriel me donnait des haut-le-cœur.

MANFRED

Aujourd'hui

69

Le ferry accoste à Sandhamn juste avant midi. Afsaneh porte une robe d'été jaune soleil, ses longs cheveux noirs flottent au vent. À côté d'elle, Nadja sautille sur place en maillot de bain et sandales. Les brassards orange sont déjà enfilés et je devine la suite.

— Papa !

Elle s'élance vers moi dès que la passerelle est baissée.

Je la salue de la main, soulève mon encombrante valise et marche à sa rencontre.

— Tu m'as beaucoup manqué, dit-elle quand je me penche en avant pour la prendre dans mes bras.

J'ai un élancement dans le genou, mais j'ignore la douleur et je l'embrasse sur la joue.

— Toi aussi tu m'as manqué.

— On va se baigner ?

Je n'ai aucune envie de me baigner, j'ai envie de déjeuner et de m'allonger dans le hamac qui avait l'air magnifique sur les photos. Bien sûr, ce dont j'ai envie n'a aucune importance.

— On peut passer par la plage, suggère Afsaneh lorsque nous traversons le village. C'est sur le chemin.

Je regarde les petites maisons rouges, les gens qui jardinent, mettent le couvert sur des tables en bois blanc.

— Et la valise ?

Je me retourne pour regarder le monstre noir derrière moi sur ses roues bien trop petites, et que je traîne tant bien que mal. Tandis que Nadja patauge dans l'eau glacée, Afsaneh et moi nous asseyons sur un rocher à l'ombre d'un pin.

— Comment se passe l'enquête ?

Elle ajuste le haut de bikini qui se dévoile sous sa robe et elle me donne un baiser. Ses lèvres sont douces et salées. Sa peau sent l'huile solaire.

— Classée sans suite.

— Légitime défense ?

— Oui.

Elle hoche la tête et regarde vers la plage où Nadja semble avoir trouvé un camarade de jeu, un petit garçon du même âge qui semble profondément concentré sur sa tâche : transférer du sable à l'aide d'un seau rouge.

Je lui raconte les derniers interrogatoires. L'expression d'Afsaneh passe de l'intérêt à la méfiance.

— Tu veux dire que ce n'est pas elle ?

J'acquiesce.

— Je suis presque sûr que c'est l'un des fils. Je ne vois pas pourquoi elle aurait eu des traces de sang autour du cou. Et Olof Forss a affirmé l'avoir entendue devant la maison. Je pense qu'elle est allée chercher de l'aide, mais a rebroussé chemin pour une raison que j'ignore.

Et que les garçons et elle ont mis en scène cette marque d'étranglement.

— Mais… je ne comprends pas.

Je regarde la mer en silence.

Sur la plage, Nadja et son nouveau copain ont abandonné l'idée de déplacer du sable pour creuser un trou.

— Manfred, dit Afsaneh de cette voix sévère qu'elle n'utilise que quand j'ai fait quelque chose de vraiment bête.

— Qu'est-ce que tu ne comprends pas ?

— Tu laisses un meurtrier en liberté ?

Je me masse le genou, la chaleur l'a fait enfler et une douleur cuisante se propage dans mon mollet.

— Pourquoi ?

— Parce que c'était juste.

Elle secoue la tête, ferme les yeux.

— Je le leur devais. Après tout ce qu'ils ont subi.

— Voyons, Manfred ! Elle t'a utilisé, tu es aveugle ou quoi ? Elle savait que tu allais réfléchir comme ça, c'est pour ça qu'elle a refusé d'être interrogée par quelqu'un d'autre.

— Tu parles comme une complotiste.

— Et si le véritable coupable tuait quelqu'un d'autre ?

— J'en doute.

— Et si tu perdais ton emploi ?

— Aucun risque.

Elle pousse un profond soupir et regarde Nadja remonter de la mer avec son seau rempli d'eau.

— Nous ne pouvons pas nous permettre de perdre un revenu maintenant.

Je devine l'ébauche d'un sourire sur son visage.

— Ah bon ?

Elle prend ma main, qui repose toujours sur mon genou, et la pose sur son ventre.

L'étoffe de sa robe est rêche et humide contre ma peau.

— Tu es… ?

Elle hoche la tête et me fait un grand sourire.

*

Afsaneh et Nadja dorment.

J'entends leurs respirations calmes dans le noir – celle d'Afsaneh juste à côté de moi, celle de Nadja un peu plus loin –, le propriétaire de la maison a ajouté un lit de camp dans l'unique chambre à coucher.

Les pensées déferlent, comme les vagues contre les rochers à quelques mètres devant la maison.

Je vais avoir un cinquième enfant, ce n'était pas dans mes plans, il n'empêche que c'est beau. Afsaneh et moi allons accueillir un nouvel être ; Nadja et mes aînés auront un petit frère ou une petite sœur.

Une autre pensée, ou plutôt un souvenir, prend forme, s'impose et je m'y plonge à corps perdu.

Ma vie avec Afsaneh – et par extension, celle avec Nadja et notre enfant à naître – a commencé ici, sur cette île, au moment où ma vie d'avant avait atteint son point zéro.

Comme c'est étrange, me dis-je, et cette pensée me réconforte.

Peut-être qu'il y a tout de même un Dieu.

MANFRED

Huit ans plus tôt

70

— Le comité de déontologie ?

Sture était en train de ranger ses affaires dans un carton de déménagement. Je l'interrogeai du regard.

Il s'accroupit, essoufflé, rangea quelques livres à côté des photos de ses petits-enfants puis se leva d'un bond.

— Ne me dis pas que tu es surpris ?

— Bien sûr que oui. D'où vient la plainte ?

— Les avocats de David et Harry Andersen ont rédigé une lettre conjointe à Hellberg dénonçant tes techniques d'interrogatoire. (Sture ouvrit le premier tiroir de son bureau.) Elle a déposé une plainte auprès du comité de déontologie.

Rakel Hellberg, c'était la supérieure de Sture.

— Je n'ai rien à voir là-dedans, poursuivit Sture. La famille Andersen non plus apparemment. Je mets ma main à couper que Jessica Sund est derrière tout ça. Cette harpie féministe veut nous faire payer.

Je m'assis sur la chaise des visiteurs et observai mon N+1 bientôt retraité. Il avait posé une poignée de stylos sur le bureau qu'il remuait de l'index. Il en choisit deux, les mit dans le carton et balaya le reste dans la poubelle.

— Ai-je des raisons de m'inquiéter ?

— Pas le moins du monde. L'enquête est une simple formalité. Les collègues du comité de déontologie et moi te soutenons à cent pour cent.

— Comment le sais-tu ?

— J'ai discuté avec deux d'entre eux.

Il saisit des pièces de monnaie, les soupesa, observa le carton de déménagement, fronça les sourcils et les mit dans sa poche.

Qu'est-ce que c'est que ce comité de déontologie qui prend ses décisions devant la machine à café ? pensai-je. Je me gardai bien de le dire.

— De nos jours, on doit caresser la racaille dans le sens du poil, ajouta-t-il. On ne peut plus faire notre boulot correctement. Ils ont tellement de droits que ça donne mal à la tête rien que d'y penser.

— Certes.

— Quoi qu'il en soit, tu dois prendre deux semaines de vacances, à partir d'aujourd'hui. C'est un ordre.

Je ne répondis pas.

— À ton retour, tu dois consulter un psy.

— Et puis quoi encore ?

Il agita la main en l'air, s'approcha de la fenêtre et fixa le ciel gris. Les pièces cliquetaient dans sa poche lorsqu'il bougeait.

— Non, mais je rêve ! Tu ne peux pas juste faire ce qu'on te demande ?

Il retourna à son bureau, ouvrit un autre tiroir, en jaugea le contenu, puis le ferma.

— Quarante ans de service, marmonna-t-il en balayant la pièce du regard. Et toutes nos affaires rentrent dans un seul carton. N'est-ce pas étrange ?

*

En sortant du bureau de Sture, je tombai sur Pirjo, sac de sport sur l'épaule.

— Salut Manfred ! Comment ça va ?

— Tout fout le camp. Je suis suspendu pour deux semaines.

— Ah ! (Elle cligna des yeux derrière ses grandes lunettes.) C'est à cause de…

— Oui, les avocats de Harry et David Andersen ont déposé une autre plainte. Hellberg a saisi le comité de déontologie.

Je réfléchis un instant.

— Ça ne te dirait pas de prendre une bière après le boulot ?

Elle me dévisagea longuement.

— Je croyais avoir été claire, soupira-t-elle.

Nous nous dirigeâmes vers l'ascenseur.

— Tu as été claire.

— Mais tu croyais que j'allais quand même être partante ?

— Quelque chose dans le genre, oui.

Elle s'arrêta et regarda le sol.

— Pourquoi ? Par compassion ?

— Non, enfin, je…

— Je t'en prie, Manfred. (Elle ôta ses lunettes et essuya une larme.) Ne rends pas les choses encore plus difficiles.

Elle ouvrit la porte donnant sur l'escalier et disparut.

*

De retour chez moi, je fis ma valise – j'avais parlé avec ma tante Gurli qui m'avait pris en pitié et m'avait promis de me prêter sa maison à Sandhamn pour quelques semaines.

— De toute façon elle est vide à cette période de l'année. Mais tu peux apporter quelques bouteilles de vin, c'est terriblement compliqué de commander de l'alcool là-bas. On doit parfois attendre plusieurs semaines avant d'être livrés.

— Promis, avais-je dit à Gurli, une boit-sans-soif notoire.

Il ne m'avait fallu que quelques minutes pour préparer mon départ – j'avais emballé quelques vêtements, une trousse de toilette, les bouteilles de vin pour ma tante et quelques livres, je n'avais besoin de rien d'autre.

Au moment où j'allais sortir, j'entendis une clé dans la serrure.

Je me dirigeai vers l'entrée, vis la porte s'ouvrir et distinguai des gloussements.

Ça doit être Alba, me dis-je. *Elle vient peut-être pour me parler, enfin.*

Mais ce n'était pas Alba. Quelques instants plus tard, Beatrice entra en compagnie de Hasse.

Hasse était un homme corpulent d'une cinquantaine d'années aux cheveux gris ondulés, le visage affublé d'un sourire suffisant. Il travaillait comme avocat, mais évidemment pas pénaliste, ce n'était pas assez lucratif. Non, il s'occupait de fusions-acquisitions, aidait les entrepreneurs à lever des fonds et les entreprises à baisser leur fiscalité par le biais de montages compliqués impliquant souvent des entreprises implantées dans les îles Anglo-Normandes ou dans les Caraïbes.

Évidemment, j'avais fait mes petites recherches. Après tout, il couchait avec la mère de mes enfants.

— Oups, fit Hasse, qui eut le bon goût de reculer dans le couloir.

— Je ne pensais pas que tu serais ici à cette heure, fit Beatrice en jetant un coup d'œil à sa montre Cartier que je lui avais offerte pour notre mariage.

Parfois, je me disais que je devrais la récupérer. Elle n'avait pas rempli sa partie du contrat, pour ainsi dire.

— Je suis en vacances.

— Ah bon. J'ai juste quelques objets à récupérer.

— Pas de problème, mais la prochaine fois j'aimerais mieux que tu téléphones avant de passer.

Elle posa son sac à main par terre.

— Je pense qu'il n'y aura pas de prochaine fois.

— Comment vont les enfants ?

— Bien. (Pause.) Tu devrais peut-être contacter Alba. Je crois qu'elle est un peu en colère contre toi.

Apparemment, elle est tombée nez à nez avec… une femme à poil, ici.

— Bon sang, Beatrice, elle n'était pas à poil. Et je n'arrête pas d'appeler Alba, mais elle ne me rappelle jamais.

— Ah bon, je ne le savais pas. Arrête de l'appeler alors.

Je soulevai ma valise.

— J'ai un ferry à prendre. N'oublie pas de fermer à clé en sortant. Et il peut attendre dehors. C'est chez moi maintenant, après tout.

*

Quand je suis arrivé à Sandhamn, l'air était glacial et le vent soufflait. La maison de tante Gurli était froide et humide comme une cave en terre. Les draps sentaient la moisissure, le frigo puait le lait rance et les toilettes étaient maculées de matières fécales séchées.

Je décidai d'aller boire une bière dans l'hôtel-restaurant en attendant que le radiateur réchauffe la petite maison fin de siècle délabrée.

J'aimais venir ici en hiver – l'éloignement que pouvait offrir une île dépeuplée de l'archipel avait quelque chose d'étrangement attrayant. Le port était désert et la mer lisse brillait dans le couchant. Dans le restaurant il n'y avait que des locaux, des personnes taiseuses et d'une discrétion exemplaire.

Je commandai une bière, puis une autre en réfléchissant à ma situation.

J'avais dépassé quarante ans, ma première femme m'avait quitté, mes enfants – en tout cas Alba, j'ignorais si elle avait informé les autres de ma médiocrité – ne me supportaient pas. La femme qui aurait dû vouloir de moi, celle qui n'avait ni homme dans sa vie, ni argent ni style, ne voulait même pas prendre un verre après le travail.

Et maintenant j'étais dans le collimateur de ce satané comité de déontologie et on m'obligeait à consulter un psy.

Je regardai par la fenêtre – la nuit était tombée et une fine bruine tambourinait contre la vitre. Je devinais l'étendue noire de la mer au-delà des pontons. Comme ce serait facile de disparaître, ne jamais plus revenir. Sombrer dans le néant froid, laisser les courants m'emporter.

Je levai la main vers le barman.

— Encore une bière s'il vous plaît.

— On ne doit pas boire seul, déclara une voix derrière moi.

Je me retournai lentement.

Elle était mate de peau, belle et enveloppée dans un poncho de pluie jaune. Elle devait avoir environ vingt-cinq ans, mais difficile d'en être sûr. Sur ses cheveux noirs perlaient une multitude de gouttelettes de pluie qui scintillaient sous la lumière du bar.

— Doit-on boire tout court ?

— Je trouve que oui, répondit-elle avec un sourire.

Il y avait quelque chose dans ce sourire qui m'alla droit au cœur. Il était si sincère, si chaleureux, si confiant et en même temps dénué d'orgueil.

— Dans de nombreux pays, il est interdit de boire de l'alcool. J'ai l'intention d'exercer mes droits.

— Très bien. Qu'est-ce que tu veux ?

— Une bière serait parfait.

— Manfred.

Elle prit la main que je lui offrais.

— Afsaneh.

LYKKE

Aujourd'hui

71

Olof pose les lunettes sur son bureau et replace le manuscrit devant lui.

— C'est un vrai *page turner*. J'étais sur des charbons ardents du début à la fin, et pas seulement parce que je connais personnellement l'histoire.

Son regard balaie le plafond, il esquisse une moue de sa petite bouche rouge.

— C'est tellement plus qu'un récit autobiographique, poursuit-il. C'est un *mea culpa* douloureux, un témoignage de notre époque, un brillant règlement de comptes avec le monde de l'édition.

— C'est un roman, pas une autobiographie.

— Bien sûr.

Il tapote le manuscrit comme un chien qui aurait tendu la patte, obéissant à un ordre.

— Mais il est vrai. Peut-être pas chaque phrase, chaque paragraphe. Mais le récit, dans son ensemble, est aussi proche que possible de la vérité.

Il sourit et à cet instant je sais qu'il a veritablement lu le manuscrit du début à la fin.

— Tu parviens à décrire l'indicible avec une telle aisance, poursuit-il en se caressant le menton, pensif. Tu as une étrange capacité à donner du poids aux choses du quotidien et à rendre les pires horreurs compréhensibles.

Cette expression, et ce ton, me sont familiers – ce tremblement dans la voix censé signaler à quel point il est ému.

Il utilise cette voix chaque fois qu'il essaie de signer avec un nouvel écrivain. Et il est convaincant. Il me donne l'impression d'avoir été choisie et d'être douée ; je n'ai pas l'habitude de ce genre de compliments.

— Dis-moi, depuis combien de temps tu écris ?

— Depuis toujours. Ou peut-être que je n'ai jamais écrit.

— Hum. Ça doit être ça, être éditrice.

— Oui.

Il replace la pile de feuilles pour qu'aucun coin ne dépasse, se racle la gorge.

— Lykke, ce serait un honneur pour moi de publier ton livre.

Le mot « livre » me réchauffe le cœur. Moi qui envisageais à peine d'être publiée !

— Mais, poursuit-il en levant légèrement une main. Est-ce que *tu* es prête à ce qu'il sorte ?

— Comment ça ?

Avec un sourire en coin, il feuillette le manuscrit jusqu'à une page cornée, chausse ses lunettes et lit quelques phrases soulignées.

— « Le monde de l'édition est un porc en robe de tulle. Sous chaque jupe soigneusement repassée se cache une bête affamée, constamment en quête de nouveaux récits à exploiter. »

Il marque une pause, me contemple en silence et reprend :

— « L'édition est un cirque permanent. À peine un artiste a-t-il quitté le manège que le prochain entre en piste, bien décidé à exécuter un numéro plus audacieux encore, afin de réussir l'exploit d'attirer l'attention des lecteurs blasés. »

Il pose ses lunettes, se penche en arrière sur la chaise.

— Tu es prête à devenir circassienne, Lykke ?

— J'en rajoute un peu, bien sûr. Il y a des tas d'éditeurs qui adulent leurs auteurs, des critiques qui font bien leur boulot, et des libraires et bibliothécaires qui adorent les livres.

— *Hum*. (Olof sort sa pipe.) Ça t'ennuie si je fume ?

— Pas du tout.

Il allume le tabac, inspire la fumée et pose l'index sur le manuscrit.

— C'est ce qu'on appelle un enjeu. Nous le publions à condition que tu sois prête à donner des interviews. Dans les journaux, à la télé. Que tu prennes part à ce cirque que tu décris de manière si imagée. Qu'est-ce que tu en penses ?

— Pas de problème.

— On te bombardera de questions, de questions très personnelles. Tu devras raconter comment tu…

Il hésite un peu puis continue.

— Enfin… comment tu as tué Gabriel. Et comment se portait votre couple. Comment allaient tes enfants, comment ils vont aujourd'hui.

— Je sais. C'est l'une des raisons pour lesquelles j'ai écrit ce livre. Je voulais reprendre le contrôle de la vérité. Tant que je me tais, c'est Gabriel qui en est le détenteur. Il a menti. Les garçons et moi avons payé le prix fort.

— C'est entendu, alors. Je rédige une ébauche de contrat et je te l'envoie par e-mail.

— Très bien. (Je réfléchis un instant.) Tu ne penses pas que ça puisse poser problème d'un point de vue juridique ?

Il secoue la tête.

— Je ne crois pas. Gabriel est mort, il n'a pas de proches qui pourraient avoir quoi que ce soit à redire. Si j'ai bien compris, le récit correspond aux conclusions de la police. Et puis, c'est un roman, tu le dis toi-même. Change vos noms. Enfin ceux des personnages principaux. Que ce soit un roman à clés. Tout le monde comprendra, de toute façon.

Il baisse les yeux sur la liasse de feuilles, suce sa pipe.

— Tu sais quoi ? Le titre est génial.

Je me penche en avant et lis les mots à l'envers.

L'Éternité est un lieu.

72

Je suis assise sur le ponton dans le soleil d'automne.

Pieds nus, je balance mes pieds dans l'eau encore tiède. Des feuilles jaunes flottent le long de la plage, un vol d'oiseaux migrateurs passe haut au-dessus dans le ciel en formation chevron.

Fanny est étendue à côté de moi en jean retroussé et débardeur. Sa tête est posée sur son pull plié. Elle frotte sa bague de fiançailles du pouce de la main gauche et repose l'autre main sur le bois chaud du ponton.

David et Harry nagent en direction du radeau amarré à une cinquantaine de mètres de la plage. Je crois qu'ils font la course, comme ils faisaient enfants. Harry mène, bien sûr, mais juste avant la ligne d'arrivée il s'arrête, jette un coup d'œil par-dessus son épaule, fait du sur-place et attend David.

Ils atteignent le radeau en même temps, s'y hissent et s'asseyent côte à côte. L'eau dégouline sur leurs corps, le soleil éclaire leurs épaules.

— Venez ! nous crie Harry. Elle est bonne !

Je secoue la tête.

— Non merci !

Fanny agite la main en guise de refus. Quelques secondes plus tard, ils sont tous les deux debout sur le radeau, deux silhouettes sombres dans le soleil couchant. Deux enfants qui sont devenus adultes, se sont tourné le dos, mais qui peut-être, espérons-le, sont en train de retrouver la proximité qu'ils partageaient jadis.

Je les observe et je les revois nourrissons, reposant dans mes bras à la maternité, de petits êtres à la peau rouge, fine et fripée. Je les revois à quatre ans lorsqu'ils jouaient dans le jardin – Harry qui grimpait agilement dans le pommier, David qui restait assis dans l'herbe à tousser, les yeux écarquillés, rivés sur son frère. Je vois les ados dégingandés sur le ponton, avec Bonnie, en pleine conversation inaudible pour moi.

L'un de mes fils est un meurtrier, me dis-je.

L'un de mes fils a tué son propre père et je ne sais pas lequel. Je ne veux pas non plus le savoir – je n'ai pas posé la question et je ne pense pas qu'ils me l'auraient avoué si je l'avais fait.

Pendant toutes ces années, j'ai été convaincue que l'un des deux avait tué Bonnie. L'incertitude me rendait malade. Elle me rongeait, entamait peu à peu ma confiance. Tirait sur l'ensemble des fils invisibles qui nous reliaient, ceux qui constituent le tissu fragile qu'on appelle l'amour.

Je ne savais pas si, et comment, je pouvais aimer un meurtrier.

À présent je sais que c'est possible.

Je sais que c'est possible, à condition qu'il ne s'agisse pas de cruauté, mais – comme dans le cas présent – d'une vengeance légitime.

J'avais deviné dès le début qu'il ne serait pas facile de convaincre la police de notre histoire. Il y avait tant de choses qui pouvaient partir en vrille – les techniciens pouvaient trouver des preuves contredisant notre récit, David ou Harry pouvaient craquer pendant les interrogatoires, tant ils avaient été traumatisés par leurs précédentes expériences de la justice.

J'étais pourtant sûre que nous allions réussir.

Avant même l'arrivée de la police à l'Éternité, mon plan était prêt. J'allais demander à parler à Manfred Olsson – après tout, il gardait une dette envers nous.

Et comme il avait l'air honnête, je m'attendais à ce qu'il la paye.

Je tourne le visage vers le soleil, ferme les yeux et hume l'odeur de goudron et de feuilles en décomposition.

Le livre sort à Noël, je ne peux pas prétendre que je suis impatiente, mais une fois qu'il sera publié et que l'attention sera retombée, nous pourrons continuer nos vies. L'histoire sera réécrite, nous ne serons plus obligés de porter la culpabilité qui n'était pas la nôtre.

Car la vérité appartient à ceux qui ont le pouvoir et la capacité de la formuler.

Nous avons vendu les droits audiovisuels de *Souvenirs* – que Gabriel retenait avec ferveur – à une boîte de production suédo-danoise. Ils vont tourner une série télévisée inspirée des livres narrant la vie de Siv et Helene, et ils paient bien.

Le producteur m'a demandé si nous voulions être impliqués dans la rédaction du scénario et j'ai répondu non – ils pouvaient mener le projet à leur guise.

— Allez, maman, plonge ! crie David. Quelle poule mouillée tu fais !

Je soupire, me lève et retire ma robe. J'ajuste mon maillot de bain, me place au bord du ponton, agite les orteils et plisse les yeux vers le soleil.

Puis je plonge dans les eaux vertes et scintillantes de l'Éternité.

REMERCIEMENTS

Je voudrais remercier tous ceux qui ont participé au travail sur *L'Énigme de la stuga*, en particulier mes éditrices Katarina Ehnmark Lundquist et Sara Nyström chez Wahlström & Widstrand ainsi que mon agente Christine Edhäll et ses collègues d'Ahlander Agency.

Par ailleurs, un grand merci à Åsa Torlöf et Christer Axling qui m'ont aidée pour les questions policières, Anna Stråth qui a partagé ses connaissances judiciaires, sans compter Martin Csatlos qui a répondu à mes interrogations relatives à la médecine légale.

Je voudrais enfin remercier ma famille et mes amis pour leur bienveillance et leurs mots d'encouragement pendant toute l'écriture de ce roman. Sans votre amour et votre patience, il n'aurait jamais pu voir le jour.

DE LA MÊME AUTRICE :

Un cri sous la glace, Calmann-Lévy, 2017 ;
Le Livre de Poche, 2018

Le Journal de ma disparition, Calmann-Lévy, 2018 ;
Le Livre de Poche, 2019

L'Ombre de la baleine, Calmann-Lévy, 2019 ;
Le Livre de Poche, 2020

L'Archipel des larmes, Calmann-Lévy, 2020 ;
Le Livre de Poche, 2021

L'Horizon d'une nuit, Calmann-Lévy, 2022 ;
Le Livre de Poche, 2023

PAPIER CERTIFIÉ

Le Livre de Poche s'engage pour l'environnement en réduisant l'empreinte carbone de ses livres. Celle de cet exemplaire est de :
600 g éq. CO_2
Rendez-vous sur
www.livredepoche-durable.fr

Composition réalisée par Belle Page

Imprimé en janvier 2024 en Espagne par
Liberdúplex - 08791 Sant Llorenç d'Hortons
Dépôt légal 1re publication : février 2024
LIBRAIRIE GÉNÉRALE FRANÇAISE
21, rue du Montparnasse – 75298 Paris Cedex 06

74/0001/6